LA MALDICIÓN DEL HOMBRE PINGÜINO

La maldición del hombre pingüino

Allan Woodrow

Ilustraciones: Scott Brown

Traducción: Julián Alejo Sosa

V&R EDITORAS

Título original: *The curse of the Werepenguin*
Edición: Soledad Alliaud
Coordinación de diseño: Marianela Acuña
Diseño e ilustraciones: Scott Brown
Armado: Florencia Amenedo

www.vreditoras.com

México: Dakota 274, colonia Nápoles - C. P. 03810
Del. Benito Juárez, Ciudad de México
Tel.: (52-55) 5220-6620 • 01800-543-4995
e-mail: editoras@vreditoras.com.mx

Argentina: San Martín 969, piso 10 (C1004AAS), Buenos Aires
Tel.: (54-11) 5352-9444
e-mail: editorial@vreditoras.com

Primera edición: agosto de 2019

ISBN 978-607-8614-77-6

Impreso en México en Litográfica Ingramex, S. A. de C. V.
Centeno No. 195, Col. Valle del Sur, C. P. 09819
Delegación Iztapalapa, Ciudad de México.

Para M y Em

Sé que normalmente no leen libros como este (tenebrosos y con monstruos) pero se los dedico de todos modos y, algún día, cuando tengan hijos, dentro de muchos años, podrán tomarlo de la biblioteca de sus casas y contarles: "¡Miren lo que su abuelo me dedicó!", a lo que ellos responderán: "¿Lo escribió cuando aún tenía dientes y cabello?". Y ustedes les dirán: "Cuando aún tenía dientes".

A.W.

Para ellas tres,

Melissa, Ellen y Emily, y la increíble María Fernanda.

S.B.

CONTENIDO

PRIMERA PARTE
El viaje a Brugaria

SEGUNDA PARTE
La transformación

TERCERA PARTE
La maldición

CUARTA PARTE
El ataque del hombre pingüino

Prólogo: El Zoo de San Aves

Catorce pingüinos me miraban con sus inquietantes ojos amarillos. Lucían desequilibrados, desdeñosos, disgustados, desconcertados, desagradablemente descontrolados. Graznaban –fuerte, rugidos escandalosos– frunciendo sus picos.

Un escalofrío recorrió mi espalda.

Estornudé.

Había sido una mala idea visitar el famoso estanque de los pingüinos del Zoo de San Aves sin mi pañuelo. Mi alergia a los pingüinos era incluso peor que mis alergias a las cebras, jirafas, monos, elefantes, emúes, tigres, osos, nutrias, serpientes, ovejas, vacas, diferentes tipos de reptiles y pandas.

Quizás ser un proveedor de animales de zoológico no fue la mejor elección de mi vida.

Pero, si no hubiera estado allí ese día en particular, a esa hora exacta, nunca habría oído la historia del hombre pingüino. Y, por lo tanto, ustedes tampoco.

Era tarde y el zoológico estaba por cerrar. Me recosté sobre la barandilla del estanque de los pingüinos, girando un pequeño pingüino de cristal que llevaba como amuleto de la suerte. También tenía tres patas de conejo, diez tréboles de cuatro hojas y un número trece enmarcado. No es que fuera supersticioso, pero no es mala idea estar preparado.

Estornudé nuevamente y busqué algo para limpiarme la nariz. ¿Mis calcetines? ¿Mis pantalones? Desafortunadamente, no era tan flexible.

–¿Quiere uno, señor? –me preguntó un hombre con un enorme manojo de pañuelos descartables. Tomé uno a toda prisa.

–Gracias –le dije y estornudé otra vez, pero esta vez sonó como el claxon de un camión. El hombre se sobresaltó. Parecía nervioso y, quizás, incómodo por el fuerte sonido. Menos mal que había dejado mi tuba en casa.

–Soy el encargado de los pingüinos –dijo. Era un señor bajito y robusto, con una nariz bastante grande y una cabeza calva. Llevaba un abrigo negro y largo, una bufanda negra alrededor de su cuello y una camisa blanca. Si entrecerraba los ojos, casi lucía como uno de los pingüinos al otro lado de la reja. Caminaba encorvado, como si llevara las penurias de la vida sobre sus hombros, las cuales eran bastante pesadas por lo visto. O quizás simplemente tenía hombros débiles.

–Estoy haciendo negocios... Negocios de zoológico –le expliqué. El hombre arqueó sus cejas–. Represento a un nuevo zoológico. Uno grande. De proporciones inmensas. He viajado a lo largo y a lo ancho, a lo alto y a lo bajo del mundo para comprar animales para el zoo. Sus pingüinos son magníficos. Le compraré la mitad.

El hombre bajito y robusto frunció el ceño.

–Una oferta interesante, pero me temo que ha desperdiciado su tiempo viniendo hasta aquí. Los pingüinos del San Aves no están a la venta. Están bien aquí. Este es su hogar.

–Tonterías –dije, y resoplé a propósito–. Todo está a la venta. ¿Puedo comprar sus zapatos?

El hombre bajó la vista hacia sus mocasines negros –que parecían ser diez tallas más grandes que la suya– y negó con la cabeza.

–No, los estoy usando. Pero incluso si los pingüinos estuvieran a la venta, que no lo están, nunca podría vender la mitad. Verá, son una familia. Las familias nunca deben separarse.

Bufé y resoplé otra vez.

–¿Hogar? ¿Familia? Son aves, señor. No necesitan un estanque tan grande y cómodo como este. Las consiente demasiado. Lo único que un pingüino necesita es una jaula y algunos periódicos en el suelo.

–Los pingüinos no pueden leer.

–No importa, dígame su precio. Debo comprarlos –noté que el encargado estaba mirando la figura de pingüino que tenía en la mano. La levanté para que la observara mejor.

–¿Dónde la consiguió? –preguntó.

–En un mercado de pulgas en Katmandú. Se les habían acabado las pulgas, así que compré este en su lugar. El vendedor me dijo que fue hecho en Brugaria.

–Sí, es un pingüino brugariano. He visto otros como ese –comentó, luego volteó y miró sobre la barandilla. Suspiró con fuerza–. Seguramente, oyó hablar de los hombres pingüino de Brugaria.

–¿Hombres pingüino? Querrá decir hombres lobo. Los humanos que se convierten en lobos con la luna llena.

–Los hombres lobo se llevan toda la atención. Uno no lee mucho sobre los hombres oricteropo de Tanzania, o los hombres termita de Brasil. Algunas personas dicen que son mitos. ¿Quién sabe? Pero el hombre pingüino... Ah, no. Esa sí es una historia real.

–Cuentos de hadas –dije haciendo un gesto despreciativo con la mano–. No existen tales cosas como hombres-algo...

–¿Puedo contarle una historia? La encontrará incluso más valiosa que la cola de nuestros pingüinos. Pero le advierto, notará que es larga.

–Pero si todos sabemos que la cola de los pingüinos es corta –respondí. Y eché a reír por mi broma.

–No es algo para tomárselo a la ligera –replicó–. De hecho, haré un trato con usted. Escuche mi historia. Si para el final sigue interesado en comprar la mitad de mis pingüinos, serán todos suyos. Gratis.

–¿Gratis? –lo miré con cautela para ver si me estaba engañando. ¿A quién le ofrecieron alguna vez pingüinos gratis? Pero al ver sus ojos hundidos y sus mejillas caídas me convencí de que no era alguien que hiciera bromas. Si alguna vez tuvo sentido del humor, lo había perdido hacía mucho tiempo–. Es un trato, amigo mío. Cuénteme su historia… sea corta o no.

–Le advierto es una historia muy desagradable. También desdeñosa y desconcertante, como las aves que nos observan –señaló hacia el estanque, en donde un grupo de pingüinos no dejaba de mirarnos fijamente.

Estornudé y el hombre me ofreció el resto de sus pañuelos descartables.

–La historia –continuó–, comienza en un hogar de huérfanos. A los doce años, Bolt Wattle no tenía familia ni expectativas para nada que no fuera un futuro decepcionante. Pero su vida estaba a punto de cambiar para siempre.

–Odio los cuentos de niños –lo interrumpí.

–Esta historia no tiene nada de infantil, se lo aseguro.

PRIMERA PARTE

El viaje a Brugaria

1. Bolígrafos púrpuras

El sol ya se había ido cuando Bolt Wattle esperaba fuera de la oficina de la directora, con miedo a ingresar. No era común que los niños fueran citados para ver a la directora Fiona Blackensmear, y mucho menos por la noche.

Ella estaba sentada al otro lado de su escritorio, profundamente concentrada. Tenía la frente tensa, mientras examinaba unas hojas dentro de una carpeta manila. Presionaba con fuerza sus labios. Su cabello estaba recogido en un rodete, y no dejaba de tamborilear sus dedos contra el escritorio: del meñique al pulgar, del meñique al pulgar.

–Siéntate, Humboldt –dijo sin mirarlo y con una voz tan firme como su cabello. Sus dedos dejaron de moverse.

Bolt se incomodaba al oír su verdadero nombre. Sus padres, a quienes nunca había conocido, solo le habían dejado dos cosas: el nombre Humboldt y un pingüino de peluche, al que él simplemente llamaba "Pingüino".

Le gustaba el peluche.

Caminó sobre el suelo crujiente con sus zapatos del orfanato, dos tallas más pequeñas y hechos de arpillera, y se sentó en la silla verde de plástico resquebrajado frente al escritorio de la directora. Estaba muy inquieto. Como sus zapatos, los pantalones eran demasiado ajustados, por lo que casi siempre estaba incómodo cuando se sentaba. El Hogar del Roble Marchito para Niños Abandonados no tenía mucha ropa para los de doce años de edad.

Nada más se movía en la habitación. Las arañas y topos que acechaban al Hogar sabían muy bien que no debían ingresar a la oficina de la directora.

Sobre el escritorio descansaban algunos bolígrafos dentro de tres portalápices transparentes. Estaban agrupados por color: rojo, negro y azul. Bolt tomó el bolígrafo azul y trató de interesarse en él, pero no pudo. Lo dejó nuevamente en el portalápices.

–¿Eso se guarda ahí? –gruñó la señorita Blackensmear, observando el bolígrafo azul que descansaba entre los rojos.

Bolt era pequeño para su edad y, ante la intensa mirada de la directora se sentía mucho, mucho más pequeño. Colocó bolígrafo en el portalápices adecuado.

–Mucho mejor –agregó ella, cerrando la carpeta de golpe–. Los bolígrafos se parecen mucho a los niños, sabes. Uno azul está feliz con los bolígrafos azules como él. Pero cuando se lo coloca en el lugar incorrecto, como entre los rojos, es doloroso –se aclaró la garganta–. Pero tú no eres ni azul ni rojo, Humboldt. Eres un bolígrafo púrpura roto casi sin tinta, uno al que solo le quedan por escribir algunas líneas antes de ser desechado para siempre –comenzó a golpear cada uno de sus dedos otra vez, mientras observaba la carpeta sobre su escritorio, y luego a Bold–. Pero eso acaba de cambiar.

–¿De verdad? –parpadeó él confundido.

La directora se puso de pie, con la carpeta entre sus manos, moviéndola con gran entusiasmo.

–¡Sí! Tuvimos una visita hoy –su voz rozaba la excitación–. Un mensajero. ¡Y trajo esto! –golpeó la carpeta contra el escritorio, como si fuera un balón y acabara de anotar un punto–. ¿Sabes lo qué es esto?

–¿Una carpeta?

–Una oportunidad. Alguien preguntó por ti. Sí, específicamente por ti. Este señor ni siquiera quiere conocerte, lo cual probablemente sea lo mejor –sus ojos deambularon hacia el cuello de Bolt, en donde una marca de nacimiento con la forma de un ave se asomaba en su clavícula.

Él inclinó la cabeza levemente hacia la izquierda para ocultar la marca, tal como acostumbraba hacerlo.

La directora apartó la vista, tosió, y luego levantó la carpeta una vez más:

–El señor estaba bastante interesado en saber cómo es que terminaste aquí con nosotros.

–Pero yo no sé cómo llegué. Me dejaron en la puerta cuando era bebé.

–Eso fue lo que a él le pareció más intrigante. Es casi como si estuvieran destinados a estar juntos. ¿No es maravilloso?

Bolt tembló. No creía que fuera algo maravilloso. De hecho, pensaba lo contrario. Siempre había estado agradecido de que nadie lo quisiera adoptar. Estaba seguro de que su familia, su verdadera familia, estaba afuera en algún lugar, y que pronto regresarían en busca de su hijo perdido.

Si dejaba el orfanato, quizás nunca lo encontrarían.

–Pero ya puedes cantar victoria –dijo la directora–, y no será en vano. ¡Te irás a vivir con un Barón! –si notó el ceño fruncido de Bolt, no lo demostró–. Su nombre es Barón Chordata –luego de que la señorita Blackensmear pronunciara su nombre, Bolt creyó haber oído un grito, o quizás el quejido de alguna de las alimañas del orfanato, seguido de un golpe en seco, como si el animal, luego de gritar, se hubiera desmayado o caído muerto. Ella no pareció escuchar nada. Bajó la vista y colocó la carpeta sobre su escritorio–. Sí, un Barón. No creo que haya una Baronesa. Una lástima, pero de todos modos pertenece a la realeza

–levantó la cabeza y sonrió–. Tu suerte rebalsa, al igual que nuestros retretes… lo que me recuerda que hay que repararlos –señaló la puerta–. Debes irte de inmediato.

–Pero ¿por qué un Barón me querría a mí?

–Quizás tienes sangre de la realeza –miró con mayor detenimiento a Bolt–. No, es poco probable. No importa. Tal vez el Barón necesita a alguien para hacer experimentos en su laboratorio… o a un muchacho para los quehaceres de la casa. ¿Quién sabe? ¿A quién le importa? Es extraño y misterioso, como tantas otras cosas. Empaca tus cosas y prepárate para viajar a Brugaria.

–¿Brugaria? ¿Dónde queda?

–Muy lejos de aquí –movió un dedo hacia la puerta–. Ahora, largo. El asistente de dirección Smoof te está esperando para acompañarte y asegurarse de que llegues en una sola pieza. O, al menos, de que todas tus piezas lleguen al mismo tiempo.

Bolt dio unos pasos hacia la puerta, con el estómago revuelto y moviéndose como un pez fuera del agua. Volteó nuevamente hacia la señorita Blackensmear, que frotaba un collar de perlas entre sus manos. Estaba seguro de nunca antes haberla visto con perlas.

–Es demasiado bueno para ser verdad –se decía para sí misma–. Claro, si algo parece demasiado bueno para ser verdad, entonces probablemente no lo sea en absoluto.

Y con eso, Bolt salió de su oficina, para nunca más regresar.

2.

La tendencia de Bolt

Bolt se asomó por la ventana del tren y se adentró en la oscuridad de la noche, mientras la formación chillaba sobre las vías oxidadas. El tenue resplandor de la luna reveló un espeso pero muerto bosque allá fuera. Las ramas de los árboles se elevaban como brazos y manos difusas. Algunas estalactitas de hielo colgaban de la punta de sus dedos y la nieve recubría sus antebrazos. Arañaban las ventanas del vagón como si intentaran atrapar a Bolt o picarle los ojos.

Los fuertes vientos rugían. En algún lugar, un animal aulló.

Bolt apretujó su pingüino de peluche, ese que le habían dejado sus padres, a los que nunca conoció. Tenía una sola aleta, con unas marcas en donde la otra aleta tendría que estar, como si se la hubieran quemado y arrancado. Siempre había sido así.

Él sabía que ya era grande para estar abrazando a un peluche, pero hacerlo le daba un poco de consuelo… una muy pequeña cantidad, como usar un hilo como sábana. Aun así, era preferible eso a sentirse muy intranquilo.

Habían estado viajando un día y una noche entera; Bolt había estado abrazado al pingüino la mayor parte del viaje. Primero, él y el señor Smoof habían tomado un avión hacia Nueva York. Luego, subieron a un segundo avión rumbo a Londres y otro de regreso a Nueva York, momento en el cual se percataron de que estaban en el avión equivocado, por lo que tuvieron que tomar dos vuelos más hasta poder finalmente abordar el tren con destino a Volgelplatz, un pueblo pesquero en Brugaria.

Bolt odió cada segundo del viaje. Si la gente estuviera destinada a volar habría nacido con alas. El desvencijado tren era casi tan malo como los aviones. Se sacudía y crujía como si amenazara con partirse por la mitad.

Y él presionaba su ave de peluche con fuerza.

Pero lo peor de todo era que, con cada chirrido de vías y con cada despegue de los aviones, Bolt era llevado más y más lejos del Roble Marchito. Sus padres probablemente lo irían a buscar en cualquier momento: tal vez habían llegado al orfanato minutos después de que él se fuera.

Frente a Bolt dormía el señor Smoof. Cuando estaba despierto, el hombre era un compañero bastante gruñón. Aparentemente, se estaba perdiendo su programa de televisión favorito, uno sobre cacería de animales salvajes. Bolt no podía imaginar al señor Smoof cazando: era demasiado alto como para ser sigiloso y apestaba a salchicha. Seguramente los animales podrían olerlo a kilómetros de distancia.

La barriga enorme del sujeto, cubierta con un suéter rojo navideño con renos (era abril, pero el señor Smoof tenía muy pocos suéteres), se mecía hacia arriba y abajo con cada ronquido, un rugido profundo que habría despertado a todos en el vagón… si hubiera habido alguien más allí. Pero él y Bolt eran los únicos pasajeros.

Otro rugido resonó fuera del tren, era salvaje y primitivo. Bolt podía sentirlo en sus huesos, como cuando uno siente la neblina que flota sobre un pantano infestado de ranas.

Algo en esos rugidos le sonaba familiar. Era extraño, ya que los animales estaban estrictamente prohibidos en el Roble Marchito para Niños Abandonados, a excepción de arañas, cucarachas y topos. Y esas criaturas ni siquiera estaban permitidas, solo se las toleraba… pero ninguna de ellas rugía.

Aun así, era como si él hubiera oído ese sonido antes. Pero ¿dónde? ¿En sus sueños? ¿En sus pesadillas?

El tren dio un golpe fuerte y sus paredes se sacudieron. Bolt voló unos quince centímetros por el aire. Esta vez, era seguro, el tren se partiría a la mitad y, si no lo hacía por su mal estado, lo haría simplemente por despecho. El chico se desplomó sobre su asiento.

¡BOING! Un resorte salió despedido. El resto del tren se mantuvo intacto.

El señor Smoof seguía roncando.

Bolt respiró hondo y se dijo para sí que era feroz. ¡Fuerte! Como su apodo, que aludía al voltaje de un rayo que cae con determinación y poder.

Esperaba que, si se lo repetía lo suficiente, se hiciera realidad. No quería pensar en el verdadero origen de su apodo, el que le habían puesto los niños del orfanato por su forma de voltear y disparar como un rayo hacia abajo de la cama cuando se enfrentaba a cosas desagradables, como películas de terror o posibles padres que buscaban adoptar a alguien.

Algunos de los niños se reían de la manera en que Bolt huía, pero para él siempre era mejor salir corriendo que quedarse y tener que enfrentar consecuencias desafortunadas.

Así como ahora, que sería mucho mejor regresar corriendo al orfanato, hacia los brazos de sus padres que podrían aparecer en cualquier momento. A ellos no les importaría su extraña marca de nacimiento o su nariz –la que siempre le pareció un poco grande–, o su cabello rebelde que parecía levantarse en lugares raros sin ninguna razón aparente. Simplemente, lo querrían por lo que era.

A menos que…

Bolt recordó la conversación que tuvo con la directora: *"Como si estuvieran destinados a estar juntos"*; *"Quizás tienes sangre de la realeza"*.

Como ella había dicho: todo era tan extraño. Tan misterioso.

A menos que…

A menos que este Barón, este desconocido miembro de la *realeza*, no lo hubiera elegido a él por azar.

Pues, ¿por qué lo elegiría, sin siquiera verlo, si no fuera por otra razón que tener sangre de la realeza? A menos que este Barón fuera… ¿su padre?

Era tan obvio ahora.

Se sentó más derecho. La esperanza renació en su pecho. Era una sensación extraña. No solía sentirla muy seguido y, al principio, creyó que era un insecto que había ingresado por su boca, pero luego comprendió que la sensación era cálida y reconfortante. En el orfanato, varias veces se le habían metido insectos en la garganta, especialmente cuando dormía con la boca abierta, y nunca dejaban esa sensación cálida y reconfortante.

Su padre podría haberse acercado a Bolt antes… a menos que viviera muy lejos como para ir a buscar a su hijo. A menos que, por ser un Barón, estuviera demasiado ocupado con cosas de Barón, fuera cuales fueran, para invitarlo a su hogar.

A menos que…

A menos que…

Bolt se levantó como el resorte roto de su asiento. Era como si ese nuevo optimismo avivara una reserva oculta de valentía nunca antes usada, como un grifo seco antes de que la tubería sea reparada. Lo que le recordó que la mayoría de las tuberías del orfanato estaban rotas y que necesitaba tomar un baño.

Animado, ya no se sentía atado a su asiento. Exploraría el tren, quizás encontraría un baño para asearse. Se reuniría pronto con su nueva familia. Necesitaba oler bien, lucir lo mejor posible y provocar una maravillosa primera impresión.

No huiría, y quizás nunca más necesitaría hacerlo.

Acomodó al pingüino en su asiento y salió trotando por el pasillo hacia el fondo del vagón. Los niños con padres no necesitaban animales de peluche.

Abrió una de las puertas corredizas de su vagón. Los vientos fríos y rugientes lo envolvieron, y consideró regresar a la calidez de su asiento. No lo hizo; todavía alimentado por la nueva esperanza, entró al siguiente vagón. Era igual que el anterior: lleno de hileras de asientos desgarrados y sin pasajeros.

Continuó, atravesó otra puerta y la incomodidad de los vientos helados del exterior, e ingresó al tercer vagón. Lucía idéntico a los otros dos.

–¿Yendo a Brugaria? –dijo una voz aguda y chillona, pero repleta de escalofriante amargura. Un hombre estaba sentado más adelante. Un mechón de su cabello gris se asomaba por el respaldo de su asiento en el fondo del vagón. Bolt se congeló–. Acércate.

Avanzó, pero lentamente. Respiró hondo, recordándose a sí mismo que ahora tenía una familia y no había nada que temer. *¡Soy un rayo! ¡Soy feroz!*, se repetía a sí mismo.

Llegó al fondo del vagón. Era un sujeto delgado, con la piel pegada a su cráneo como un film de plástico transparente. Llevaba un sombrero de maquinista y un uniforme desgastado y manchado con sangre... o quizás salsa de tomate. No quería averiguarlo, pero tampoco veía ninguna caja de pizzas cerca.

–No recibimos demasiadas visitas en Brugaria –dijo el hombre. Sus dientes tenían un tono gris oscuro–. ¿Qué motivo te lleva hacia allí?

–Voy a mi nuevo hogar –contestó Bolt esforzándose por no salir corriendo.

–Entonces debes aprender el himno nacional de Brugaria –dijo el hombre y comenzó a cantar. A Bolt ese chillido agudo le recordó el sonido de un gato rasguñando su plato de comida:

“Somos Brugaria.
Brugaria somos.
Somos... ¡ARGGHH!”

Tras un silencio incómodo, Bolt parpadeó.

–¿Eso es todo?

–El autor murió cuando lo estaba escribiendo. Se lo comió un escorpión gigante. Ese es el tipo de cosas que suceden en Brugaria –el hombre tosió y un poco de saliva se asomó por sus labios–. Es un lugar horrible y peligroso.

Bolt respiró hondo. Volvió a recordarse que pronto tendría una familia, que ya no estaba abandonado. Era valiente.

–Estaré bien. Iré a vivir con un Barón.

Los ojos del maquinista se agrandaron. Su vil aliento llegó a la nariz de Bolt; apestaba a carne rancia en salmuera. Conocía bien ese aroma, ya que en el orfanato todos los jueves servían ese plato.

–Escucha mi advertencia –le dijo con voz temblorosa–: vete. Regresa a tu hogar antes de que sea demasiado tarde.

Afuera, un coro de rugidos estalló con ira, fuerza y violencia. Parecía colisionar en la cabeza de Bolt; era aterrador y familiar a la vez. Como si un sueño recurrente, una pesadilla que no podía recordar bien, se hubiera despertado nuevamente.

El maquinista miró por la ventana a medida que el ruido se desvanecía a la distancia.

–Graznidos de pingüino... están cerca. Siempre están cerca –comentó. Sus manos temblaban. Su boca se contraía–. Cuidado con los pingüinos.

–¿Con los pingüinos? –repitió. Imaginó a una de esas pequeñas y graciosas criaturas de patas palmeadas. Pensó en su peluche. Y puso los ojos en blanco.

–Tampoco hagas eso. ¡Solo cuídate! –el sujeto se puso de pie, levantó las manos y gritó–. ¡Cuidado! ¡Cuidado! ¡Cuidado!

Bolt gritó, volteó y salió corriendo. Ya no le importaba fingir valentía. Detrás de él, el maquinista continuaba gritando:

–¡Cuidado con Brugaria! ¡Cuidado con su luna llena permanente! ¡Cuidado con los pingüinos!

Bolt no se detuvo hasta haber atravesado los dos vagones y sentarse otra vez en su asiento. Abrazó a su pingüino de peluche con una sola aleta.

Su corazón latía con fuerza. *Pum-pum-pum.*

El señor Smoof se despertó exaltado y abrió los ojos. Bolt se preguntó si había sido el sonido de su corazón lo que lo había despertado. El asistente de la directora parpadeó dos veces y miró alrededor levemente alterado, como si hubiera olvidado dónde estaba. Pero al ver a Bolt, se relajó y habló malhumorado:

–Ah, sí. Tú. El tren. Cierto –revisó su reloj–. Falta poco, por suerte. Es imposible dormir en estos vagones.

El chico estuvo a punto de decirle que había estado durmiendo sin problemas, pero en cambio habló de su preocupación más urgente.

–¿Sabe por qué deberíamos tener cuidado con los pingüinos?

–¿De qué estás hablando? –preguntó el señor Smoof frotándose la barbilla y poniendo los ojos en blanco.

–Oí al maquinista del tren decirlo, y también me advirtió sobre hacer ese gesto.

–Debes haber escuchado mal –replicó poniendo nuevamente los ojos en blanco–. Tal vez dijo: "Cuidado con los pinos".

–¿Y qué significa eso?

–¿Cómo podría saberlo? No soy de Brugaria. Estamos en un país extraño, por lo tanto, la gente actúa de modo extraño. De otra forma, no lo llamarían país extraño, ¿verdad? Ya hablamos demasiado. Despiértame cuando lleguemos –dijo, luego se reclinó y comenzó a roncar casi al instante.

Bolt deseaba poder dormir también. En cambio, se quedó mirando por la ventana. Una vez más, las ramas retorcidas de los árboles extendían sus garras de hielo, arañando el tren. El vagón se sacudió.

Afuera, los graznidos regresaron. ¿Pingüinos?

Bolt hizo su mejor intento para ignorarlos. Pero las palabras del maquinista seguían presentes.

Cuidado con los pingüinos.

Bolt permaneció abrazado a su peluche, sabiendo que estaba demasiado grande para esas cosas, y repitiéndose a sí mismo que pronto estaría con su verdadera familia.

Trató de convencerse de que su nueva vida sería grandiosa, a pesar de que los graznidos de los pingüinos recorrían su espalda con una aterrorizante familiaridad.

3.

De cejas gruesas y cuernos

El hombre del tren había dicho que siempre había luna llena en Brugaria. Eso parecía extraño, por no decir, imposible. Pero Bolt estaba agradecido por eso, ya que el brillante globo salpicaba con su luz –la única luz– la desolada estación de tren. Una densa neblina cubría el suelo. No podía verse los zapatos. Sujetó su pequeño bolso con tanta fuerza, que sus dedos quedaron blancos.

No llevaba muchas cosas dentro del bolso: algunos calcetines, dos mudas de ropa interior, un cepillo de dientes viejo casi sin cerdas, y su pingüino de peluche, el que guardó a toda prisa ni bien el tren se detuvo.

En la plataforma había un pequeño e insípido letrero de madera que decía: *Bienvenido a Volgelplatz.*

En realidad, decía *ienvenido a Volgelplat.* La primera y la última letra no estaban, era como si algo se las hubiera comido.

Una delgada capa de nieve cubría el suelo. Bolt deseaba tener un sombrero y unos guantes, pero los niños en el Hogar del Roble Marchito para Niños Abandonados no tenían acceso a esos lujos. Una vez, él había recibido un par de calcetines de lana, pero fue antes de que fueran devoradas en lo que se conoció como "La noche de las mil polillas". Los reporteros habían tomado fotografías del desafortunado evento y el rostro de Bolt había salido en todos los periódicos, aunque era difícil de reconocer por la densa capa de polillas furiosas que lo cubrían.

Un solitario camino de tierra se abría paso a un lado de la plataforma. Emergía de un bosque oscuro, pasaba junto a la plataforma y a una cabaña rústica –la única construcción a la vista–, y desaparecía nuevamente en el bosque.

No había ni siquiera un farol, aunque la pequeña ventana de la cabaña emanaba un resplandor suave, un oasis en la oscuridad.

El señor Smoof saludó desde el tren:

–Aquí es donde nos separamos.

–¿N-no viene conmi-go? –preguntó Bolt con la voz temblorosa, por el frío y por la idea de quedarse solo. Nunca antes había estado solo. Incluso un compañero gruñón que apestaba a salchichas era mejor que nada.

–Prometí acompañarte hasta Brugaria –respondió, negando con la cabeza–. Ya cumplí con mis deberes.

–Pero no puede dejarme aquí.

–Claro que sí. El tren pasa una vez por mes y no tengo intenciones de quedarme en este lugar ni un segundo más. Un carruaje vendrá a buscarte. Al menos, eso fue lo que me dijeron. Ahora eres un volgelplatziano. ¿O quizás un volgelplatzense? Buena suerte, Humboldt Wattle –a la distancia se oyeron unos graznidos–. La necesitarás.

El tren comenzó a andar, con las ruedas chillando sobre las vías oxidadas. El señor Smoof desapareció en el interior del vagón. Rápidamente, el tren fue ganando velocidad, como si estuviera ansioso por marcharse lo antes posible. Una enorme estela de humo negro lo tapó enseguida.

Bolt quiso abrir su bolso y tomar el pingüino de peluche, pero no lo hizo. Necesitaba ser valiente por su padre. Cerró los ojos e imaginó unas vacaciones familiares en la playa. A eso le sumó imágenes de una hamaca en su jardín trasero, picnics y un partido de polo acuático en familia.

Se preguntó si las familias jugarían al polo acuático; pues, como nunca había tenido una, no lo sabía.

Mientras estaba parado en la oscura y fría plataforma, pensó en los niños del orfanato. ¿Lo extrañaban? ¿Sentirían envidia de que él pronto estaría con su padre? Cuando eran adoptados, ¿jugaban en el agua?

¿Y qué pensaría su padre de él? Si esperaba que fuera

lindo o adorable, como el resto de los niños en el orfanato, estaría decepcionado. A diferencia de estos, Bolt tampoco era muy talentoso. Tenor sabía cantar. Erudita era inteligente; sabía las capitales de todos los estados. Seudónimo era listo y particularmente bueno poniéndole apodo a cada niño.

Su único talento era escapar en circunstancias desafortunadas. Si tenía otro talento, aún no lo había descubierto.

Una rama se quebró y Bolt abrió bien los ojos cuando algo pasó corriendo por el bosque, más allá de la plataforma. Era algo pequeño y rápido.

Un pingüino se paró frente a la hilera de árboles, y miró a Bolt. Sus ojos rojos brillaban intensamente debajo de unas cejas tupidas y severas. Sus patas con membranas anaranjadas repiqueteaban en la nieve, y espesos penachos blancos y negros brotaban de sus sienes y acompañaban algo que lucía como cuernos en su cabeza.

Mientras Bolt observaba a la criatura, su mente se llenó de imágenes aterradoras. Podía ver pingüinos atacando a humanos; pingüinos cazando adorables conejitos. Vio pingüinos eructando sin siquiera pedir disculpas. Las imágenes eran desagradables y desconcertantes.

Era como si Bolt pudiera leerle los pensamientos al animal, y no eran nada divertido de hacer.

Sujetó su bolso con fuerza y bajó a toda prisa de la plataforma, casi resbalándose en el hielo, en dirección hacia la pequeña cabaña.

No miró hacia atrás. Podía sentir al pingüino mirándolo, siguiéndolo.

¡Cuidado con los pingüinos!

Llegó al pórtico. Se oían risas y música; hasta percibía el aroma a galletas con chispas de chocolate. En la puerta había un letrero que decía: *La Posada del Pingüino Muerto*, en letras blancas, y tenía el dibujo de un pingüino ceñudo y decidido. La imagen no lucía hospitalaria –más bien, todo lo contrario–, pero alguien le había puesto por encima un papel que decía: *Todo aquel que busque protección será bien recibido.* Motivado, Bolt abrió la pesada puerta de madera e ingresó.

La puerta se cerró de un golpe detrás de él.

Una docena de ojos lo miraron. Nadie se movió. Nadie respiró. El lugar estaba en silencio y olía a pan quemado.

En el fondo de la habitación, una mujer emitió un grito fuerte y desgarrador. Y Bolt, lleno de miedo, permaneció inmóvil en la entrada a la cabaña.

4.
La Posada del Pingüino Muerto

Bolt se encontraba dentro de una enorme taberna rústica. El grito de la mujer aún resonaba en el ambiente. El fuego ardía en una chimenea ubicada en la pared del fondo, y sus llamas parpadeantes iluminaban débilmente la habitación. Algunas lámparas colgaban de las vigas del techo.

Los hombres vestían *lederhosens,* unos típicos pantalones alpinos. Para Bolt, eran solo pantalones cortos con tirantes. Las mujeres usaban *dirndls,* vestidos con un lazo sobre la cintura y una camisa blanca con mangas cortas y acampanadas por debajo.

Esas vestimentas le recordaban a unas imágenes que había visto en un libro de cuentos alguna vez. No ayudaba que ese libro también estuviera repleto de ilustraciones de trolls, brujas horribles en casas de dulces y ogros comepersonas.

–Disculpa por el grito –dijo la mujer en el fondo–. Me acabo de cortar con un papel.

Todas las miradas del lugar descansaron sobre Bolt. Y cada una se sentía hostil y amenazante. Nadie dijo nada mientras él se movía nerviosamente con sus pantalones ajustados.

–Entré porque me pareció escuchar música –dijo con voz temblorosa–. Y porque sentí aroma a galletas.

Un anciano se levantó desde el fondo de la taberna; tenía la piel tan arrugada como una uva pasa.

–¡No tenemos galletas para ti! –exclamó. Debajo de los tirantes, llevaba una camisa con la imagen de una ballena que abría la boca como si estuviera emitiendo un grito majestuoso y amenazante–. ¿Quién eres? –preguntó con la voz entrecortada, tan avejentada como su piel.

–Nadie –masculló Bolt, dando un paso hacia atrás como si el hombre lo hubiera empujado con su mirada hostil–. Acabo de bajar del tren.

–Nadie se baja de ese tren –replicó, mirándolo fijamente. Sus ojos se entrecerraron. Tenía un bastón largo, el cual sacudió por el aire. No, no era un bastón. Era una barra de pan, y la golpeó contra la mesa tirando al suelo tres jarras de cerveza.

–¡Cuidado, Günter! –gritó el cantinero, un hombre fornido con los antebrazos más grandes que la cabeza de Bolt. Luego giró hacia la cocina–: Boris, estás quemando el pan francés otra vez. ¡Está demasiado duro!

–¡Lo siento! –respondió alguien desde la cocina.

Cuando había alguna pelea entre los niños del orfanato, Bolt a menudo hacía algún comentario amigable o alguna broma, para aliviar la tensión y que todos vuelvan a ser amigos de nuevo.

–Vaya que debió ser difícil encontrar la talla de esa ballena –le dijo a Günter, sonriendo.

La tensión no disminuyó. Por el contrario, aumentó.

–¿Te burlas de las ballenas? –replicó el anciano, con los labios temblando de ira y observándolo con desdén.

–No. No tengo nada contra las ballenas –dijo Bolt, dio otro paso hacia atrás y chocó con la puerta cerrada.

–¡Mientes! –vociferó Günter.

–Tranquilízate. El muchacho debe estar aquí por el festival –comentó la mujer del fondo, la misma que había gritado antes. Parecía amable. Sonrió y sus mejillas rosadas resplandecieron. Otros clientes también sonrieron, y la desesperación que había helado el ambiente parecía desvanecerse–. ¿Cierto? ¿Estás aquí por el festival?

–Si de verdad está aquí por el festival, ¿en dónde está su pico? –demandó Günter, sacudiendo su pan francés por el aire.

–No tengo pico –respondió Bolt rascándose la cabeza–. ¿Y qué festival? Nunca antes fui a uno.

La sonrisa de la mujer desapareció y sus mejillas rosadas se tornaron blancas. La tensión otra vez congeló el lugar.

–¡Lo sabía! –gritó Günter–. ¿Por qué estás aquí, niño que odia a las ballenas? –preguntó, señalándolo con el pan.

–No odio a las ballenas. De verdad.

Bolt se preguntó si no sería más seguro regresar a la plataforma del tren. Pero luego recordó al pingüino que lo acechaba afuera. No, era más seguro estar aquí, incluso con este sujeto sacudiendo peligrosamente una barra de pan duro.

Se paró más firme. Estaba aquí por su familia, su verdadera familia. Pensar en eso le dio valentía. Levantó la barbilla.

–Vine aquí porque voy a vivir con un Barón –dijo con una sonrisa confidente. La multitud se quedó sin aliento. Algunos se mordían las uñas de los dedos, y otros mordían las uñas del que estaba sentado a su lado. Había demasiadas uñas comidas por todo el lugar. La confianza de Bolt decayó–. ¿Quizás ustedes lo conocen? ¿Barón Chordata?

La mujer con las mejillas rosadas gritó. Tres personas se desmayaron.

–¡Mencionó el nombre maldito! –gritó Günter.

El cantinero sujetó una jarra de cerámica con tanta fuerza que la hizo estallar en su mano. Las piezas cayeron al suelo, pero no pareció notarlo. Bolt se repitió a sí mismo que era feroz y potente como un rayo, y no alguien que quería escapar y esconderse debajo de su cama.

Günter lo miró con furia y le apuntó otra vez con el pan.

–Este muchacho es malvado. Propongo que lo atemos y se lo demos de comer a los lagartos –miró alrededor de la habitación–. ¿Alguien tiene algún lagarto? –nadie respondió. Aparentemente, no había ningún lagarto allí–. Bueno, a cualquier otro animal entonces.

–Es solo un niño –dijo la mujer de las ya no más mejillas rosadas. No estaba gritando, pero sus mejillas lucían apagadas.

–El mal viene en todos los tamaños –comentó Günter–. Ustedes lo saben tanto como yo.

–S-solo soy un huérfano –dijo Bolt–. O al menos lo era. Pronto tendré picnics y jugaré al polo acuático con el Barón Chordata. Eso es a lo que juegan las familias, ¿verdad?

Nadie respondió a su pregunta, ya que al oír el nombre del Barón, otras dos personas gritaron y una se desmayó.

–No pronuncies su nombre –susurró el cantinero.

–Te comerá en la cena. ¡O quizás en el almuerzo! –le advirtió un hombre bajito en una mesa cercana a Bolt–. ¡O en el desayuno! Creo que desayunar bien es muy importante.

La multitud murmuró en aprobación.

–Dejen de asustar al niño –agregó el cantinero–. Nadie sabe si el Barón come niños. Al menos, no vivos.

No estoy asustado, soy feroz, se repitió a sí mismo con la mayor ferocidad que halló, la cual no era mucha. Seguramente el Barón no era tan malo como todos pensaban.

–¡Yo digo que atemos a este niño que odia a las ballenas y lo hagamos hablar! –exclamó Günter.

–De verdad que no odio a las ballenas –insistió Bolt.

–Deja al niño en paz –dijo el cantinero, esta vez con un tono imponente y fuerte–. Es tarde, Günter. Deberías ir a dormir.

–Pero está en las filas del diablo, ¡se los aseguro! –el anciano levantó la barra de pan sobre su cabeza y casi golpea una lámpara que pendía de una cadena amarrada al techo.

–Deja de vivir en el pasado –vociferó el cantinero–. Todos ustedes, amantes de las ballenas, viven en el pasado.

–Los tiempos están cambiando –rugió el anciano–. O más bien, regresando a como eran antes. Se puede decir que cambiaron, pero solo están revirtiéndose. La Hermandad es la protectora de Brugaria. Nos necesitan ahora más que nunca.

–Vete a dormir –le gritó el cantinero, señalando la puerta. Y volteó hacia los demás clientes–: Y ustedes vuelvan a lo suyo. La casa invita una ronda de ron.

Todos festejaron, la promesa de bebidas gratis borró su interés en cualquier otra cosa. Mientras Günter caminaba hacia la puerta, refunfuñaba y miraba al huérfano con los ojos cargados de amenaza.

–Estaré vigilándote, no lo olvides –antes de salir, se detuvo dos veces para echarle una mirada malvada, mientras sacudía el pan–. Niño que odia a las ballenas… –musitó, y cerró la puerta de un golpe.

–¡No odio a las ballenas! –exclamó Bolt, pero el anciano ya se había marchado.

Mientras los demás clientes regresaban a sus charlas, el cantinero le hizo una seña a Bolt para que se acercara a la barra:

–Mantente alejado de Günter, si sabes lo que es bueno para ti –le advirtió–. Pero ¿es verdad lo que dijiste? ¿Estás aquí para vivir con el Barón?

–Sí, el Barón Chordata –asintió. En el fondo del lugar, dos personas gritaron y se desmayaron.

–Deja de hacer eso. Recuerda, algunas cosas es mejor nunca decirlas. Como repetir "Tres tristes tigres comen trigo en un trigal" diez veces rápido, lo cual es casi imposible.

Bolt intentó con el trabalenguas, pero solo llegó a decirlo dos veces antes de trabarse.

–Es difícil. Pero ¿por qué todos le temen al… *Barón*?

El cantinero no respondió. En cambio, señaló hacia el otro extremo del bar.

–Te están llamando.

En un rincón lleno de telarañas había una pequeña mesa. Las sombras y una neblina opaca cubrían a alguien ubicado allí, que llevaba puesto un sombrero de bruja gris, desgastado y puntiagudo. La persona lo observaba con sus ojos verdes brillantes y le hacía señas con su mano huesuda y oscura para que se acercara.

–Si fuera tú, no la haría esperar más –comentó el cantinero–. A la Adivina no le gusta esperar.

Bolt caminó lentamente hacia ella.

–Seré valiente por mi padre –susurró para sí mismo. De lo contario, habría salido corriendo del lugar para esconderse debajo de una cama lo más rápido posible.

Más tarde, se arrepentiría de no haberlo hecho.

5.
La advertencia de la Adivina

A medida que Bolt se aproximaba a la Adivina, comenzó a oír música, como el repiqueteo de unas campanillas. Sonaba como *Estrellita, ¿dónde estás?*, pero en una versión tenebrosa y fuera de tono.

En la mesa, había una mujer con profundas grietas en la frente y los ojos irritados y hundidos. Algunos débiles cabellos grises se asomaban por debajo de su sombrero, que estaba decorado con una rosa muerta y ennegrecida.

Su largo vestido negro, con encaje y cintas que parecían telarañas, podría ser el apropiado para casarse con un duende. Docenas de cadenas doradas colgaban de su cuello, la mayoría de ellas con dijes de pingüinos pequeños, diminutas cajas de especias, patas y dedos de animales. Pero había una que sostenía un colmillo blanco largo y afilado. Sus cadenas chocaban entre sí; esa era la música que Bolt había oído flotando el aire.

–Siéntate –le ordenó. Y él lo hizo, moviéndose incómodo en sus pantalones ajustados–. Soy la adivina del pueblo, Blazenda –dijo con voz tosca y acento alemán.

Bolt la observó.

–Nunca antes conocí a una adivina.

–Creí que todos los pueblos tienen una.

–No de donde yo vengo.

–Debes venir desde muy lejos entonces –dijo Blazenda, jugando distraída con el colmillo blanco que colgaba de su cuello–. ¿Te encontrarás con el Barón?

Asintió con la cabeza. Casi agrega el nombre del Barón, pero lo pensó mejor.

Blazenda lo tomó de las manos y se las presionó con fuerza. Bolt hizo una mueca de dolor.

–Ahora, presta atención. Tengo cosas muy importantes que decirte. No dejes que mi sombrero, las cadenas musicales y mi vestimenta, más apropiada para casarse con un duende, te distraigan –tras oír eso, Bolt intentó liberarse de las manos frías de la adivina, pero estas eran más fuertes–. Escúchame –susurró Blazenda sujetándolo con mayor fuerza–. Corres un gran peligro.

–Me estás lastimando los dedos –le dijo Bolt dolorido.

Blazenda no aflojó sus manos. Simplemente miró con mayor profundidad a los ojos del chico.

–Huye mientras puedas. Regresa por donde viniste. ¡Cuidado con los pingüinos! –exclamó.

–Espera –parpadeó, sorprendido–. ¿Pinos o pingüinos?

–*Pingüinos.* ¿Qué pinos?

–No importa.

Blazenda soltó una carcajada, pero nadie parecía oírla. Los demás clientes estaban tan perdidos en sus propias conversaciones y bebidas gratis como para prestarle atención a la risa de una adivina. Volvió a reír, esta vez, más fuerte.

–¿Por qué se ríe?

–Soy una adivina, es lo que hacemos –suspiró, y señaló el cuello de Bolt, donde estaba su marca de nacimiento–. ¡La señal!

–No es nada –inclinó su cabeza–. Ya lo sé, luce como un ave.

–No cualquier ave. ¡Es un pingüino! Es por eso que estás aquí, como lo predijo la leyenda –y luego comenzó a recitar un canto:

Cuando la luna te ilumine, cuídate de la marca,
donde el peligro acecha y el pingüino grazna.
Ves la mutación venir, pronto el cambio llegará:
el pingüino espiritual en tu interior nacerá.

–¿Qué significa eso? –preguntó Bolt.

Blazenda rio nuevamente.

Y él luchó para controlar sus rodillas temblorosas. *¡Soy feroz! ¡Soy un rayo!* Aunque pensó en esas palabras, no las creyó. Seguía temblando.

La adivina se le acercó.

–Tú vida está en peligro. Todas nuestras vidas están en peligro. Solo tú puedes salvarnos de la maldad del Barón. Eres el elegido.

–¿Elegido para qué? ¿Salvarlos de qué? No soy valiente ni poderoso, solo soy un chico que se esconde debajo de las camas. ¿Y por qué todos le tienen tanto miedo al Barón Chordata?

Alguien en la habitación gritó y se desmayó.

–Lo siento –musitó Bolt.

La adivina le soltó las manos y tomó el colmillo que colgaba de su cuello.

–Esta puede ser tu única oportunidad. Si te liberas, nos liberarás a todos.

–¿Qué significa eso? No lo entiendo.

La puerta se abrió y Blazenda levantó la mirada, sorprendida. El lugar quedó en silencio. Todos observaron al recién llegado.

Era un sujeto alto y gigante, cuya contextura abarcaba casi toda la entrada. Llevaba un abrigo negro sobre una camisa negra, pantalones negros y, extrañamente, unos tenis de botita blancos. Numerosas cicatrices le recorrían el rostro, como líneas trazadas sobre la tierra. Uno de sus ojos parpadeó, pero el otro parecía estar hecho de vidrio. Una densa nube de desesperación invadió el lugar, al igual que un fuerte olor a pescado muerto. El hombre trajo ese olor. Levantó una mano y señaló a Bolt.

–Ven conmigo, niño. Pero apresssúrate. Tu vida depende de esssto –dijo, arrastrando la *s*, lo cual lo hacía sonar como una serpiente, aunque más escurridiza.

Bolt tembló tanto que casi se cae de su asiento.

6.

El llamado de los pingüinos

Bolt seguía sentado junto a la Blazenda. Sus rodillas temblaban y se golpeaban entre sí como dos maracas. El repiqueteo de las cadenas de la adivina creaban una alegre melodía, pero nadie bailó a su ritmo.

–Ve –susurró la adivina–. Si sobrevives, lo que parece poco probable, encuéntrame en la Parte Fea y Vieja del Pueblo. Tenemos una oportunidad. Mientras tú estés con vida, hay esperanza para todos. Recuerda, eres el elegido.

–Ya dijo eso antes, pero ¿qué significa?

Blazenda movió su cabeza de lado a lado y permaneció en silencio.

–Ahora. Vámonosss –gruñó el gigante, que lo esperaba en la entrada.

Bolt tragó saliva, se levantó y avanzó con pasos largos hacia el sujeto con olor a pescado, iba con un pie listo para salir corriendo en dirección opuesta. Eso hacía que caminar fuera muy difícil.

–¿Usted es el Barón Chordata? –le preguntó al hombre mientras salían. Dentro de la taberna, dos personas gritaron. Y luego dos golpes secos; probablemente se habían desmayado.

–¿Yo? –repreguntó el hombre con cierto disgusto–. Sssimplemente sssoy sssu cochero. ¿Luzco como un monsssstruo para ti?

–Algo así –confesó Bolt.

Frente a la entrada había un carruaje jalado por dos caballos negros, negros como la parte más oscura de la noche, e incluso más, como si ese negro fuera posible. Las poderosas bestias se erguían atentas y en silencio, excepto por el fuerte bufido de su respiración. Sus fosas nasales despedían nubes de vapor en el aire frío.

Un farol solitario titilaba desde lo alto del carruaje al frente.

–Puedesss llamarme Hombre Pez –dijo el gigante, y señaló el carruaje–. Nuessstro viaje.

–¿No tienes un automóvil? –preguntó Bolt.

–No hay automóvilesss en Brugaria –Hombre Pez colocó su pie sobre el estribo y subió a su asiento.

–¿Cómo puede ser?

–Porque no hay estacionesss de gasolina –explicó, y un graznido sonó en las profundidades del bosque. El gigante se estremeció y abrió grande los ojos–. Debemosss irnosss. El Barón essstará molesssto sssi sssu nuevo hijo llega tarde. O peor aún.

Un escalofrío trepó por la espalda de Bolt, como un ejército de sanguijuelas. En lugar de sentarse solo en la parte trasera del carruaje, decidió acompañar a Hombre Pez en el asiento delantero. Se sentía más seguro. Ni bien se acomodó, los caballos comenzaron a galopar frenéticamente. El chico se sujetó de la barandilla de uno de los lados para no salir despedido. El carruaje avanzó por el camino de tierra y se adentró en el bosque y su tenebrosa oscuridad.

Cuando más graznidos de pingüinos surgieron entre la arboleda, los caballos aceleraron aún más el paso. Bolt no podía ver hacia dónde estaban yendo o desde dónde habían salido. Solo oía las ramas golpear contra la caja trasera del carruaje y el horroroso graznido que inundaba el aire.

–¿Por qué tanto apuro? –preguntó, elevando la voz sobre tanto barullo.

–Necesssitamos llegar a sssalvo antesss de la medianoche. Muchas cosasss sssuceden en la noche. Cosasss de las que no hablamosss.

–¿Cómo cuáles?

Como era de esperarse, Hombre Pez no quería hablar sobre eso. Los caballos continuaron galopando a toda prisa.

Los graznidos estaban en todas partes. Bolt casi podía sentir cada uno de ellos, como si los pingüinos estuvieran sentados a su lado. Los sonidos retumbaban en su cabeza, sonidos de ira y, por un momento fugaz, de deseo insaciable por bastoncitos de pescado.

–¿Puedes entender a los pingüinos? –le preguntó de repente a Hombre Pez.

–¿De qué estásss hablando? –respondió el gigante, arqueando las cejas.

–Nada. No importa –se tocó la marca de nacimiento en su cuello. Le ardía.

Los espeluznantes graznidos continuaban y Bolt quería que los pensamientos salieran de su cabeza. Pero persistieron, cada vez más fuerte y agresivos. Botaban en su interior como si fueran bolas de ping-pong que estaban siendo absorbidas por una aspiradora.

Tuvo el impulso de buscar su pingüino de peluche en el bolso, necesitaba un poco de tranquilidad. Pero se detuvo, convenciéndose a sí mismo de que tenía que ser valiente. Ahora estaba en casa. Su padre lo esperaba. Debía ser fuerte. Por él.

Se preguntaba cómo era que los caballos sabían hacia dónde ir, guiados solo por la débil luz de la luna. Más graznidos estallaron; eran demasiados y sonaban cada vez más cerca. Los caballos temblaban y luchaban contra su propio miedo. Bolt respiró hondo.

–¿Falta mucho?

–Tanto tiempo como el que lesss lleva a los muertosss pudrirssse en susss tumbasss –vociferó el gigante.

Bolt no estaba seguro de cuánto era eso, pero parecía mucho. Intentó dejar de temblar, pero solo logró dejar su meñique izquierdo quieto. El resto de su cuerpo continuaba sacudiéndose por el miedo. Cerró los ojos, deseando que la oscuridad se volviera luz, que los graznidos se convirtieran en risas y que Hombre Pez se transformara en alguien menos tenebroso.

Cuando los abrió, nada de eso había sucedido.

Los caballos se detuvieron y levantaron sus dos patas delanteras, relinchando en pánico. Bolt se aferró al asiento para evitar caer en el camino.

–Glu, glu –dijo Hombre Pez y los caballos se calmaron–. Glu, glu –y los caballos se tranquilizaron.

Se quedaron en medio del camino, inmóviles, rodeados por el oscuro bosque. Los graznidos habían cesado. Lo único que se oía era el paso de la suave brisa entre las ramas congeladas de los árboles y la respiración de los caballos.

–¿Qué ocurre? ¿Por qué frenamos? –preguntó Bolt, sujetando a Hombre Pez por el hombro con sus dedos temblorosos.

El gigante señaló hacia adelante. Un árbol caído sobre el camino impedía el paso. No había manera de rodearlo. Apartó los dedos del chico de su hombro y se levantó:

–Espérame aquí.

–Eso planeaba hacer –respondió, viendo cómo Hombre Pez se bajaba del carruaje de un salto.

El obstáculo era demasiado grande como para moverlo, sin embargo, Hombre Pez sujetó las ramas con sus fuertes brazos y, con un gruñido, lentamente arrastró el árbol caído hacia un lado del camino.

Bolt suspiró aliviado, pero la calma no le duró mucho: de repente tenía una fría hoja de metal en su cuello. Alguien había subido al carruaje. Supuso que el árbol caído había sido una trampa.

Una joven habló.

–Si haces ruido, te cortaré la garganta.

Bolt tragó saliva, fuerte.

–Dije *ningún* ruido, eso incluye lo que acabas de hacer –susurró la muchacha con voz firme y cruel. Presionó su arma contra la piel de Bolt, pero no tan fuerte como para lastimarlo–. Debería cortarte la garganta por desobedecer, pero te daré una segunda oportunidad. Y agradece que sea yo quien te está secuestrando. Los otros bandidos del bosque no serían tan piadosos.

Bolt tragó saliva nuevamente, pero esta vez lo hizo con discreción.

7. Ladrones en la noche

Brutus era el más grande y fuerte de los Bandidos del Bosque de Brugaria, y había sido el encargado de cortar el enorme roble y arrastrarlo hasta el medio del camino. Annika lo había estado observando desde su escondite en un árbol cercano. Ninguno de los bandidos sabía que ella estaba allí. No tenía permitido participar en robos de carruajes o secuestros (su padre estrictamente se lo prohibía), pero ya tenía casi trece años y consideraba que esa era edad suficiente para meterse en asuntos de bandidos.

Esa noche había seguido a la pandilla, en silencio y con cuidado, ocultándose entre las sombras. No había sido muy difícil. Después de todo, Annika era la mejor bandida de todos los tiempos.

O mejor dicho, ella *sería* la mejor bandida de todos los tiempos... algún día. Simplemente, tendría que probarlo haciendo algo que haría cualquier bandido. Estaba lista. Se había entrenado por su cuenta, desde que tenía memoria, arrojando cuchillos dentro de su tienda y hablando frente al espejo con voz firme y cruel.

Pero sabía que para ser la mejor bandida de todos los tiempos se requería mucho más que arrojar cuchillos y hablar con voz cruel. Necesitaba ser dura. Feroz. Y también honorable. La pandilla se regía por el Código del Bandido, que mencionaba explícitamente ser honorable, luego de los párrafos que se referían a la dureza y ferocidad. Es por eso que los bandidos siempre eran fieles a sus palabras, al menos la mayor parte del tiempo, y pocas veces hacían trampa en los juegos de naipes, a menos que estuvieran perdiendo. Además, nunca arrojaban basura al suelo.

Annika permaneció en su escondite por un largo tiempo, esperando a que el carruaje se acercara y los bandidos lo asaltaran. ¡Aprendería mucho! Su primer robo y quizás –si tenía suerte– ¡su primer secuestro! Pero posiblemente más aburrido e incómodo que estar sentada en un árbol esperando a que llegara un carruaje para robarlo, era estar sentada en un árbol observando a otra persona que espera a que se acerque un carruaje para robar.

Finalmente, los demás bandidos se cansaron, bajaron de sus árboles y regresaron fatigados a su campamento.

Pero Annika no. Ella esperó. Robaría y secuestraría a sus ocupantes y les demostraría a todos que podía hacerlo… sola.

También porque su cinturón se había enganchado con una rama y, para cuando logró liberarse, la pandilla ya se había ido. Y luego oyó que se acercaba un carruaje.

El vehículo se detuvo y un hombre alto, quizás más alto que Brutus, bajó del asiento del conductor para moverlo. Mientras tanto, un joven de la misma edad que Annika se quedó sentado solo en el carruaje. Era delgado y quizás más bajito que ella.

Annika festejó levantando su puño cerrado. Su primer secuestro sería fácil.

Un segundo más tarde, bajó de su árbol, se escabulló por un lado del carruaje, subió al frente y se colocó detrás del chico, desde donde presionó su cuchillo contra su garganta. Él tragó saliva. Ella sonrió.

–¿Qué estásss haciendo? –gritó el hombre alto desde abajo. Sonó como un rugido grave y amenazante. Tenía el rostro repleto de heridas y una actitud poderosa y aterradora. Avanzó hacia ella.

–Ni un paso más, hombre alto y aterrador en el camino –dijo Annika con firmeza y crueldad.

Respiró hondo. Estaba más nerviosa de lo que jamás había estado, pero un bandido nunca deja ver su estado de ánimo. El Código del Bandido dice que un bandido jamás debe mostrarse nervioso mientras está secuestrando a alguien. Había un capítulo entero sobre eso. Sin embargo, parecía mucho más sencillo por escrito que en la realidad. Aun así, cuando Annika hablaba, trataba de mantener su voz lo más firme posible, tal como lo sugería el código.

–Voy a secuestrar a este chico –indicó–. Si das otro paso más, te arrepentirás... o el chico lo hará, dado que será él quien tenga la garganta cortada.

El gigante se detuvo y el chico tembló del miedo, pero no se movió. Bueno, tragó saliva en silencio varias veces.

–No sabesss con quién estásss tratando –le advirtió el hombre.

–*Tú* no lo sabes –respondió ella, muy orgullosa de mantener el tono cruel y firme–. Soy Annika, la bandida más feroz que existe –se presentó, y con solo decir esas palabras se sentía valiente.

–Si eresss tan feroz, ¿por qué nunca oí hablar de ti? –preguntó el gigante.

–Recién estoy comenzando –suspiró ella–. Lleva tiempo hacerse de buena fama, sabes –dijo y aflojó por un instante su arma. Luego volvió a presionarla contra el cuello del chico–. Pronto seré conocida como la bandida más feroz de todos los tiempos, solo espera. Atrás. Este chico viene conmigo.

–¿Te encuentrasss bien, Bolt? –preguntó el gigante.

El chico no contestó. Sin dudas estaba demasiado asustado como para emitir un sonido. Annika esbozó una sonrisa, estaba haciendo las cosas bien.

De pronto, un graznido de pingüino sonó en las inmediaciones, hacia su izquierda. Luego, otros graznidos se unieron y, sin ninguna advertencia, un enorme pingüino emergió del bosque. Annika frunció el ceño.

–Buenas noches –dijo el pingüino, inclinándose–. Baja el cuchillo, Annika.

Ella protestó, pero le hizo caso.

No era un pingüino, sino su padre con un pico naranja en

la cabeza: un disfraz para sorprender en la oscuridad. Usaba unos lederhosen desgastados, de color blanco y negro. Era el uniforme de los Bandidos del Bosque de Brugaria.

Furiosa, Annika descendió del carruaje de un salto. Ver el disfraz de su padre solo le recordaba cuánto odiaba usar su propio lederhosen desgarrado. Colocó algunos mechones de su cabello rubio debajo de su gorro de pingüino.

–¿Qué crees que estás haciendo? –la interrogó su padre.

–Solo estaba robando un carruaje y secuestrando a alguien, papá –se quejó, y pateó el suelo–. Nunca dejas que me divierta.

–¿Cuántas veces debo decirte que eres demasiado joven para eso? ¿Qué diría tu madre?

–No tengo madre.

–Sí, pero si la tuvieras, ¿qué diría? –insistió su padre. Mientras la reprendía, la chica se cruzó de brazos y continuó pateando el suelo–. Podrías haberte lastimado.

–Habría estado bien. Tengo algunos trucos bajo la manga, sabes. ¿Quieres ver uno? –tomó una baraja de naipes–. Elige uno, cualquiera.

–Silencio –sentenció su padre–. No hay tiempo para juegos. Ya te metiste en muchos problemas –la muchacha guardó la baraja en su bolsillo. Su padre volteó hacia el chico y el gigante en el camino–. Soy Vigi Lambda, líder de los Bandidos del Bosque de Brugaria –se presentó. De repente, los graznidos de pingüino regresaron, y Vigi

Lambda se paró firme, con la preocupación en sus cejas. Su mirada deambulaba de un lado para otro–. Lamento los inconvenientes, pero como ya hemos comenzado, seguiremos con el secuestro. Obtenemos la mayor parte de nuestro dinero pidiendo rescates, saben. También organizamos una venta anual de pasteles.

–¿Y qué sucede cuando nadie paga el rescate? –preguntó Bolt.

El bandido hizo la mímica de un cuchillo sobre su garganta. El chico tembló y se llevó la mano al cuello, donde Annika le había puesto el arma.

–Essstá cometiendo un error –le advirtió el gigante en el camino–. Si sabe qué esss lo mejor para ustedesss, nosss dejará sssseguir nuestro camino.

Vigi Lambda hizo una mueca bufona.

–Ni una palabra más –dijo, y señaló al bosque detrás de él–. Estoy bastante seguro qué es lo mejor para mí.

Entonces, varios susurros emergieron del bosque y una docena de bandidos se hizo presente allí, todos con el mismo gorro de pingüino. Algunos tenían rifles. Se quedaron parados en la oscuridad, entre los árboles y la noche.

Uno de ellos, mucho más pequeño y robusto que los demás pero con un paso sorprendentemente liviano, se acercó trotando hacia Vigi Lambda. En la noche, su piel oscura hacía que su rostro sea casi invisible, excepto por el brillo blanco de sus ojos. Le hizo un gesto con su cabeza a Annika.

–Felipe, estamos en medio de un secuestro –sentenció Vigi Lambda al bandido robusto–. Sabes que odio que me interrumpan durante un secuestro.

Felipe le susurró algo al oído a Vigi. Annika no pudo oír mucho, pero reconoció las palabras "peligro", "muerte" y quizás "bizcocho". Aunque puede que haya escuchado mal esa última palabra.

Vigi giró hacia el carruaje.

–Si vamos a secuestrarlos, debemos actuar rápido –aplaudió–. Vamos. ¡En marcha!

El graznido de los pingüinos se hacía cada vez más fuerte. Felipe susurró algo más al oído de Vigi. Y Annika oyó las palabras "peligro" y "muerte"… y quizás "roll danés".

–¡Lo sé! –exclamó Vigi.

–No deberían secuestrarnosss –agregó el hombre alto–. El niño esss propiedad del Barón.

–¡El Barón! –el rostro de Vigi expresó preocupación–. Pero este no es su carruaje.

–Su carruaje essstá en el taller. Essste esss alquilado.

Los graznidos comenzaron a sonar cada vez más fuerte y cerca. Annika tembló, al igual que su padre.

Bolt, que estaba sentado al frente del carruaje, lucía todavía más asustado. Se tapó las orejas y sacudió su cabeza como si intentara mantener los sonidos lejos de él.

–Por favor, acepten mis disculpas por detenerlos –dijo Vigi, inclinándose y dando un paso hacia el bosque–. No quisimos lastimarlos. Sigan adelante, que los pingüinos se apiaden de nosotros –y luego se dirigió a Annika–. Tú estás castigada.

–No es justo –protestó ella, pisoteando el suelo.

A medida que el hombre gigante del camino regresaba al asiento del conductor en el carruaje, la chica miraba a sus dos potenciales prisioneros. Levantó la barbilla desafiante y habló.

–Tienen suerte de poder irse. Pero la próxima vez, será mejor que se cuiden de Annika Lambda. ¡La bandida más feroz de todos los tiempos!

–Con firmeza y crueldad. Bien hecho –remarcó Felipe, pero Vigi Lambda frunció el ceño.

–¡Vamos, bestiasss de la medianoche! –gritó el conductor del carruaje y jaló de las riendas.

Los caballos corrieron a toda prisa.

Los graznidos volvieron a sonar por el campo a medida que el carruaje avanzaba por el sendero.

–Debemos irnos. Los pingüinos no parecen estar de buen humor esta noche –dijo Vigi Lambda. Volteó hacia Annika–. ¡Y tú! Escabulléndote en medio de la noche y asaltando carruajes. ¿Por qué lo haces?

–¿Será porque soy la hija del líder de los bandidos?

–Ejem –Vigi se aclaró la garganta y negó con la cabeza–. Me encargaré de ti cuando lleguemos a casa.

–Pero solo quería…

–Silencio. Hay bizcochos y un roll danés de postre. ¡Pero nada de eso será para ti!

Cabizbaja, Annika siguió a los bandidos en la oscuridad entre los árboles del bosque.

–Ni siquiera me gusta el roll danés –musitó.

8.

Bestiasss de la medianoche

Tras varios minutos de galope frenético, el carruaje atravesó la densidad del bosque y se abrió paso a una pradera amplia y despejada. La luna, mucho más grande y brillante de lo que normalmente era, los bañó con su luz. Se encontraban en lo alto de una colina y Bolt podía ver en la distancia olas poderosas, de un aparentemente interminable mar, que golpeaban contra las rocas y rompían en la orilla. El agua estaba recubierta por un extraño y fosforescente resplandor.

–El Mar mássss Negro –dijo Hombre Pez–. El hogar de los pingüinosss.

–Conozco el Mar Negro –agregó Bolt, recordando sus clases de geografía en el orfanato.

–Nuestro mar es másss negro.

Los graznidos se habían silenciado. Aquí, a cielo abierto, las cosas no parecían tan lúgubres como antes. Bolt respiraba con más tranquilidad.

El camino se bifurcaba: una parte del sendero principal seguía derecho entre una serie de colinas agradables, y la otra, más pequeña, serpenteaba de regreso al bosque oscuro.

–Iremos por el de las agradables colinas, ¿cierto? –preguntó Bolt.

–¿Tú qué crees? –replicó Hombre Pez, y dirigió a los caballos hacia el camino pequeño y sombrío. Pronto se encontraron nuevamente en el bosque denso.

Si bien ya no se escuchaba a los pingüinos, Bolt sentía que estaban allí escondidos, mirándolos.

Continuaron el viaje por un camino aparentemente invisible que se entretejía entre densos matorrales. Luego, aparecieron en un claro y la luna los bañó con su luz una vez más.

Los caballos se acercaron a paso lento a una mansión antigua que se encontraba en medio del claro. Docenas de pequeñas ventanas recubrían al edificio como si fueran ojos amenazantes. Sus paredes rasgadas y grises se elevaban hacia lo alto, en donde una almena derrumbada rodeaba una torre alta y oscura.

La mansión se encontraba rodeada de un jardín, tan alegre como herida gris y putrefacta. Si existía un lugar embrujado, era este. De hecho, Bolt pensó que los fantasmas mismos estarían demasiado asustados como para vivir allí.

–Estásss en casa –indicó el gigante.

–Esperaba que no dijeras eso.

En la azotea derrumbada descansaba un artefacto de madera. Bolt no estaba seguro qué era eso, pero lucía como una…

–¿Es una catapulta?

–Sssí. La mayoría de las casasss en Volgelplatz tienen una. Variasss son utilizadasss durante el fessstival. Pero el Barón no ha usssado la sssuya en mucho tiempo.

–Alguien mencionó el festival en la taberna.

–El Día del Pingüino comienza en tresss díasss, una jornada de regocijo y celebración. La gente viene desde muy lejosss, como Walross-Stadt y Alabtrosdorf, para bailar y honrar a los pingüinosss.

–Suena divertido. Quizás pueda ir –comentó en voz baja para sí mismo, con cierto dejo de entusiasmo. *¿Qué tan malo puede ser un lugar con festivales?*

–Esss probable que el Barón te arranque todo el cabello, uno por uno, esssperaría a que vuelva a crecer y te lo arrancaría nuevamente antesss de dejarte sssalir de la mansssión y disssfrutar del fessstival.

–¿Él re… realmente ha… haría es… eso? –preguntó tartamudeando.

–No. Probablemente, haría algo mucho peor.

Bolt se encogió mucho más en su asiento. Los caballos se detuvieron frente a la mansión y el conductor señaló hacia la puerta.

–Llegamosss. Esss tarde. Ve. Y recuerda, nada esss lo que parece.

–¿Qué significa eso?

–Sssi algo te parece una cosa, no esss essso.

–No me estás ayudando mucho.

Hombre Pez se encogió de hombros.

Ni bien Bolt bajó del carruaje, el gigante arrojó su pequeño bolso y jaló de las riendas. Los caballos salieron galopando a toda velocidad.

–¡Oye, espera! –le gritó, atrapando su bolso en el aire–. ¡No puedes simplemente dejarme aquí!

El gigante no volteó. Pronto, el carruaje desapareció en el bosque.

Un búho pasó volando sobre la copa de los árboles:

–*¿TÚÚÚ?*

–Sí, solo yo –susurró Bolt. Levantó la vista hacia la mansión–. Aquí. En mi hogar.

Si hubiera habido una cama a la vista, probablemente habría corrido para ocultarse debajo de ella. Pero hacerlo en la oscuridad del bosque no era una buena idea. Se recordó que debía ser valiente, que ya no era un huérfano asustado. Tenía un padre esperándolo al otro lado de esas paredes agrietadas.

Corrió hacia la puerta, susurrándose a sí mismo:

–Me quieren. Ahora tengo una familia. Mi padre es el Barón Chordata.

En la distancia se oyó un gritó y luego, un golpe en seco... alguien se desmayó.

Bolt se mordió la lengua para dejar de temblar, mientras se encontraba parado frente a la puerta principal de la mansión.

9. Mansión Chordata

En la puerta de la mansión había un enorme llamador oxidado con la forma de la cabeza de un pingüino. Le recordaba al pingüino que había visto a un lado de las vías del tren, ya que tenía las mismas cejas espesas y cuernos. Se sentía atraído hacia este –una extraña necesidad de acariciar sus cejas– y aterrorizado a la vez. Sus pensamientos se vieron interrumpidos por una serie de chasquidos al otro lado de la puerta. Se quedó inmóvil.

La puerta se abrió.

Una anciana apareció tras esta. Era un poco más pequeña que Bolt. Su rostro arrugado tenía un tono verdoso y apagado, y estaba recubierto por verrugas. Se limpió las manos en un delantal sucio, que alguna vez habría sido blanco pero que ahora estaba impregnado de manchas de grasa. Debajo de este, llevaba un vestido color café simple que se asemejaba más a un costal. Se paró con firmeza con sus botas y habló.

–Soy Frau Farfenugen. Bienvenido a la Mansión Chordata. Usted debe ser el señor Wattle.

–Llámame Bolt –le dijo, con una sonrisa incierta.

–Ah, qué honor. La simple ama de llaves puede llamar al nuevo muchacho por su apodo.

–Bueno, no es necesario, supongo –musitó.

–Entonces, ya no tengo permiso para llamarlo así. Claro que no, solo soy una simple ama de llaves. ¿Por qué podría llamarlo por su apodo? Póngame en mi lugar, ¿sí?

Bolt pensó en hacer una broma para alivianar la tensión, pero recordó lo mal que había funcionado su humor en la taberna y no dijo nada.

Frau Farfenugen se hizo a un lado para dejarlo entrar. Y ni bien cruzó la puerta, la señora cerró la puerta de un golpe y trabó los trece cerrojos y pestillos. *Clic, clac, cluc. Pum.*

–Cuántos cerrojos. ¿Es para mantener el peligro afuera?

–O para mantenerlo dentro –bromeó Frau Farfenugen. Y miró a Bolt con cierta desconfianza, o quizás odio… o quizás indigestión... O las tres.

Bolt frunció el ceño mientras inspeccionaba la pesadumbre que lo rodeaba. El lugar olía a miedo, si es que el miedo tenía olor.

Se paró en medio de un vestíbulo enorme, cuyo techo de madera se elevaba tres pisos hacia arriba. En el centro colgaba una lámpara de araña metálica, oxidada, y tan grande como un automóvil. Aún con las cientos de luces que parecían garras, la sala estaba oscura, como si una densa neblina impidiera que la luz llegara hasta el suelo de madera.

Una escalera al fondo del vestíbulo, si bien era alta y majestuosa, se perdía en una nube de polvo.

–Quítese el abrigo –dijo el ama de llaves–. Nuestra casa es su casa. Y por eso, lo siento mucho.

Junto a la puerta había un perchero de madera que tenía la forma de un pingüino llorando, y pequeños ganchos sobresalían de su pico. Bolt colocó su bolso en el suelo y trató de bajar la cremallera de su abrigo. Sus manos temblaban nerviosas, y hacían difícil la tarea. Pero, finalmente, pudo quitarse la prenda.

¡Si tan solo hubiera escapado antes!, pensó. Y luego: *No, ahora estoy en casa. Debo ser valiente. Por mi padre.*

–¿Está cansado? –preguntó el ama de llaves.

–Sí. Fue un viaje largo.

–Pobre de usted. Estoy segura de que viajar es mucho más cansador que limpiar una mansión como esta hasta que tus dedos sangren todos los días, como los míos. Pero no debería quejarme. Solo soy una simple ama de llaves, sin amigos y miserable, que nunca será amada –miró hacia la distancia y se frotó las mejillas.

¿Eran lágrimas? Bolt no estaba seguro. Miró a la mujer por un momento, preguntándose por qué era tan miserable. Quizás podrían llegar a ser amigos. Quizás él podría levantarle el ánimo.

–En caso de que se lo esté preguntando, nunca seremos amigos y jamás me podrá levantar el ánimo –agregó ella. Se quedó mirando a Bolt, como analizándolo, hasta que sus ojos se posaron sobre su cuello–. ¡La marca!

Una vez más, él inclinó la cabeza para ocultarla. Y trató de ignorar la mirada fija de Frau Farfenugen, pero era muy difícil ya que no dejaba de señalar su cuello y murmurar:

–*La marca. La marca...*

–No es nada –musitó Bolt.

–Por supuesto que no. La gente tiene marcas de nacimiento horribles con forma de pingüinos todo el tiempo. Es tan normal como nacer con los tímpanos reventados.

–Yo no nací con los tímpanos reventados.

–Es preferible eso a haber nacido con su marca de nacimiento.

Bolt giró incómodo, mientras intentaba controlar sus rodillas que se golpeaban entre sí.

–Entonces, ¿conoceré al Barón esta noche? –preguntó, desesperado por cambiar de tema.

–No, y esté agradecido por eso. No tendrá muchos otros motivos por los cuales estarlo. En realidad, ningún otro, así que tampoco se acostumbre a estar agradecido. El Barón está ocupado esta noche. Todas las noches –explicó y se apretujó una verruga de la mejilla.

–Tal vez mañana iremos de picnic juntos –agregó Bolt con una sonrisa forzada–. O tomaremos un helado. O quizás jugaremos al polo acuático.

–El Barón no juega al polo acuático –respondió ella, entrecerrando los ojos–. ¿En verdad cree que organizará una fiesta de helado? Tiene más chances de ser convertido usted mismo en helado –al oír esto, Bolt esperó una sonrisa, algún indicio de que Frau Farfenugen estaba bromeando, pero nada de eso ocurrió. Intentó borrar las imágenes de él dentro de una batidora mientras el ama de llaves tomaba su bolso de viaje y caminaba hacia la escalera–. Déjeme mostrarle su habitación.

Sus botas pisaban sobre el suelo de madera con fuerza. Caminaba inclinada, y eso la hacía verse más pequeña.

Bolt la siguió. Al cruzar el vestíbulo, vio el retrato grande de un hombre bajito sobre la chimenea apagada. Tenía una nariz enorme, tan ancha y larga que le recordaba el pico de un ave. Dos mechones de cabello gris salían dispersos a cada lado de su cabeza, dando la impresión de que eran cuernos. Mientras caminaba, Bolt sentía como si los pequeños y brillantes ojos grises del sujeto lo estuvieran vigilando. Además, la boca del hombre esbozaba una mueca que intentaba ser una sonrisa, pero fallaba miserablemente. También tenía cejas muy espesas.

–¿Quién es ese? –susurró, con temor a la respuesta. *¡Por favor que no sea el Barón Chordata!*

–El Barón Chordata –contestó Frau Farfenugen. Alguien en la distancia gritó y Bolt asumió que luego se desmayó.

–¿Es… es quien me trajo hasta aquí? –preguntó con voz quejumbrosa. Dio un paso hacia atrás, temblando, como si el retrato fuera a atraparlo.

–¿Él? No, ese hombre murió hace años. Tenemos mucha suerte. Nuestro amo es su hijo. Es mucho peor.

Bolt intentó imaginar a alguien más inquietante que el hombre en el retrato, pero no pudo. También notó una segunda pintura a su lado, mucho más pequeña. En esta se veía a un hombre con sombrero de chef, que parecía estar gritando de dolor mientras le vertían caramelo caliente sobre la cabeza. Decidió no preguntar por esa pintura.

–El Barón colecciona arte y otras cosas menos agradables –explicó Frau Farfenugen.

–¿Como qué?

–Miseria, dolor y horror; y desafortunadamente las colecciona en abundancia. Ahora, sígame. Debemos apresurarnos. Es tarde.

Al llegar al pie de la escalera, Frau Farfenugen volteó y se acercó tanto a Bolt que sus narices se tocaron.

–¿Acaso Hombre Pez lo trajo hasta aquí? –preguntó. Cuando Bolt asintió, la mujer abrió más los ojos–. ¿Cómo se encuentra? ¿Está bien? –el sarcasmo se borró de su voz–. Hace frío. ¿Estaba abrigado? Casi nunca lleva suficiente abrigo.

–Parecía estar a gusto, supongo.

–Bien, bien –los hombros del ama de llaves se desplomaron tras dar un suspiro. Antes de que Bolt pudiera preguntarle por qué estaba tan preocupada, la anciana subió la escalera–. ¡Ahora! ¡No pierda el tiempo! Debe estar arriba antes de la medianoche.

–¿Qué ocurre a la medianoche?

–Nada bueno. Deje de hablar y apresúrese.

Bolt observó un reloj antiguo sobre la pared; era alto y ornamentado. Sus manecillas oxidadas marcaban sobre un segundero plateado y sin brillo que faltaban pocos minutos para las doce.

Su corazón se aceleró y el cansancio se hizo sentir en su cuerpo. Estar asustado era cansador y había estado así durante casi todo el viaje. Solo que ahora comprendía cuán rápido había estado latiendo su corazón todo ese tiempo.

A medida que subían por la escalera, cada paso crujía como si fuera un grito de agonía.

La escalera desembocó en el siguiente piso y giraron hacia la izquierda para tomar otra escalera, una más angosta, empinada y sinuosa, que se hacía más estrecha y empinada a medida que ascendían.

Subieron, giraron, volvieron a subir y volvieron a girar,

cada vez en círculos más pequeños. Estaban llegando a la torre que Bolt había visto desde afuera.

¡Pum! ¡Pum!

Y nuevamente:

¡Pum! ¡Pum!

El chico se detuvo y dio un paso hacia atrás, preguntándose si podría escapar hacia abajo. Pero recordó las advertencias sobre la medianoche y respiró hondo antes de seguir avanzando.

Los golpes eran más fuertes a medida que subían. Frau Farfenugen no parecía inquietarse por estos.

¡Pum! ¡Pum!

Finalmente, la escalera terminó frente a una puerta. El golpe provenía del otro lado, de la nueva habitación de Bolt. El ama de llaves tomó la manija y abrió la puerta, encendió una luz e ingresó con valentía.

Bolt esperaba que apareciera un monstruo. Se preparó, listo para escapar.

SEGUNDA PARTE

La transformación

10. Un descanso en la acción

—¡Achís! –me froté la nariz tras un particular estornudo por mi alergia a los pingüinos. El encargado de los pingüinos y yo éramos las únicas personas cerca del estanque. Y quizás, las únicas en todo el zoológico.

La noche se había vuelto más fría, y tirité.

–¿Quiere que me detenga? –me preguntó. Miró hacia el cielo, donde las nubes deambulaban frente a una nueva luna llena–. Parece asustado.

–¿Yo? Jamás.

–¿Entonces por qué se está mordiendo el puño de su abrigo?

Escupí algunos hilos que quedaron entre mis dientes.

–¿Por la fibra? –respondí, ignorando su mirada de desconfianza–. El niño de su historia… este tal Bolt Wattle. Su adopción parece bastante… bueno, irregular.

–Y así lo fue –concordó el señor–. Oí que luego de que el orfanato el Roble Marchito cerrara, hace ya varios años, la única evidencia de que el niño había vivido allí era un trozo de papel manchado con café. Lo encontraron en el ático, debajo de una alfombra, junto al recibo por la compra de un collar de perlas. Parece que la adopción del niño fue escondida bajo el tapete, literalmente –dijo, y apartó la mirada, perdido en sus pensamientos.

En ese momento de silencio, observé a los pingüinos. Seguían mirándonos, y se nos acercaban sutilmente, como si estuvieran tan entusiasmados como yo por oír cómo seguía la historia.

–Creo que debería llevarme a los machos para mi zoológico –musité. Los machos son más grandes y fáciles de ver desde lejos. Los visitantes con problemas de visión apreciarían mi consideración.

–Son una familia. Debe mantenerlos juntos.

–Son aves –le recordé.

El encargado suspiró:

–Todavía no terminé la historia. Cuando lo haga, se sentirá distinto.

–Lo dudo –respondí, quitando algunos hilos restantes de mi boca–. Continúe con su cuento.

–Muy bien. Pero dejemos de lado al niño Bolt por unos minutos y exploremos la historia de los Bandidos del Bosque de Brugaria.

–¿Historia? Odio la historia tanto como los cuentos de niños –me quejé.

–Conocer la historia es importante. Se dice que la historia se repite.

–Tonterías. ¿Puedo comprarle sus zapatos? –pregunté. Y estornudé.

11.
La historia de Vigi Lambda

Un día, muchos años antes de que Bolt viajara a Brugaria, un joven flautista llamado Milo se encontraba sentado en los campos de heno con su amada, Marcella. El muchacho adoraba tocarle agradables melodías del folclore tradicional de Brugaria –como *"Ella vendrá por el fiordo al regresar"* y *"Uno, dos, ajusta mi lederhosen"*– con su flauta. Mientras tanto, las notas resonaban por las colinas y en el corazón de quienes las oyeran.

Se habían casado en secreto. Marcella sabía que sus padres nunca aceptarían a su amado. Su papá tocaba el violín, y la rivalidad entre los flautistas y violinistas era tan feroz como lo es hoy en día. Sabía que le rompería el corazón a su padre cuando descubriera que había contraído matrimonio.

Milo y Marcella no se dieron cuenta de que los bandidos se aproximaban en sus caballos; el sonido dulce y encantador de la flauta tapaba cualquier otro ruido. Para cuando los oyeron venir, era demasiado tarde para escapar.

–¿Saben quién soy yo? –vociferó el hombre más grande del grupo desde el lomo de un grandioso semental negro. El sujeto tenía aspecto agrío y una cicatriz sobre uno de sus ojos. Su lederhosen, blanco y negro como un pingüino, estaba desgastado y su cabello repleto de tierra. Pero fue el rifle que colgaba de su espalda lo que alarmó al joven flautista y a su amada–. Soy Vigi Lambda, el famoso bandido. Y les exijo que nos alimenten a mí y a mis hombres con leche de cabra, carne y vino.

–Somos pobres campesinos –respondió Milo–. No tenemos nada de lo que nos pide. Solamente avena grumosa y una manzana. La compartiremos con ustedes con gusto.

–Me prometiste la manzana –repuso Marcella con visible decepción.

–No quiero tu manzana ni tu avena –dijo el bandido–. Me llevaré la flauta.

–¡No, eso no! –gritó Milo–. ¡Cualquier cosa menos eso!

Vigi Lambda pateó al muchacho en el pecho, tomó la flauta y se marchó, riendo a carcajadas. Milo se quedó tendido en el suelo, llorando.

–No llores, amado mío –dijo Marcella–. Le contaré a mi padre. Él nos ayudará.

–Pero toca el violín.

–Lo sé. Pero soy su hija.

–No –sentenció Milo–. No soportaría alejarme de ti ahora. Aún tenemos la manzana.

–Una manzana no es una flauta –replicó ella, sabiamente.

–Tendré que intentarlo.

Milo pasó el resto del día soplando por la manzana, pero esta no sonaba como la flauta. Simuló que no le molestaba, pero sentía como si el dolor en su corazón no fuera a sanar nunca. Se quedó la mitad de la noche soplando la fruta y, finalmente, se quedó dormido.

Al despertar, Marcella ya no estaba.

–¡Amada mía! –gritó–. ¿Dónde te encuentras?

No hubo respuesta.

Milo buscó en el bosque, pero no había rastros de ella. Solamente tenía un zapato; no podría haber ido muy lejos, al menos no sin cortarse con alguna roca filosa la planta del pie. Esperó por semanas, que se convirtieron en meses, pero ella nunca regresó. Cada día que pasó, pensó en ella; especialmente, en su pie.

–Los bandidos deben haberla secuestrado –se decía para sí. Cuando uno vive solo en un campo de heno durante mucho tiempo, suele hablar solo–. Seguramente le tocaron alguna canción con mi flauta.

Milo juró venganza. Practicó esgrima, boxeo y manejo de armas. Luchó con lobos, practicó con hondas y aprendió a bailar el vals. No estaba seguro si esto último le sería de ayuda en un duelo, pero no quiso dejar nada librado al azar.

Pasaron cuatro años hasta que el muchacho, ahora ya un hombre, estuvo listo. Con su honda, Milo podía dar en el blanco a veinte pasos de distancia con los ojos cerrados. Podía luchar con lobos con solo un brazo. Incluso había dominado pasos de baile muy avanzados, como el *Cuarto de vuelta*, el *Giro con desplazamiento* y el *Paso de balanceo.*

Si lo atacaba un gusano, un lobo, o se armaba un baile, estaría preparado.

Milo se adentró en el bosque. Sabía que los ladrones vivían en las profundidades del bosque porque habían dejado su tarjeta personal que decía: *Ladrones. Dirección: Las profundidades del bosque.*

Llevó su manzana. Tenía cuatro años y estaba recubierta de moho, pero podría serle útil.

Era temprano por la mañana cuando ingresó al bosque y muy tarde en el día cuando Milo se encontró con los bandidos. Caminó hacia su campamento. No había guardias, un descuido que lo sorprendió. Si él estuviera a cargo, siempre habría alguien vigilando.

Se paró en el centro del campamento y gritó:

–¿Dónde está Vigi Lambda? Se robó mi flauta y a mi amada. ¡Busco venganza!

–¿Quién eres? –preguntó una voz profunda e imponente. Y Vigi Lambda salió de una tienda, recubierto de polvo y mugre. Sus mejillas estaban manchadas con leche de cabra y tenía restos de galletas en su barba. Milo estaba asqueado. Si él estuviera a cargo, todos se bañarían regularmente.

–Solía ser un joven campesino –declaró–. Tú robaste mi flauta y a mi amada.

El bandido entrecerró los ojos.

–Sí, ya me acuerdo de ti. Me deshice de la flauta y no tengo a tu amada.

–¡Mentiroso!

–Te aseguro que no. El Código del Bandido establece con claridad que siempre debo mantener mi palabra, o al menos la mayoría de las veces. Tampoco tengo permitido hacer trampa en juegos de naipes, a menos que esté perdiendo. Pero ¿por qué estás aquí?

–Vigi Lambda, he venido a retarte a un duelo –declaró, tras un largo suspiro.

El hombre soltó una risa maliciosa, y Milo movió la cabeza de lado a lado. Si él estuviera a cargo, nunca se reiría de un exflautista que lo estuviera amenazando.

Ahora docenas de bandidos los estaban rodeando, habían salido de sus tiendas luego de oír el reto de Milo.

–No me gusta asesinar a antiguos y pobres flautistas –le respondió Vigi, aun riendo disimuladamente frente al delgado muchacho–. Vuelve a casa y te dejaré vivir.

–Sí, vete a casa. No quieres morir –se mofaron divertidos los demás bandidos.

–Puedo vencerte –dijo Milo–. Estuve practicando, y soy muy bueno. Incluso puedo bailar vals –todos comenzaron a reírse a carcajadas. No tenían ningún interés en el baile–. Te robaste a mi amada –continuó–. Me dejaste triste y destruido. Debo asesinarte.

–Dudo que lo hagas. Pero si me matas, te convertirás en el líder de este clan de bandidos. El Código del Bandido, Artículo 8, establece que cualquiera que asesine al actual Vigi Lambda en una batalla justa se convertirá en el nuevo líder y deberá conservar ese nombre, así podemos reusar los mismos documentos impresos. Es nuestra ley.

–No lo sabía, pero cuenta conmigo.

Vigi tomó su daga.

Lo único que tenía Milo era su manzana, todavía sin comer. A pesar de haber planeado este reto por años, accidentalmente había dejado su pistola, espada y honda en la granja. Los dos caminaron en círculo. Milo dio un paso hacia adelante con su pie izquierdo y luego avanzó con el otro, pero lo deslizó hacia la derecha antes de apoyarlo por completo. Enseguida, cambió su punto de apoyo al pie derecho y juntó ambos pies. Desde allí, repitió los movimientos pero hacia atrás. Mientras que contaba para sí: *Un, dos, tres. Un, dos, tres.*

–¿Qué haces? –preguntó Vigi, confundido.

–Bailo el vals.

–¿Por qué? Creí que lo decías en broma.

Justo cuando Milo dio un paso con su pie izquierdo hacia adelante, Vigi arremetió con su daga. Pero el muchacho ya había comenzado a moverse hacia la derecha para completar su paso de baile y pudo evitar el filo con facilidad.

Vigi perdió el equilibrio; Milo se le acercó al compás de la música que sonaba en su cabeza y le arrojó la manzana. Esta golpeó a Vigi en la cabeza, y el bandido se desplomó en el suelo. La fruta había golpeado un nervio craneal que le causó muerte instantánea, tal como Milo lo había planeado.

–¡Bailó hasta la muerte! –gritó uno de los bandidos.

El joven que hacía tan solo unos minutos era conocido como Milo dio un paso hacia adelante con las manos sobre sus caderas:

–De acuerdo al Código del Bandido, soy el nuevo líder de este clan. Debemos adentrarnos más hacia las profundidades del bosque y ser mucho más rudos y astutos. Hacer guardias y asearnos regularmente, y nunca más nos reiremos de los flautistas. Seré conocido como el mejor Vigi Lambda que haya existido… al menos hasta que llegue el próximo.

Milo, o mejor dicho Vigi, guio a los demás a lograr mayores hazañas. Los bandidos, ahora con mejor aroma –gracias a los baños– y más seguros por la vigilancia activa, se volvieron cada vez más audaces. Pronto, secuestraban a una o dos personas por día, incluso más. No siempre era fácil secuestrar a tanta gente. Tuvieron que construir una choza extra grande para mantener a los prisioneros y conseguir muchos bocadillos para alimentarlos, pero era una buena vida.

El nuevo Vigi también hacía que todo fuera más divertido. Una vez hizo que todos sus bandidos robaran un carruaje en pijamas y otra, que secuestraran a alguien usando un solo calcetín. Vigi siempre participaba. Nunca ponía a ninguno de sus hombres en peligro haciendo algo que él tampoco estaba dispuesto a hacer. Sus hombres lo amaban por eso. Y él amaba a su clan de bandidos.

Un día, los bandidos se escabulleron en la casa de un pueblo cercano. Habían oído sobre el nacimiento de un bebé y secuestrar bebés era bastante lucrativo. Los padres primerizos solían pagaban muy rápido por el rescate, y los bebés no comían demasiado ni ocupaban mucho espacio en la choza de secuestro.

De regreso en el campamento, Vigi sostuvo al bebé: una niña envuelta en una manta limpia. Le hacía caras graciosas y arrullos suaves a la criatura, pero él no estaba feliz. Entre sus dedos sostenía la nota de rescate que se había olvidado de entregar.

–Lleva esta nota de rescate a la casa número 916 –le indicó Vigi a Felipe, quien era su mano derecha a pesar de ser zurdo. Vigi miró la nota–. Espera. ¿Quizás tomamos al bebé de la casa 616? –giró el trozo de papel. Maldijo entre dientes–. 919. Sí, debe ser esa.

Felipe tomó la nota y corrió rápidamente al pueblo. Y Vigi esperó.

Las reglas de los secuestros eran bastante simples y muy estrictas. Una vez entregada la nota de rescate, el pago debía efectuarse dentro de veinticuatro horas o degollarían a la víctima. Pero tras esperar veinticuatro horas a que aparezcan los padres de la niña para efectuar el pago, Vigi ignoró el protocolo y esperó otras dos horas más. Nada. Otras dos horas. Nada. Y otras dos horas más.

–¿Y? ¿Vas a degollarla? –preguntó Felipe. El sujeto era más bajito y robusto que los demás y no muy buen luchador, pero hacía un strudel de calabaza exquisito. Siempre era un éxito durante la Venta Anual de Pasteles de los Bandidos del Bosque.

Vigi Lambda suspiró y levantó la daga sobre la cabeza de la bebé. La niña levantó la vista y echó un moco, pero lo hizo de un modo cautivador. Vigi bajó el arma. La bebé escupió, pero de una forma encantadora. Vigi presionó la hoja filosa sobre la piel de la víctima, y esta vomitó, pero el vómito fue excepcionalmente adorable.

–¡No puedo hacerlo! –gritó arrojando el cuchillo, que se clavó en un árbol–. ¡Mira lo bella y tierna que es esta bebé!

–Está llena de mocos, baba y vómito –le explicó Felipe tapándose la nariz.

–Pero son los mocos, baba y vómito más adorables que he visto –replicó. Y a Felipe no le quedó más que admitirlo.

Vigi le sonrió a la niña y esta le devolvió la sonrisa–. Me quedaré con ella y la criaré como si fuera mi hija.

–Pero el Código del Bandido dice que solo los hombres pueden ser miembros de los Bandidos del Bosque de Brugaria y que no se permite ningún bebé –comentó Felipe–... Creo –vaciló.

El Código del Bandido tenía ochocientas páginas y era muy aburrido, por lo que Felipe nunca lo había leído. Muy pocos bandidos lo habían hecho.

–Entonces tendremos que añadir un nuevo inciso, en el que se permita que las bebés sin reclamar puedan ser criadas como bandidas –propuso Vigi, haciéndole cosquillas a su nueva hija, quien rio y escupió nuevamente–. La llamaremos Annika. Ahora ve a hacer un strudel de calabaza para celebrar.

12.

Al caer la medianoche

De regreso en la mansión, mientras Bolt y Frau Farfenugen ingresaban a la habitación de la torre justo antes de la medianoche, Bolt abría la boca, listo para gritar, convencido de que una horrible criatura lo atacaría. Pero la cerró antes de que algún sonido escapara. No había ningún monstruo en la habitación, aunque no habría sido extraño que lo hubiera. La habitación era grande y circular, tan cómoda y alegre como una casa funeraria habitada por vampiros.

Todo era gris: desde las paredes y el suelo de madera hasta los muebles antiguos, recubiertos por una capa de polvo gris. Había una cama, un espejo de cuerpo completo al lado de una ventana, un armario en una de las paredes y una enorme biblioteca sobre otra pared más sucia y gris. A los estantes les faltaban algunos trozos de madera, como si una rata los hubiera estado royendo, y estaban atiborrados de inmensos libros antiguos con cubiertas de cuero, grisáceas de tanta mugre. El edredón gris y opaco que cubría la cama tenía agujeros. Incluso, había cuadros en la pared; pero dentro de sus marcos solo se veían cajas grises pintadas sobre un fondo gris.

La ventana mirador estaba abierta, lo que permitía el ingreso de viento frío que golpeaba las cortinas metálicas contra la pared.

¡Pum! ¡Pum!

Cuando Frau Farfenugen dejó caer el bolso de Bolt sobre el colchón, se levantó una nube de polvo. El ama de llaves caminó hacia la ventana y la cerró.

–Estaba ventilando la habitación –explicó–. Pasaron muchos años desde la última vez que tuvimos un prisionero aquí.

–¿Un prisionero? –carraspeó Bolt.

–Quiero decir un huésped, por supuesto. Si tiene algún problema, simplemente, grite.

–¿Y vendrás corriendo?

–Claro que no. ¿Qué podría hacer yo? Algunas veces se siente mejor gritar cuando algo está tratando de comerte. Además, está muy arriba, nadie lo escucharía –dijo, y miró alrededor de la habitación como si estuviera buscando un espía; luego susurró–: No salga de aquí hasta el amanecer. No deje que nada ingrese tampoco. ¿Me comprende?

–Pero ¿por qué? –graznó.

El reloj antiguo dio una campanada, su clamoroso sonido era lo suficientemente fuerte como para escucharse desde la torre.

La mujer dio un pequeño sobresalto.

–Es medianoche. Debo marcharme antes de que el reloj deje de sonar. Nunca seremos amigos y jamás me levantará el ánimo, pero si me escucha, puede que sobreviva. Probablemente, no lo haga, pero tal vez sí… aunque si yo fuera usted, no sería muy optimista al respecto –dijo y salió a toda prisa, cerrando la puerta de un golpe.

Sus botas resonaban en la escalera, atenuándose cada vez más mientras descendía. Bolt corrió hacia la puerta, con ganas de seguirla, con miedo a quedarse solo en esa deprimente habitación gris.

La puerta estaba cerrada con llave. Luchó con su manija, pero no cedió.

El reloj antiguo completó el ciclo de campanadas y, casi de inmediato, el graznido de un pingüino se oyó a la distancia. El sonido trepó hasta la habitación y recorrió la espalda de Bolt. Una multitud de pingüinos respondió al llamado; parecían estar en todas partes. Gritaban cada vez más fuerte, más amenazante. Había cientos de graznidos, tal vez miles.

Abrió su bolso, tomó su pingüino de peluche y corrió hacia la cama, impaciente por esconderse debajo de esta. Se arrodilló y pasó la mano por el suelo de madera: estaba frío, húmedo y un poco pegajoso. Puaj. Se limpió los dedos sobre su pantalón y subió a la cama, levantó el edredón gris y se escurrió debajo de este, completamente vestido, temblando y presionando su peluche tanto como podía.

Quizás no era tan reconfortante como ocultarse debajo de la cama, pero servía.

–Tú me protegerás. ¿Cierto, Pingüino? –murmuró, abrazándolo con fuerza.

¡Los graznidos! Hacían eco en la cabeza de Bolt, como balones saltarines. Retumbaban en su interior, rebotando cada vez con mayor intensidad. Al igual que antes, los entendió:

¡Destruir! ¡Atacar! ¡Comer bastones de pescado!

Trató de quitarse los graznidos de la cabeza pero, tal como sucedió con las polillas hambrientas en el orfanato durante "La noche de las mil polillas", se rehusaban a irse. No solo eran gritos amenazantes, también parecían hablarle directamente a él.

¡Grazna, Bolt! ¡Únete a nosotros y grazna!

Se encogió de miedo bajo las sábanas. No tenía ningún deseo de graznar.

Bueno, quizás sí lo deseaba un poco, lo cual era extraño, porque nunca antes había sentido esa necesidad. Aun así, había *algo* en ese sonido que le parecía tentador. Se sentía familiar, como si hubiera estado esperando en su interior durante toda su vida. En un momento, Bolt abrió la boca, pero se tragó el graznido que quería salir.

Tragó repetidas veces, con la esperanza de hacer que esas ganas regresaran al lugar de donde habían surgido. Pero lo único que logró fue tener sed.

Todavía temblando y con el corazón latiéndole con fuerza, se recordó a sí mismo que debía actuar con ferocidad, como un rayo. Se repitió que todo estaba bien ahora y que finalmente tenía lo que siempre había deseado: a su padre. A su verdadera familia. Por fin, lo querían.

La mente de Bolt deambuló por el recuerdo de una imagen que había visto una vez en un libro, era el rostro de un criminal. En el póster decía: *Se busca: vivo o muerto.*

La imagen permaneció en su cabeza, mientras temblaba junto a su peluche bajo el edredón agujereado. Al tiempo que se preguntaba si no hubiera sido mejor seguir solo que haber encontrado a su familia en esa mansión maldita.

13. Llega el Barón

La mañana siguiente, Bolt se despertó de una noche de terror. Parecía que las ojeras se habían fundido para siempre en sus mejillas. Durante la noche, había estado temblando por horas, mientras los graznidos de los pingüinos afuera aumentaban frenéticamente. El sonido había acaparado toda su cabeza, como el aire dentro de un globo, y su cerebro estaba a punto de estallar.

Las voces le hablaban a él. Lo llamaban. En ciertas ocasiones, temblaba y le urgía gritar del pánico. Otras, sentía como si estuviera siendo arrastrado por una ola de sonidos familiares.

Tras varias volteretas continuas en la cama el sueño finalmente llegó. Pero no llegó solo.

El pingüino de cejas tupidas y cuernos que había visto en la estación de tren lo perseguía. Bolt corría, o al menos lo intentaba, pero como era un sueño, no avanzaba, mientras el pingüino estiraba sus aletas para atraparlo. Hizo un chasquido con su pico y le gritó: "*¡Bolt! ¡Únete a mí! ¡Conviértete en uno de nosotros!*".

Al despertar, estaba transpirado por sus pesadillas y por haber dormido con ropa tan ajustada. Su pingüino de peluche estaba completamente arrugado por la fuerza con la que lo había abrazado y la rasgadura en donde le faltaba una aleta parecía más grande.

La luz del sol ingresó por la ventana haciendo que la habitación gris se viera menos deprimente, aunque continuaba siendo, en general, gris y deprimente.

Bolt se bajó dormido de la cama. Miró por la ventana, esperando ver una multitud de aves furiosas corriendo salvajemente en grupos por el campo. Pero no había rastros de pingüinos. El sol bañaba la enorme pradera, con el césped cubierto por un suave revestimiento de nieve, como si la amenaza de la noche anterior hubiera estado solo en su imaginación.

Rio para sus adentros. ¡Quizás fue solo eso!

La mansión descansaba sobre una colina. Desde la ventana, Bolt podía ver a kilómetros de distancia: casi todo el bosque hasta la costa rocosa del Mar más Negro. El agua destellaba y se expandía infinitamente.

La catapulta antigua descansaba en el tejado debajo de la torre. Bolt se preguntaba si aún funcionaba y por qué una catapulta era parte del festival por el Día del Pingüino. Tantas cosas sobre su nuevo hogar le parecían extrañas.

Todo tendría más sentido una vez que conociera a su nuevo padre. Dejó de lado a su pingüino y lo pateó debajo de la cama. ¿Un muchacho de su edad con un peluche? Qué ridículo.

Dando zancadas se acercó al armario y lo abrió. Una docena de trajes negros de fiesta y camisas blancas con cuello esmoquin colgaban junto a unos moños. También había otras prendas, como ropa interior negra, calcetines negros y zapatos de vestir negros brillantes.

Quizás Bolt tendría que asistir a bailes todos los días. La vida de un Barón debe ser grandiosa, con fiestas extravagantes. Frau Farfenugen puede haber dicho otra cosa, pero él estaba convencido de que pronto participaría de reuniones para tomar helado y torneos de polo acuático.

Bolt dejó su ropa vieja y húmeda en un rincón del armario y se puso prendas limpias. La camisa era bastante rígida, con miles de botones, y los pantalones le causaban picazón, pero le quedaban bien. Era un alivio dejar de usar pantalones ajustados. Se colocó un saco, e incluso, un moño.

Quería causarle una buena impresión a su padre. Aun así, le preguntaría si tendría ropa más informal. Probablemente, el Barón estaría feliz de conseguirle unos jeans.

Ya vestido, caminó hacia la biblioteca. La mayoría de los libros en el Hogar para Niños Abandonados del Roble Marchito eran manuales de instrucciones, como por ejemplo *Cómo protegerse contra un ataque de polillas* o *Cómo capturar topos come pies.* El orfanato también tenía algunos libros infantiles de terror, pero Bolt odiaba ese tipo de libros.

Se acercó al estante con entusiasmo.

Frunció el ceño. Todos los libros eran sobre pingüinos.

Los tomos en el estante incluían una enciclopedia de veintidós volúmenes llamada *El compendio de los Pingüinos*, un libro sobre el andar de un pingüino bebé llamado *El pingüinito* y *Un pez, dos peces, pez rojo, pez azul*, el cual describía con sumo detalle la dieta adecuada de las aves. También había algunas novelas, como *Las aletas de Huckleberry Finn*, *El Señor de las Plumas* y *El graznido de Charlotte.*

Bolt suspiró. También le preguntaría al Barón si podría conseguir otros libros.

Jaló de la manija de la puerta. Alguien debió haberla abierto durante la noche, porque cedió al primer intento. Bajó por la oscura escalera circular y, tras una espiral interminable, llegó a una de las salas principales. Aquí, las ventanas angostas de estilo gótico permitían que el suelo se iluminara con los rayos del sol. Cualquier neblina persistente se había evaporado antes del amanecer.

La espeluznante penumbra de la noche ya había desaparecido.

Dejó salir un suspiro profundo y esperanzador. Ignoró las barras de metal sobre las ventanas. Tampoco le prestó atención al charco de sangre coagulada –o lo que parecía serlo–, en el suelo. Apartó la vista del mensaje sobre el zócalo de la pared, quizás escrito con las uñas de alguien, que decía: "*¡Ayuda, me va a comer!*".

En cambio, prefirió concentrarse en sonreír. Su padre esperaría verlo feliz. Las reuniones familiares eran una ocasión para celebrar.

Y continuó bajando.

Cuando Bolt estaba en el descanso del segundo piso, una voz llegó desde abajo. Era una voz chillona y quebradiza, sin ningún rastro de ternura. Se detuvo, con el pie izquierdo en el aire, justo antes de pisar sobre el siguiente escalón. Miró hacia el majestuoso salón más abajo y divisó a un pequeño hombre de espaldas, con una capa negra. A su lado estaba Frau Farfenugen; ambos tenían la misma altura. El ama de llaves temblaba.

–¿Qué quieres decir con que no hay papas fritas con sabor a pescado? –gritó el hombre. Su voz irradiaba maldad, como un trozo de tela bañado en kerosene, escurrido, y luego humedecido nuevamente.

–Lo siento, señor. Ya no quedaban de esas. Tenemos otras opciones; pensé que no le molestaría.

–*¿Pensaste?* No estás aquí para pensar. Eres una simple ama de llaves.

–Tiene razón, señor. Lo siento, señor. No volveré a pensar de nuevo. ¿En qué estaba pensando? En algo y eso no está bien. No para alguien tan simple como yo.

–La próxima vez, cuando pida papas fritas con sabor a pescado, ¡quiero papas fritas con sabor a pescado! Si vuelves a ignorar mis exigencias, les daré tus codos a una manada de osos salvajes y bañaré tus pies en una tina con jugo de ciruela hirviendo. ¿Quieres eso para tus pies?

–No, señor. Jamás, señor.

–Espero que no. No vuelvas a desobedecer o ¡me pondré muy furioso! ¡Y no quieres verme muy furioso!

Frau Farfenugen mantuvo la mirada en el suelo y soltó un leve quejido.

–No, señor. No volverá a ocurrir. No por parte de esta simple ama de llaves.

Bolt se quedó en la escalera, paralizado.

No había ninguna duda de que el ama de llaves era miserable. El chico se preguntó si era demasiado tarde para escapar y regresar al Roble Marchito y esconderse debajo de la cama. Quizás podría nadar a través del Mar más Negro y convencer a la señorita Blackensmear de que él no era un bolígrafo púrpura que se estaba quedando sin tinta.

Mientras pensaba esto, su pie izquierdo seguía en el aire. Lo apoyó, y la escalera emitió un crujido fuerte y duradero.

El pequeño hombre giró. Sus ojos emanaron un destello escarlata, brillante como las brasas. Frunció el ceño, con una expresión de ira en su rostro.

Pero ni bien vio a Bolt, esa ira se disolvió y esbozó una sonrisa.

Bolt se quedó sin aliento.

El hombre no era un hombre después de todo.

Era simplemente un niño con un traje exactamente igual al que llevaba Bolt, y no parecía ser más grande que él.

14. Preguntas sin respuestas

El rostro del niño que estaba allí abajo en medio del salón era blanco, puramente blanco, como si la sangre se hubiera ido hacía mucho tiempo, o como si le hubieran esparcido polvo de bebé para suavizarlo. En contraste, su cabello era negro azabache, con algunos mechones que salían desprendidos hacia arriba, como si fueran cuernos. Tenía una nariz larga y puntiaguda, y sobre sus ojos descansaban dos enormes cejas.

Eran muy tupidas. Bolt recordó al pingüino que había visto en la estación de tren, al pingüino del llamador oxidado en la puerta y al pingüino de sus sueños.

Pensamientos tontos.

–Tú debes ser Humboldt –le dijo el niño, esbozándole

una amigable sonrisa–. Bienvenido a mi hogar. Soy el Barón Chordata.

En algún lugar, dos personas gritaron y Bolt asumió que el golpe que oyó segundos después fue de alguien que se desmayaba.

A medida que bajaba por la escalera, su cabeza deambulaba a toda prisa. ¿*Él* era el Barón Chordata? Imposible. Seguro era el hijo del Barón. Eso lo convertiría en su nuevo hermano. ¡Un hermano! Bueno… su hermano se veía un poco cruel, incluso malvado. Pero un hermano era un hermano, y eso no podía ser tan malo.

Bolt tenía un padre, un hermano, un ama de llaves y quién sabe qué más.

Los escalones crujían a medida que descendía.

–Debes reparar esa escalera –le dijo el Barón Chordata a Frau Farfenugen–. Hace que toda la mansión suene como si estuviera embrujada –y miró a Bolt–. Claro que mi casa no está embrujada. No existen los fantasmas.

–Claro que no –coincidió Bolt, mientras llegaba al último escalón.

–O brujas –agregó el Barón.

–No.

–O unicornios, faunos o serpientes de mar.

–O momias, duendes y hombres lobo –añadió Bolt.

El Barón resopló:

–Eso crees tú –dijo.

Y Bolt esperó a que sonriera, pero al ver que no lo hacía, se retorció del miedo.

–Por favor, sepan disculparme –los interrumpió la ama de llaves e hizo una reverencia–. Debo terminar de preparar la mesa para el desayuno y luego hacer mis deberes hasta que mis manos sangren. No puedo hacer nada sin sufrir, como siempre –dijo. Juntó sus botas y sin esperar una respuesta, avanzó a toda prisa y salió del salón por una puerta de madera enorme.

Los ojos del Barón permanecieron fijos sobre Bolt, observándolo de arriba abajo, como un carnicero examinando el cadáver de un novillo.

–Tu nariz es algo pequeña.

–Siempre creí que era bastante grande –confesó Bolt.

–No, definitivamente podría ser más larga. Y tu cabello está peinado de una forma extraña, pero no tanto como podría estarlo –tomó un mechón de su cabello como si estuviera analizando su textura–. Pero podemos trabajar en eso. ¿Tienes algún talento como cantar, memorizar las capitales de los estados o crear apodos interesantes?

–Ehm, bueno… –tartamudeó–. No realmente.

–No importa –respondió el Barón encogiéndose de hombros–. Quizás tienes otros talentos que aún no descubriste. Ya veremos, Humboldt –sonrió.

Bolt esperó algún indicio de que el niño lo estaba poniendo a prueba, pero nada ocurrió, y se relajó un poco.

–Excelente. Yo también tengo un apodo. Puedes llamarme Barón o, si prefieres, el Barón. No necesitas inclinarte cuando lo digas… Pero me gusta Bolt. Es corto y eso siempre es bueno. Es más fácil gritar cosas como: *¡Bolt, despierta!* o *¡Bolt, no te muevas o tendrás una muerte horrible!* No es que quiera decir eso. Puedes dormir tan tarde como quieras.

El Barón sonrió nuevamente, pero no fue una sonrisa agradable. Más bien, inquietante. Bolt recordó aquel día en el que el señor Smoof halló una rata muerta en el baño del orfanato. El asistente de la directora esbozó esa misma sonrisa desagradable cuando servía el "estofado misterioso" para la cena de esa noche.

Pero el Barón no solo era desagradable e inquietante. Era joven, bajito y delgado, muy parecido a Bolt, aunque algo en él se sentía poderoso y valiente.

Bolt miró alrededor de la habitación en busca de señales de un adulto, tales como un zapato grande o manchas de café. Había estado esperando este momento toda su vida. Pronto conocería a su padre. A su verdadero padre.

Aunque era extraño que no hubiera ningún retrato suyo. La única pintura en toda la habitación era la del Barón muerto hacía años sobre la chimenea. Los ojos de ese retrato lo miraron. Bolt no creía que fuera a acostumbrarse a esa pintura.

–¿Dónde está tu padre? –preguntó–. Es decir, ¿*nuestro* padre? –se sentía extraño pronunciar esas palabras, pero también agradable.

–¿Padre? No tenemos padre ni ningún pariente –gruñó el Barón, cruzándose de brazos ofendido.

–¿No? Pero ¿por qué? –preguntó asombrado.

El Barón golpeó su pie contra el suelo e hizo una mueca feroz con la boca. Sus ojos destellaron en rojo. Al hablar, su voz subía cada vez más, en tono y en volumen:

–Yo soy el Barón Chordata y hago mis propias reglas. Si digo que no tenemos padres, entonces no los tenemos. ¡No vuelvas a mencionarlo o te colgaré de los pelos de la axila en un mástil y te levantaré y bajaré, una y otra vez, durante una semana! –su cuerpo temblaba y parecía salirle humo de las orejas.

Bolt dio un paso hacia atrás, estupefacto. Estaba tan seguro de que conocería a su verdadero padre, que esa noticia fue como recibir un ladrillazo en el rostro. Pensó en la forma misteriosa en la que lo habían adoptado; salir del orfanato sin aviso, viajar alrededor del mundo en medio de la noche. ¿Acaso este niño-Barón había planeado todo?

–No entiendo. ¿Por qué estoy aquí?

El Barón dio un paso largo y quedó a centímetros del chico, mirándolo fijo a los ojos, con las cejas curvadas hacia abajo y la mandíbula firme:

–Deja de preguntar, Bolt. Solo hay una regla en esta casa: ¡no hacer preguntas! –gritó con el rostro púrpura de ira. Cuando cerró sus manos en dos puños, Bolt retrocedió un paso–. La próxima vez que me hagas una pregunta, me pondré muy furioso. Y no quieres verme muy furioso.

Claro que Bolt no quería verlo muy furioso. Tenía un millón de preguntas, pero se las tragó todas.

El Barón convulsionó algunas veces y sus párpados temblaron, pero luego su rostro regresó a su color blanco puro. La ira se desvaneció como un helado en una sauna. Pasó sus dedos por el cuello de Bolt:

–Sí. Bien. Justo como lo pensé.

–Es solo una horrible marca de nacimiento –le explicó

inclinando la cabeza hacia un lado, tal como solía hacer cuando veían su marca.

–¿Horrible? –replicó el Barón algo molesto–. ¡No! Debes estar orgulloso. Te hace especial. Ay, Bolt. Todavía no comprendes cuán especial eres. He estado buscándote durante mucho tiempo. Demasiado.

–Pero eres simplemente un niño.

El Barón comenzó a reír con frialdad, tanta que Bolt hubiera deseado llevar puesto un gorro de invierno:

–Estarías sorprendido.

Ahora un escalofrío recorrió su cabeza descubierta. Y recordó a Hombre Pez: *"Nada esss lo que parece"*. Las palabras parecían importantes, aunque no supiera por qué.

–Suficiente. Vamos a comer. Tengo tanta hambre como un pingüino come hombres –rio el Barón, y Bolt abrió grande la boca, sorprendido–. Es solo una expresión de Brugaria. Los pingüinos prefieren comer pescados, no humanos. Al menos, la mayor parte del tiempo –agregó, y luego guio a Bolt a través de una puerta–. Los pingüinos tienen mucha historia aquí, sabes. Todo el pueblo fue construido sobre ellos. De hecho, las paredes de esta mansión están recubiertas por una fina capa de grasa de pingüino muerto. Mi capa incluso está hecha con moluscos.

–Qué linda –musitó Bolt, intentando mantener sus labios firmes, que temblaban con miedo, al igual que sus piernas.

Si el Barón lo percibió, no lo demostró. Frotó sus dedos

sobre la tela, se la llevó a la nariz y aspiró profundamente.

–Ya tendrás tu propia capa. Pronto. Después.

Bolt se preguntó: *¿Después de qué?* Pero sabía que era mejor no indagar.

Mientras caminaban, miraba hacia abajo, aún dolido por saber que su verdadera familia no estaba ahí. ¿Por qué había tenido esperanzas? ¿Por qué había creído que ese hogar era realmente suyo?

Esa no era su familia. Era una farsa. Y en cuanto tuviera la oportunidad, escaparía. ¡Si tan solo el Roble Marchito estuviera más cerca!

Lo invadieron nuevamente todas las advertencias que había oído la noche anterior. Las amenazas que había enfrentado no habían desaparecido con la salida del sol.

Si su padre estaba allí afuera, al igual que su familia, no estaría en esta mansión de paredes grises y agrietadas.

15. Mejores amigos

El Barón condujo a Bolt hacia un grandioso salón comedor. Un tono rojizo envolvía el lugar: con sus paredes oscuras de caoba, una alfombra oriental roja desgastada por el tiempo y el tapizado color rojo sangre de las sillas del salón.

Unas cortinas pesadas, también rojas, colgaban sobre las paredes sin ventanas; como si alguien hubiera pensado en colocar aperturas pero cambió de parecer y, de todos modos, decidió dejar las cortinas. Una larga mesa de madera, con veinte sillas a su alrededor, ocupaba la mayor parte del espacio. Sin embargo, solo dos sillas en un extremo parecían estar preparadas para ser usadas.

Bolt se preguntó si alguna vez se habrían realizado

grandes y elegantes fiestas allí. Dudaba de que fueran a tener una ahora, a pesar de que ambos llevaran puesto trajes de gala.

Sus sueños de participar de reuniones para tomar helado y jugar al polo acuático habían sido ridículos. Se avergonzó de haber tenido esas falsas esperanzas.

En la mesa había un candelabro dorado y docenas de platos plateados con variedad de comida. Comida de mar. La habitación apestaba a eso.

A medida que se acercaban, Bolt vio un plato lleno de truchas decoradas con rodajas de limón, un tazón repleto de peces dorados vivos y un plato cargado con colas de anguilas marinadas que flotaban en una espesa salsa roja. Al menos, eso era lo que Bolt creyó que eran, no era fácil estar seguro. Otros platos exhibían alimentos de mar igual de misteriosos, aunque pudo reconocer sardinas en uno y algo como tentáculos verdes de pulpo en otro.

El Barón se sentó en un extremo de la mesa. Bolt se ubicó junto a él, y observó cómo llenaba su plato con comida: un puñado de esto, una cucharada de aquello.

–¿Qué ocurre? ¿No te gusta el desayuno? –preguntó el Barón, al notar que Bolt no se servía nada del banquete. Luego metió la mano en el tazón de peces dorados, tomó uno y se lo llevó a la boca. Tragó de un solo bocado a la criatura–. Son más sabrosos frescos –explicó, acercándole el tazón–. Prueba uno.

Bolt se movía incómodo, y por primera vez no era a causa de sus pantalones ajustados. Los que usaba ahora eran prácticamente lo único cómodo de toda la situación.

–¡Cómete una! –insistió el Barón, con voz temblorosa y un resplandor rojo en sus ojos–. ¡Te ordeno que comas! No quieres verme...

–...muy furioso –susurró Bolt para sí mismo y, antes de que el Barón terminara la oración, sumergió su mano en el agua, tomó un pez y se lo tragó. El pez se deslizó por su garganta. Era bastante sabroso. Se lamió los labios.

Pronto, tenía su plato repleto de varias delicias, incluyendo una enorme porción de colas de anguila.

–Es delicioso –confesó.

–Me alegra mucho. Sabía que te gustaría. Simplemente, lo sabía.

Bolt no se había dado cuenta de lo hambriento que estaba. No había comido mucho el día previo a su viaje y, con cada mordida, quería más. No podía dejar de comer. Tomó otro manojo de peces dorados, los cuales no eran fáciles de atrapar ya que tendían a escaparse, y se tragó tres de un bocado.

–Mira esto –dijo el Barón. Levantó un filete de trucha entre sus dedos. Lo arrojó hacia arriba y abrió la boca. La trucha giró dos veces en el aire antes de ingresar a la boca del Barón, por la cual se deslizó sin siquiera ser masticada–. Tu turno.

Bolt miró nerviosamente la pila de truchas. Tragar un filete de un bocado parecía difícil. Podría ahogarse. Pero el Barón lo miraba con tanta intensidad, que sintió que no tenía opción.

Tomó una trucha por la cola y con una sonrisa incierta, la arrojó hacia arriba. El filete giró una, dos veces y aterrizó en la boca de Bolt. Descendió por su garganta sin ningún problema.

–¡Perfecto! –aplaudió el Barón–. Sabía que lo lograrías. Y decías que no tenías ningún talento. Ah, seremos mejores amigos. ¡Por siempre!

Bolt esbozó una enorme sonrisa. Tenía un talento. Claro, tragar un pez de un solo bocado era bastante repugnante. Pero era mejor que no tener ningún talento.

¿Podría sentirse como en casa en este lugar? Tal vez no fuera el lugar más acogedor, pero quizás la señorita Blackensmear tenía razón; quizás los bolígrafos púrpuras con poca tinta no podían ser tan exigentes.

–Entonces, ¿qué hay con el festival? –preguntó Bolt, la comida había avivado su coraje–. Oí que comienza pronto. Me encantaría ir.

–¿Acabas de hacerme una pregunta? –repreguntó el Barón levantando las cejas.

–Lo siento –dijo Bolt, y tragó saliva–. Es solo que… bueno, nunca antes fui a un festival. Sería lindo conocer gente en el pueblo.

—¿Lindo? ¿Conocer gente? ¡Volgelplatz está lleno de pueblerinos! —su rostro se había puesto morado. Bolt se encogió de miedo a medida que el Barón golpeaba sus puños sobre la mesa. Los cubiertos de plata y los platos vibraban—. Son todos comunes. Vulgares. Nosotros estamos por encima de los de su tipo. No hablarás con ellos. No los conocerás. ¿Lo entiendes? Tengo una sola regla. ¡No mezclarse nunca con los pueblerinos! ¡Una regla!

—Entiendo. Lo siento, pero… —balbuceó sorprendido, dando un paso hacia atrás.

—¿Sí?

—Pensé que no hacer preguntas era la *única* regla.

—Está bien. Dos reglas. Nunca volverás a mencionar algo que pueda romper mis reglas.

—Pero…

—¡Jamás! —gritó. Sus ojos estallaban de rojo y los mechones de su cabello salían desprendidos de su cabeza como cuernos reales.

Bolt apenas pudo contener sus ganas de esconderse debajo de la mesa. Decidió que era mejor no preguntarle sobre los picnics y el polo acuático. Pero luego el Barón rio y, con la misma velocidad con la que había brotado, su furia desapareció. Sonrió y dejó ver sus hoyuelos.

—Perdóname, Bolt. Odio discutir. Además, para alegrarte tengo algo mucho mejor que el festival —se levantó y empujó su silla.

Bolt lo siguió fuera del salón comedor, intentando no hacer nada que pudiera inquietar accidentalmente a su nuevo tutor.

No se quedaría, no, por nada en el mundo. Pronto, se reuniría con su verdadera familia. Podía sentirlo. Estaban allí afuera. Solamente necesitaba encontrarlos.

Cualquier otro futuro era algo que Bolt se rehusaba a digerir.

16. Juegos y diversión

—Aquí estamos —dijo el Barón con un movimiento extravagante de sus brazos—. ¿Qué opinas?

Bolt se detuvo en la entrada a un enorme salón de juegos. Del techo colgaban varias bolas de discoteca que emitían rayos de luz en todas direcciones y se reflejaban en las paredes espejadas. Había colores por todas partes. También música, que sonaba desde unas bocinas ocultas: el zumbido constante de guitarras y un órgano atrapante, mezclado con un acordeón. Bolt también pudo ver algunas máquinas expendedoras y de videojuegos ubicadas en fila, además de una pequeña pista de bolos y un estante repleto de dulces.

Quería probar todo a la vez.

No había ningún juego en el Hogar para Niños Abandonados del Roble Marchito, ya sea de video o de cualquier otro tipo. Él solamente había oído hablar de ellos por medio de los otros niños.

–¿Todo esto es tuyo? –preguntó, con los ojos vidriosos por las luces y los sonidos.

–¿Es una pregunta?

–Quise decir… ¡Todo esto es tuyo!

–Mejor –contestó el Barón, con una sonrisa de satisfacción–. Pero no. Es *tuyo.* Lo hice solo para ti. Solo me arrepiento de una cosa: la máquina expendedora no tiene papas fritas con sabor a pescado.

–No importa –respondió Bolt, aunque sonaba delicioso. Entró corriendo a la habitación. Sus ojos reflejaban las luces que envolvían el lugar. Presionó un botón en la máquina expendedora y un pescado recubierto con chocolate cayó delante de él. Abrió el envoltorio con entusiasmo y se llevó la golosina a la boca. Apenas la pudo retener allí lo suficiente como para saborearla, y lo poco que sintió le resultó completamente exquisito.

Sin detenerse para respirar, se encaminó hacia una máquina de videojuegos con pequeñas aves en la pantalla (como pingüinos animados sin terminar) que disparaban hacia naves espaciales. El juego se encendió al tocarlo. Armas láser, explosiones estelares. A su alrededor, las máquinas emitían pitidos y rugidos.

El Barón colocó una mano sobre el hombro de Bolt, y este se sorprendió. De algún modo, en los pocos minutos que había jugado se olvidó del Barón. Era como si todas sus preocupaciones y desesperanzas se hubieran desvanecido, tal como hacían las naves espaciales en la pantalla.

Cerró los ojos para aclarar sus pensamientos, pero su mente se sentía perdida en una neblina densa dentro de su cabeza. No le importó. Lo único que quería era jugar, jugar y jugar. Y comer golosinas.

–Bolt, ahora somos mejores amigos –dijo el Barón con un tono gentil, como un hisopo de algodón húmedo tocando cuidadosamente una cicatriz–. Quiero que seas feliz. Y espero que te quedes aquí por mucho, mucho tiempo.

Por un momento, Bolt prestó atención al comentario del Barón. Pero luego el juego que tenía en frente emitió un sonido y esas palabras se esfumaron de su cerebro. Y entonces se olvidó de los niños en el Roble Marchito, de los pingüinos malditos, de las terribles advertencias y del temperamento del Barón. Se olvidó de que tenía puesto un traje. Se olvidó de todo, menos de los pitidos que sonaban frente a él. Solo se detenía para cambiar de juego o para llenarse la boca con dulce sabor a caballa o gusanos de chocolate sabor a olomina.

Era demasiado bueno para ser verdad.

¿Qué era lo que la señorita Blackensmear había dicho de las cosas que eran demasiado buenas para ser verdad?

Bolt no podía recordarlo, pero ¿a quién le importaba?

Tenía una leve percepción del paso del tiempo. En un punto, comprendió que no había parpadeado en casi una hora. Se encogió de hombros, todavía sin parpadear. No quería desperdiciar el tiempo parpadeando, no con tantos alienígenas por destruir y dulces de pescado por comer.

El Barón se acercó más hacia Bolt. ¿Por cuánto tiempo había estado allí? La boca del Barón Chordata descansaba a solo unos centímetros del cuello de Bolt, como si quisiera morderlo. Pero el chico no se alejó. ¡Muerde! No podía dejar de mirar el juego, no con tantos zombies rodeando su ejército de pingüinos.

–¿No es maravilloso? –susurró el Barón–. ¿Te gustaría quedarte aquí para siempre? Solo dilo y lo obtendrás.

–Mhm –musitó, estaba demasiado ocupado atacando monstruos como para escucharlo.

–Bien. Eso se puede arreglar fácilmente –respondió el Barón con la voz dulce de una canción de cuna.

–Claro… lo que sea –agregó Bolt, mientras eliminaba a un león marino.

–Solo imagínate: una vida repleta de videojuegos –le susurró al oído–. Una vida como mejores amigos. Y lo único que tienes que hacer es renunciar a algo tan minúsculo, que incluso odio mencionarlo.

–Grandioso –respondió, mientras aplastaba a otro león marino.

–Solo debes renunciar a tu vida como humano…

–¡Sí! –gritó Bolt, detonando un campo de minas para completar con la aniquilación de un ejército de albatros.

–¿Entonces aceptas mis condiciones? Dilo. Debes decirlo por voluntad propia.

–Mejores amigos, por siempre. Entendido –dijo Bolt, con la mirada vacía–. Lo que quieras.

–Me alegra tanto que nos entendamos –concluyó el Barón dando un paso hacia atrás. Bolt no podía molestarse en responder. Había desintegrado a una docena de kril–. Juega, juega, día y noche. Te llamaré cuando sea la hora.

Más tarde, Bolt repasaría esa conversación en su cabeza cientos de veces, deseando haber prestado más atención a las palabras del Barón. En cambio, pasó al siguiente juego, y al siguiente. Sus pulgares le dolían. La neblina en su mente se tornaba cada vez más densa. Estaba en el cielo, pero en un cielo oscuro y cada vez más confuso.

–Debe ir a la cama. Es tarde –dijo Frau Farfenugen desde la puerta, interrumpiendo la concentración de Bolt.

–¿Cómo? –preguntó confundido.

–Es casi medianoche –respondió ella.

–Imposible. Acabo de llegar –miró a su alrededor. La única ventana pequeña del salón de juego mostraba la oscuridad del exterior. El Barón no estaba allí. No podía recordar cuándo se había ido. Docenas de envoltorios de los bocadillos de pescado descansaban a sus pies. Sentía el estómago revuelto, aunque no se había dado cuenta de eso hasta ahora. Dejó de jugar, pero no lograba quitar las imágenes de su cabeza. Continuaba destruyendo enemigos en su mente.

–Debe apresurarse y subir a la torre –dijo la anciana con voz rasposa.

Bolt miró a su alrededor, tratando de recobrar su compostura:

–Creí que el Barón dijo que vendría a buscarme.

–No caiga en su trampa. Debe estar en su habitación antes de la medianoche. ¡Debe hacerlo!

–Pero ¿por qué?

–O quédese aquí. Solo soy una simple ama de llaves. ¿Qué puedo saber yo? Si su cuerpo es despedazado por un pingüino come hombres, entonces podré decir que se lo advertí… aunque usted ya no estaría con vida para oírme.

Bolt frunció el ceño. Quería jugar por siempre. Era el mejor amigo del Barón y Frau Farfenugen *era solamente* una simple ama de llaves. ¡Ni siquiera había conseguido las papas fritas con sabor a pescado!

Afuera de la mansión el graznido solitario de un pingüino rugió por encima de la música del salón.

Esas aves dementes estaban afuera, acechándolos.

La mente de Bolt resurgió a través de la ráfaga de imágenes que aún daban vueltas en su cabeza, como una quitanieves que libera el camino luego de una tormenta.

Sería mejor quedarse. No, sería mejor irse. No, quedarse. La nieve continuaba cayendo sobre el camino.

–Apresúrese. Venga –insistió Frau Farfenugen.

Bolt parpadeó, algo que no había hecho por horas. Sus pulgares le dolían. Su estómago se revolvía.

–Está bien –dijo, pero le tomó toda su fuerza de voluntad pronunciar esas dos palabras.

Mientras seguía al ama de llaves fuera del salón, ni pensó en la promesa que le había hecho al Barón más temprano ese día. Si lo hubiera hecho, probablemente no habría caminado tan lento. Más bien habría corrido hacia su habitación, hubiera cerrado la puerta y se hubiera metido debajo de la cama, para no salir más.

17.

Graznido nocturno

El niño se recostó en la cama. Cuando entró en su habitación en lo alto de la torre, un pijama negro lo esperaba sobre las sábanas. Antes de ponérselo, miró debajo de la cama. Su peluche aún estaba donde lo había arrojado. Lo dejó allí, a pesar de sus ganas de abrazarlo. También luchó contra la necesidad de esconderse allí abajo, recordándose a sí mismo que el suelo estaba húmedo y pegajoso.

En cambio, se sumergió debajo de las sábanas, con los pulgares temblorosos, como si aún estuviera jugando frente a la pantalla. Sus ojos se movían de un lado a otro, y destellos de luz invadían su cabeza, mientras los sonidos asediaban sus tímpanos.

No podía quitar la neblina que se había asentado en su interior. Todos los intentos por dispersarla solo consiguieron hacer crujir más los resortes de la cama.

El reloj marcó la medianoche y, casi de inmediato, un escándalo de graznidos repetitivos estalló afuera.

Bolt se levantó y se acercó lentamente a la ventana, atraído hacia la oscuridad como una polilla a la luz. Claro, las polillas que se acercan demasiado se prenden fuego y mueren. Por ejemplo, "La noche de las mil polillas" había terminado con una enorme fogata de polillas. La imagen de los insectos incinerados se esfumó de su mente casi tan rápido como había surgido.

Miró hacia afuera y tembló, pero esbozó una sonrisa valiente. ¡Cuidado con los pingüinos! ¿En qué estaba pensando? No debería haber dejado que esas supersticiones lo asustaran. Ahora tenía un hogar. Un mejor amigo. ¿No debería sentirse feliz entonces?

Los graznidos estaban teñidos de una sensación de furia y confusión al mismo tiempo. Él podía percibir lo que sentían los pingüinos: hostilidad; pero también miedo. Algunos querían atacar y otros, ir a casa. Y muchos deseaban comer bastoncitos de pescado.

Estaba muy oscuro para divisar algo desde allí arriba, pero luego la luna emergió entre las nubes y bañó con su luz el bosque y la pradera. En la distancia, el Mar más Negro relucía con su resplandor fosforescente.

Y, por todas partes, había pingüinos.

Graznaban furiosos, brincaban a lo largo del campo en grupos. Algunos estaban lejos, buscando comida cerca del agua. Pero la gran mayoría deambulaba por el jardín de la mansión. Se empujaban entre sí y cerraban sus picos con fuerza. Se desplazaban con gran velocidad.

Bolt los miró sorprendido y aterrorizado. Se repitió a sí mismo que estaba a salvo arriba en la torre, lejos de los pingüinos, aunque no se *sentía* a salvo.

Un pingüino ubicado en el otro extremo del campo vio a Bolt. Era más grande que los demás. Más fuerte. Otro pingüino se le acercó, soltó un pescado a sus pies y se marchó corriendo. Los otros pingüinos hicieron lo mismo. Pronto había cientos de pescados a los pies de esa enorme y extraña criatura.

Ese pingüino tenía cejas tupidas y dos pequeños cuernos curvos sobre su cabeza. Era el que Bolt se había cruzado en la estación de tren. Podía sentir su poder, incluso desde la torre. Los otros pingüinos le hacían una reverencia a la bestia, y Bolt oía sus pensamientos.

Sí, amo… Debemos obedecer… ¿Podemos comer bastoncitos de pescado pronto?

La inmensa ave miró hacia la torre y cruzó miradas con Bolt. En ese momento, a pesar de la distancia, el chico sintió que el pingüino lo quería *a él*. Sus pensamientos resonaron más que todos los de los demás.

Ven, Bolt. Únete a mí.

Todos los pingüinos levantaron su voz en un aullido prolongado. Y un graznido suave, casi silencioso, asomó por los labios de Bolt, sumándose al coro.

Ven, Bolt. Ven.

Dio media vuelta y regresó a toda prisa a la cama. Ansiaba esconderse debajo de esta, pero otra vez recordó que el suelo estaba húmedo y pegajoso. Sumergido bajo las sábanas, se tapó las orejas con las manos para alejar esos horribles gritos de su cabeza.

Pero entonces, cuando el pánico se iba incrementando, la neblina que flotaba en su mente lo reprimió. Los graznidos ya no eran amenazantes. Se sentían acogedores.

Únete. Ven con nosotros.

–Ya voy –respondió Bolt. Sus ojos perdieron el foco. Solo oía los graznidos–. Me uniré a ustedes.

18. La noche del pingüino

Bolt abrió la puerta de su habitación y descendió por las escaleras, con la mente casi en blanco. Cada graznido lo alentaba a seguir avanzando, como si fuera un personaje de un videojuego y los pingüinos estuvieran controlándolo.

Al llegar a la puerta principal de la mansión, desbloqueó los trece cerrojos y salió al frío de la noche. Sus pies descalzos pisaron el césped cubierto de nieve, pero lo único que él sentía era el deseo de seguir los graznidos.

La neblina que había acaparado su cerebro se hizo más densa.

Era una noche fría. El viento se arremolinaba a su alrededor, mientras algunos copos de nieve brillantes por la luz de la luna caían sobre él. Apenas los notaba. El campo estaba vacío. Los pingüinos se habían ido de allí o estaban escondidos.

Caminó hasta el fondo del jardín y continuó hacia el bosque. No tenía opción. Las palabras lo llamaban:

Ven… Únete… Bastoncitos de pescado… ¿Quién sigue pidiendo bastoncitos de pescado?... Yo, lo siento…

Bolt se adentró en las profundidades del bosque, en dirección a los sonidos. Su rostro golpeó contra una rama y se raspó la frente. Apenas lo sintió. El control de los pingüinos lo guiaba hacia la más intensa oscuridad.

Luego, silencio. Los graznidos se detuvieron. La luna brillaba débil entre la copa de los árboles. La mente de Bolt se aclaró.

¿Qué estaba haciendo? Le ardía el rostro por las raspaduras de las ramas. Sus pies descalzos estaban adormecidos por el frío. Temblaba. Ni siquiera llevaba un abrigo, simplemente tenía puesto su pijama. ¿Se había vuelto loco?

Dos docenas de pingüinos aparecieron entre los árboles delante de él. Lo observaron, como esperando algo o a alguien. Se mecían hacia atrás y adelante, cambiando el peso entre sus patas. Derecha, izquierda, repiqueteando suavemente sobre la delgada capa de nieve.

–Oigan –dijo Bolt, sumisamente–. ¿No me lastimarán, cierto?

Se oyó un graznido solitario y feroz, que hizo que todos los pingüinos voltearan a la vez. Desde las sombras emergió un pingüino absurdamente grande, su líder, con sus cejas mullidas y sus dos cuernos.

La bestia abrió su pico inmenso y retorcido. Soltó un chillido áspero y espantoso, parecido al de un ave, pero también extrañamente humano.

–¡Mejores amigos! –gritó. Y se arrojó hacia el muchacho.

Bolt corrió. Podía oír a la bestia entre los árboles justo detrás de él. Chocaba contra algunas ramas, y se enganchaba la ropa y el cabello. Su pijama se desgarró varias veces por las espinas.

La bestia se acercaba. Los otros pingüinos también graznaban, burlándose de Bolt, mientras seguían a su líder.

El chico atravesó la última hilera de árboles y llegó al jardín que rodeaba la mansión Chordata. Ya casi no podía respirar. Sus pies congelados le dolían, pero tuvo las fuerzas suficientes para voltear y mirar sobre su hombro. La criatura diabólica ahora se deslizaba sobre su barriga por el césped cubierto de nieve. Más atrás, otros pingüinos hacían lo mismo. Una horda violenta de aves se acercaba, y él no dejaba de correr.

A tan solo cien metros de la mansión, Bolt sintió que algo gomoso le pegaba en las piernas y se cayó.

La bestia lo golpeó en la cabeza con una de sus aletas y Bolt comenzó a sentirse mareado. El monstruo abrió la boca.

Colmillos. Oh Dios, tenía colmillos.

–Puedo traerte bastoncitos de pescado –musitó desesperado.

Bolt estaba seguro de que el monstruo se rio justo antes de hundir el pico abierto sobre su cuello.

Y quedó inconsciente.

19. Despertar de un sueño

Bolt no estaba muerto o, al menos, eso creía. Pero parecía poco probable. Esperaba que la muerte fuera más oscura y con sonidos de arpas. Pero había luz. Y ningún tipo de música.

Le tomó unos segundos comprender en dónde estaba. Sus ojos recobraron el foco y sus oídos se destaparon. Sintió las capas de polvo en su nariz, la pesadez en el aire y vio las paredes grises a su alrededor. Estaba en la torre, en su cama. ¿Qué había ocurrido?

Un pingüino lo había atacado.

Pero no cualquier pingüino. Había sido el Barón. Estaba seguro de eso.

¿Cómo era posible?

Tenía puesto un nuevo pijama, uno seco y para nada desgarrado. Se llevó la mano al cuello, donde el pingüino había clavado sus dientes, justo sobre su marca de nacimiento. Una venda densa la cubría. Ahora recordaba su herida, el dolor era peor que un millón de picaduras de mosquitos. Tomó la venda, listo para arrancarla y rascarse el cuello, una y otra vez, posiblemente durante semanas.

–Yo lo dejaría así. Sanará antes de lo que crees –dijo el Barón. Estaba sentado cerca de la ventana. Bolt no lo había visto antes–. Lo siento si te asusté. Estaba empollando. Ayuda a pasar el tiempo. Con práctica, tú también lo harás.

–¡Me atacaste! ¡No eras tú! –gritó Bolt, replegándose en la cama para alejarse del Barón, aunque no estaba tan cerca.

–¿Oh? Si no era yo, ¿quién era? –preguntó, levantándose de la silla.

–Era una especie de pingüino. Lo vi. Con sus cejas gigantes y sus horribles graznidos.

–¿Cómo es posible? Me da curiosidad. Cuéntame –rio, y una expresión de desconcierto abarcó su rostro.

–Tenía pico… y aletas y… no sé… –se sintió tonto al decir eso. Era imposible, claro. Aun así, parecía verdad. No estaba seguro de nada en ese momento. Necesitaba irse, aunque sea solo para pensar. Su cabeza estaba tan nublada como el aire de la torre.

Pero primero, tenía que pararse. Llevó sus pies a un lado de la cama y puso el peso sobre sus piernas. La habitación comenzó a girar. Sentía como si su cabeza estuviera hundida en lodo. Se sentó nuevamente para evitar desmayarse.

–Me temo que no irás a ninguna parte todavía. Recuéstate y relájate –dijo el Barón. Al notar que Bolt no obedecía, entrecerró sus ojos y su rostro se enrojeció–. Dije que te *recuestes.* No me hagas repetirlo, o me pondré muy furioso –gruñó.

Bolt le hizo caso, y el rostro del Barón recuperó su blanco natural.

–Así está mejor. Solo tengo una regla: que te recuestes para recuperarte.

–Creí que también estaban las reglas de "no hacer preguntas" y la de "no asistir a ningún festival".

–Está bien, tres reglas. Y no querrás romperlas –respondió el Barón. Luego cruzó la habitación y se acercó a la biblioteca. Tomó un plato que descansaba encima de esta–. Te traje el desayuno.

La nariz de Bolt se inundó de un intenso aroma. La bandeja estaba repleta de pescados, como recién sacados del mar. Había grandes y pequeños, de diferentes colores. El hedor era abrumador.

¡Y tan delicioso!

Levantó la mano para tomar un pescado rojo, pero la bajó de inmediato. ¿Qué estaba haciendo?

–Necesito irme. A pensar –intentó levantarse una vez más, pero sentía pulsaciones en su cabeza.

–Debes recostarte. No te diría algo que fuera a hacerte mal. Después de todo, somos mejores amigos. Por siempre. Tal como querías.

–¿Có… cómo *yo* quería? –tartamudeó.

–Hicimos un acuerdo, tú y yo. ¿Recuerdas? Aceptaste las condiciones. Somos iguales ahora, Humboldt, o pronto lo seremos...

–Jamás. Eres un monstruo.

–¿Yo? Tú llevas la marca del pingüino en el cuello, Bolt. ¿Crees que naciste con ella sin ninguna razón?

–Bueno, sí.

El Barón sonrió, pero al igual que todas sus sonrisas, era inquietante y perturbadora.

–Este es tu destino, Bolt. La metamorfosis ya comenzó. Pronto gobernaremos todo, lado a lado. ¡La guerra vendrá! –dijo, levantando su puño.

–¿Qué metamorfosis? ¿Qué guerra? –preguntó. Su mente todavía estaba poco clara y las preguntas salieron sin siquiera pensarlas.

El Barón levantó sus cejas pero, afortunadamente, no se puso muy furioso.

–Has tenido una noche dura, por eso ignoraré que has desobedecido una regla… solo por esta vez. Ya entenderás todo. Después.

–¿Después de qué?

El Barón rio pero no respondió.

–Preguntas, preguntas –musitó–. No pongas a prueba mi paciencia.

Bolt quería irse. ¡Necesitaba escapar! Se esforzaba mucho por levantarse, pero una vez más su cabeza era invadida por la neblina, y su cuerpo colapsaba en la cama.

–Ya te recuperarás. ¡Y estarás mejor de lo que imaginas! Pero ahora, debes dormir –el Barón se encaminó hacia la puerta–. Hasta esta noche.

–¿Esta noche? ¿Qué pasará esta noche?

El Barón rio y esbozó una sonrisa maléfica mientras se alejaba, deteniéndose solamente para mirarlo a Bolt y reír nuevamente. Salió y cerró la puerta. El cerrojo hizo un chasquido y la puerta quedó trabada.

Bolt se obligó a levantarse, ignorando el mareo. No podía quedarse, necesitaba escapar. Pero ¿a dónde podría ir? ¿En dónde estaría a salvo? Si tan solo el orfanato no estuviera tan lejos. Si tan solo su familia, su verdadera familia, estuviera aquí para ayudarlo.

Tomó el plato con pescados que descansaba a los pies de su cama. Escaparía ni bien terminara de comer. Necesitaba tener fuerzas. Llevó un pescado a su boca y escupió las espinas. Nunca antes había probado algo tan rico. Comió otro. Se estiró por un tercero, pero vaciló. ¿Qué estaba haciendo? Estaba muy contento de seguir comiendo, pero también se sentía paralizado por la forma en que lo hacía. Alejó el plato.

Se quedaría en la torre por algunos segundos más para descansar y luego, saldría. Solo un minuto. O quizás cinco. Quince y es la última oferta. Pero estaba muy cansado. Iba a descansar un poco y eso sería todo.

Cerró los ojos. Lo único que quería era dormir. Bueno, en realidad, lo único que quería era terminar de comer todo el pescado y dormir, pero fue el sueño quien terminó ganándole.

20. Uno de nosotros

Cuando Bolt se despertó, era muy tarde en la noche. La luz de la luna se asomaba por la ventana. Prestó atención para oír algún ruido, pero la mansión estaba en silencio. Se sentó y el mareo no regresó. ¿Cuánto tiempo había dormido? Demasiado, de eso estaba seguro.

Miró el plato con pescados que aún descansaba sobre su cama. Tomó el resto de la comida y lo devoró de un bocado, escupiendo las espinas. Con cada mordida se despertaba en su interior una necesidad ancestral de seguir comiendo más. Mientras, las espinas se apilaban en el suelo.

Cuando terminó de comer todo, se levantó lentamente. Su mente estaba clara. Caminó hacia el espejo y se miró: su rostro tenía un tono blanco fantasmal y sus ojos un leve tinte amarillento. Su nariz, la cual ya de por sí era larga, ahora parecía aún más larga. Su cabello, que siempre estaba despeinado, lucía aún más desaliñado, con dos pequeños mechones que se elevaban como cuernos. Intentó bajarlos con su mano húmeda, pero estos volvían a levantarse.

Sus cejas lucían más espesas también.

Su cuello palpitaba, y se quitó el vendaje para rascarse. Esperaba ver una cicatriz repugnante. Pero su piel estaba suave, completamente sana. La marca de nacimiento apareció ante sus ojos, apacible, pero aún desconcertante. ¿Era más grande que antes? Las aletas del pingüino estaban más largas.

Se acercó a toda prisa al armario. Se vestiría y se marcharía. Su verdadera familia lo debía estar esperando en el orfanato. O en algún otro lugar. Los sentía más cerca que nunca, aunque no sabía bien por qué. Se colocó los pantalones del traje y tomó una camisa. Se había abrochado la camisa casi por la mitad cuando sonó el reloj antiguo. Una vez, dos veces y así hasta que fueron once.

No, doce. Había contado mal.

Afuera, las aves comenzaron a rugir, pero él apenas las oía. Una ráfaga de energía fluyó a través de sus venas. Sentía que el mar lo llamaba. Tenía una necesidad imperiosa de nadar. Quería graznar. Incluso haría lo que sea por caminar como pingüino.

La ventana se iluminó por la luz de la luna llena. Bolt se

acercó a ella y el resplandor lo bañó con su luz. Comenzó a sentir un hormigueo en la piel.

Dio un paso hacia atrás, pero la luz continuaba brillando sobre él. Sus pies descalzos crecieron y se tornaron anaranjados, con membranas entre los dedos.

¡Cuidado con la luna! Cuanto más brillaba, más cambiaba.

Una nube pasajera bloqueó sus rayos y, por un instante, la transformación se detuvo, pero luego la nube siguió su rumbo y la luna volvió a brillar sobre la torre. La barriga de Bolt se expandió.

Miró su reflejo en el espejo. Su rostro había cambiado, se había retorcido, estirado, haciendo que su nariz prominente se convirtiera en un pico.

Se tambaleó hacia la enorme ventana. La abrió. Necesitaba aire fresco. Quería bastoncitos de pescado.

Abrió la boca para gritar. Pero en su lugar, graznó. Sus brazos se tornaron pequeñas aletas.

–Soy uno de ustedes –les susurró a los pingüinos de abajo, sabiendo que lo podían oír.

Luego, no sintió nada.

21.

Despertar de una pesadilla

En su sueño, Bolt corría. Libre. Poderoso. Corría por la orilla del mar junto a cientos, no, miles de pingüinos que se zambullían entre las espumosas y enormes olas. Los peces saltaban por todas partes, y él comía sin parar para saciar su infinita hambre. Tragaba uno y pasaba al siguiente.

Era uno de ellos. Un pingüino. Así se sentía formar parte de una familia. Por primera vez en su vida, se sentía querido, sin que nadie lo juzgue, sin preocuparse por ser lindo o adorable, talentoso o no. Lo querían por lo que era, por lo que se había convertido.

Soñaba con estar graznando entre las rocas y sumergirse bajo el agua, nadar a toda prisa y aguantar la respiración por más tiempo del que jamás habría imaginado posible, antes de subir a tomar aire y volver a sumergirse. Nunca antes había nadado. El Hogar para Niños Abandonados del Roble Marchito no tenía piscina, ni un río, ni tinas; ni siquiera tenía vasos grandes de agua. El agua se sentía bien y, a pesar de las temperaturas heladas, no tenía frío. De hecho, el mar le parecía acogedor, como una sábana suave y limpia.

Jugó una carrera con un tiburón. Bailó con una raya y jugó al limbo con un calamar. Pero luego apareció una orca, la ballena asesina, y tuvo que escapar; al igual que todos sus hermanos pingüinos, temerosos por un enemigo demasiado grande para enfrentar.

El terror invadió a Bolt, un miedo instintivo a las orcas que incluso superaba su miedo a los topos mordedores del orfanato. Sin embargo, fuera del agua, ese terror se desvaneció y corrió a través del bosque, en busca de hacer alguna travesura.

Él y los pingüinos pronto la encontraron.

Rodearon a dos adolescentes; una niña y un niño que caminaban en la medianoche tomados de la mano. Brincaban, sonreían y silbaban, hasta que Bolt y su séquito de pingüinos los embistieron. Los adolescentes se estremecieron del miedo y se abrazaron.

–No nos lastimen –suplicó el joven.

–Nos gustan los pingüinos –gimoteó la muchacha–. Somos grandes admiradores.

Algunos de los pingüinos graznaron furiosos. Estas aves no tenían piedad, solo sed de poder y crueldad. Pero otros dudaron, y sus cerebros deambularon entre pensamientos de poder, paz y bastoncitos de pescado.

Bolt los entendía a todos.

Mientras los jóvenes temblaban, un pingüino grotesco emergió del bosque. Era el Barón, pero transformado en pingüino; de eso, Bolt no tenía dudas.

–¡Somos pingüinos! –graznó el Barón-pingüino–: ¡Debemos gobernar!

Para los jóvenes, esas palabras eran simplemente un ruido frenético emitido por un enorme pingüino de grandes cejas. Pero Bolt las comprendía, a medida que se adentraba cada vez más en su interior, como un gusano en una manzana.

Los jóvenes salieron corriendo por el bosque, pero la bestia los siguió. En medio de la oscuridad, Bolt oyó una conmoción y luego un grito, seguido de otro. Momentos después, el Barón-pingüino regresó con uno de los zapatos del joven.

Bolt se sentó en la cama. Era temprano en la mañana y la brisa fresca ingresaba a la habitación por la ventana abierta. Las sábanas estaban mojadas y algunos copos de nieve descansaban sobre el suelo junto a pequeños charcos de agua. Desde la puerta cerrada de la torre se acercaban unas huellas de pingüino.

Tenía puesto el pijama, pero estaba desgarrado, destrozado, y goteaba agua salada. Exhaló pero, a pesar de las bajas temperaturas, no se formó ningún tipo de vapor delante de su rostro. Extrañamente, no tenía frío.

Un pescado muerto yacía sobre las sábanas. Bolt lo tomó y pasó su lengua sobre este, antes de tragárselo por completo. Sus brazos olían a pescado, y también los lamió. Tenían gusto a mar. Los lamió una y otra vez, más rápido, regocijándose con el sabor hasta que, paralizado, se forzó a detenerse, dejando algunos restos de saliva colgando de su codo.

Se puso de pie y se miró en el espejo. Tembló al ver su rostro blanco como la nieve y los dos mechones de cabello elevados. Sus cejas eran mucho más espesas, sin duda.

No había rastros de ninguna aleta de pingüino en su cuerpo; tampoco de ningún pico en su cabeza. Continuaba siendo el mismo, al menos, en gran parte.

Pero sabía que lo que ocurrió había sido real. No había sido solo un sueño.

Se había convertido en un hombre pingüino.

El Barón había dicho que gobernarían todo. Pero Bolt no quería gobernar. Solo quería escapar, irse lejos y encontrar a su verdadera familia.

Familia.

Al pensar esa palabra, su mente trajo imágenes difusas de la noche anterior. A pesar del horror y la repulsión que sentía por el monstruo en el que se había convertido, también tenía una sensación de pertenencia. Había sido parte de un tipo de familia. Claro, era una familia aterradora de aves que querían gobernar, esclavizar a las personas y seguir las órdenes dementes del Barón, pero una familia al fin.

Negó con la cabeza. Ridículo. Su mente confundida le estaba jugando trucos. Una colonia de pingüinos no era una familia.

Pero ¿qué pensaría su *verdadera* familia, aquellos que seguramente lo estaban esperando en el orfanato, sobre su transformación a pingüino? Porque él sabía, de alguna forma, que estaba condenado a transformarse una y otra vez, cada noche, a menos que hiciera algo para impedirlo. Si no detenía sus mutaciones nocturnas, si no lo lograba, nunca sería amado. Nunca tendría una familia.

Mientras sacudía la cabeza, casi agobiado por la desesperanza, recordó a la Adivina. Ella había dicho que podía salvarlo. Había mencionado algo sobre que si Bolt era libre, todos los demás también lo serían.

Ella podía ser su *única* esperanza.

Entre el tintineo de sus cadenas, su risa inquietante y la fuerza de sus manos, la mujer también había mencionado que él era el elegido.

Claro, nunca le dijo para qué, pero Bolt sabía que era el elegido para escapar de este monstruoso destino. Dudaba de que él fuera el elegido para salvar a alguien. Ese era el tipo de cosas que una persona valiente y poderosa hacía, pero Bolt no era nada de eso; solo estaba desesperado.

Pero Blazenda lo ayudaría a terminar con su maldición. Tenía la obligación de hacerlo. No se animaba a pensar qué sería de él si no contaba con su ayuda.

TERCERA PARTE

La maldición

22.
Otro descanso en la acción

De regreso en el Zoo de San Aves, el encargado de los pingüinos se detuvo. Las luces del estanque se habían apagado y la luna llena destellaba sobre ellos. Los pingüinos estaban tan callados como yo, mirando a nuestro narrador, prestándole atención a cada una de sus palabras.

Escupí un hilo largo de mi abrigo. Me había comido la manga entera y había comenzado a mordisquear la otra.

–Nunca me gustaron mucho las mangas –murmuré, tratando de apartar la atención de mi miedo evidente.

El encargado asintió, demasiado educado como para mencionar los trozos de tela llenos de saliva que se apilaban a mí alrededor.

–Quizás debería detenerme ahora.

–¿Ya terminó? Me prometió pingüinos gratis cuando terminara.

–No, no terminé –confesó–. Y no olvidé el trato. Los pingüinos serán suyos después de mi historia, si usted aún los quiere.

–Claro que los quiero. Un cuento ridículo sobre ellos no me hará cambiar de parecer. Prosiga.

–Debo advertirle, estamos llegando a la parte más terrorífica.

–Estoy listo.

–No creo que nadie esté preparado para lo que está por ocurrir –me quedé quieto y el hombre apartó la vista con una mirada melancólica–. Regresemos a los Bandidos del Bosque de Brugaria. Quizás oír sobre ellos suavice un poco la tensión.

–¿Oír sobre unos bandidos violentos y degolladores que capturan y secuestran a bebés inocentes suavizará la tensión?

–Desafortunadamente para nosotros, sí.

23. La huida

Luego de fallar en el secuestro de Bolt y el robo de su carruaje, Annika se sentó, molesta, en su tienda. Era una tienda relativamente grande, lo suficiente como para que cupieran una cama y un baúl, con bastante espacio para hacer ejercicios –si alguien quisiera hacerlo, lo cual no ocurría muy seguido. Estaba algo apartada del campamento de los bandidos.

El campamento no era la gran cosa: un grupo de tiendas grandes plegables en un claro en medio del bosque de Brugaria. Además de las tiendas para cada bandido, también había un pozo para cocinar, la choza para los secuestrados y un baño improvisado (un hueco en el suelo). El olor que emanaba de allí invadía todo el campamento, a pesar de los

276 aromatizadores con esencia de vainilla que colgaban de los árboles, los cuales habían sido entregados por un vendedor de aromatizadores como parte de pago por su tío secuestrado. El vendedor no tenía suficiente dinero para pagar el rescate.

Y esa era la vida de un bandido: aromas apestosos, refugio temporal en caso de que tuvieran que levantar campamento y moverse en medio de la noche, y acuerdos de rescate bastante cuestionables.

Annika se sentó en la cama. Su padre se encontraba frente a ella, de brazos cruzados. Afuera, podía oír el *chak*, *chak*, *chak* del metal clavándose en la madera: el sonido de la práctica matutina de tiro con cuchillo.

–Déjame unirme al resto y practicar con el cuchillo –suplicó Annika.

Vigi Lambda negó con la cabeza.

–Sabes que no puedo permitirlo. No eres lo suficientemente grande.

–Me tratas como si todavía fuera un bebé.

–Exageras. Toma, te conseguí un sonajero nuevo –arrojó el juguete sobre la cama.

Annika lo miró.

–No es justo –suspiró, cruzándose de brazos–. Ya casi cumplo trece. ¿Cuántos años tenías cuando empezaste a secuestrar gente?

–Veinticuatro.

–Bueno, todos saben que las chicas maduran más rápido que los chicos –dijo. Su padre frunció el ceño–. El año pasado gané la competencia de abrir cerrojos sin llave. ¿Recuerdas? Ninguna otro bandido me alcanzó. Soy rápida. Puedo dejar atrás a cualquiera.

–Abrir un cerrojo y correr no sirve para robar un carruaje y secuestrar a sus ocupantes.

–Pero puede ayudarme a escapar si me atrapan. Por favor, papá. Dame una oportunidad. Puedo ser una bandida terrorífica; la mejor de todos los tiempos. ¡Soy tan rápida y lista como un pingüino!

Su padre se encogió del miedo. A Annika le sorprendió esa reacción.

–Por cierto, ¿por qué le temes tanto a esas aves? Tenemos un acuerdo con el Barón, ¿cierto? Él nos protege.

–¡Así es! –exclamó su padre, un poco fuerte, con el ceño fruncido–. Pero como un martillo de cristal, un acuerdo puede romperse con facilidad.

Annika asintió, recordando un juego de herramientas de cristal que su padre había comprado años atrás. No habían durado mucho.

–Los pingüinos se están volviendo más malvados, ¿no? –preguntó–. Más audaces. Más engañosos. ¿Qué tal si nos atacan?

–Tonterías –contestó su padre–. Eso nunca ocurrirá.

–Pero tú dijiste...

–¡No discutiré eso contigo! –pisó fuerte sobre el suelo–. Ni con nadie. Soy el único líder en este clan de bandidos. Solo yo. Puedo mostrarte mi oficina si no me crees.

Annika hundió el rostro entre sus manos. Su llanto era tan fuerte y duro que hacía que los sauces llorones del bosque se sintieran celosos.

–No me dejas hacer nada. No me dices nada. Ni siquiera eres mi verdadero padre. ¡Desearía que nunca me hubieras secuestrado!

–No digas eso...

–¡Te odio!

Vigi Lambda abrió la boca para responderle, pero en su lugar, se mordió el labio. Sin decir una palabra, salió de la tienda.

El llanto de Annika fue apagándose lentamente, como si estuviera siendo exprimida, como un envase de cartón de jugo vacío. Sabía que los bandidos feroces no lloraban, o al menos, casi nunca lo hacían; a veces los más temibles lloraban antes de ser ahorcados. *No llorar a menos que esté a punto de ser ahorcado.* Así estaba escrito en el Código del Bandido. Ella lo sabía porque había leído el código entero, las ochocientas páginas, dos veces.

No había ido a la escuela, pero aprendió a leer por su cuenta, del mismo modo que aprendió a abrir cerrojos y hacer hazañas de bandidos. Estaba orgullosa de haber ganado la competencia de los cerrojos, pero no se animaba a revelar el resto de sus habilidades. Temía que su padre no fuera a reaccionar bien si descubría que había estado entrenando en secreto.

La puerta de su tienda se encontraba abierta, meciéndose con el viento. Felipe ingresó, con la preocupación escrita su rostro.

–¿Por qué tienes la palabra *preocupación* escrita en el rostro? –le preguntó Annika.

Él se frotó la frente para borrar la marca.

–Tu llanto está molestando a los sauces llorones del bosque otra vez.

–¡No me importan los árboles! –gritó Annika– Papá no me deja hacer nada –se quejó–. Papá –repitió la palabra. Se quedó pensativa–. Ni siquiera es eso.

–Mide tus palabras –dijo Felipe. El bandido se sentó en la cama junto a ella–. Él te ama, a su manera.

Annika no se permitía encontrar confort en esas palabras. Se cruzó de brazos.

–Cree que para lo único que soy buena es para cosas pequeñas, como *ir a buscar el dinero del rescate* o *afilar los cuchillos para degollar a alguien.* Nunca me deja hacer algo divertido.

Felipe, que era la mano derecha de Vigi Lambda, le dio una palmada a la mano derecha de Annika, con su mano izquierda.

–Es difícil para él. Podría haberte matado cuando eras un bebé, sabes. Pero no lo hizo y no hay nada escrito en el Código del Bandido sobre cómo criar a una hija. Al menos, no lo creo. Es largo y aburrido, nunca lo terminé... –murmuró la última parte, sonrojándose y bajando la mirada hacia sus zapatos.

–Yo lo leí completo. Dos veces –exclamó ella, quitándole la mano a Felipe–: Pero no todo tiene que venir de un libro, sabes –cerró sus manos en un puño y golpeó la cama–. Se lo demostraré. Le probaré que soy una gran bandida, con o sin él. Solo tengo que... –su voz se fue apagando, y en su boca apareció una sonrisa frustrada.

–¿Qué planeas hacer? –preguntó Felipe, preocupado–. No cometas una locura, Annika.

–Nada –respondió, recostándose en la cama y girando, dándole la espalda a Felipe–. ¿Qué podría hacer? Soy solo una niñita inútil que juega con sonajeros –levantó el juguete que su padre le había entregado un rato antes y lo sacudió–. ¿Ves?

Continuó moviéndolo hasta que Felipe se marchó. Ni bien se cerró la puerta de su tienda, Annika se levantó. No tenía ninguna intención de jugar con juguetes de bebés o quedarse en el campamento.

Tan pronto como se anunciara la cena esa noche, los hombres se juntarían a comer. Esa sería su oportunidad. Todos estarían demasiado ocupados comiendo ardillas rostizadas, mangostas asadas o cualquier otro animal que hayan atrapado ese día, como para notar su ausencia.

Una vez libre, Annika les demostraría que podía robar y secuestrar tan despiadadamente como ellos.

Pero necesitaba dinero para su viaje. Antes de salir del bosque, debía encontrar algún carruaje para robar (cualquiera estaría bien, aunque uno elegante sería mejor). Así, se iría lejos, a un lugar en donde pudiera robar y secuestrar y probar que era la mejor bandida del mundo. Una vez que regresara, su padre o –mejor dicho– el hombre que la secuestró cuando era bebé se arrepentiría de haberla tratado como una niña.

Se pasó el resto del día practicando con su cuchillo. Lo arrojaba contra su almohada para suavizar el sonido. Siempre hacía eso, lo cual explicaba por qué su almohada tenía cortes por todas partes y no era muy cómoda para dormir. Afortunadamente para Annika, los demás estaban demasiado ocupados practicando con sus cuchillos como para notar el suave *chac*, *chac* que provenía de su tienda.

Annika tomó un pequeño candado escondido bajo su almohada y algunas horquillas que sujetaban su cabello rubio. A menudo, tenía el cabello recubierto de horquillas, ya que eran muy útiles para abrir candados. Así fue que ganó la competencia de abrir cerrojos.

Destrabó el candado, una y otra vez, mientras esperaba que cayera la noche.

Finalmente, una vez que pasaron lo que le parecieron horas, porque en realidad fueron horas, Annika oyó la campana de la cena.

Los bandidos se reunieron alrededor de una fogata para comer lengua de serpiente llameante; era fácil distinguir un olor tan ácido. Esta era su oportunidad. Vestida con su ropa de bandida –telas harapientas, de blanco y negro para parecerse a un pingüino–, Annika tomó su pequeño bolso y salió de su tienda.

Corrió sin hacer ruido, siempre manteniéndose cerca de los árboles, tal como había aprendido. Luego de veinte minutos, aminoró la marcha. Aunque le llevó más tiempo hacer que su corazón palpite a su propio ritmo, con el sol ya escondido y la luna radiante brillando arriba.

Los grillos chillones del bosque chillaban. Los cuervos acechadores del bosque acechaban. Las polillas chupasangre del bosque chupaban sangre. Annika se detuvo cerca del camino principal, aquel que atravesaba el bosque, para escuchar. Esperó y esperó. Esperaba oír el sonido de un carruaje acercándose. Permaneció inmóvil, sujetando el cuchillo con fuerza en su mano.

No apareció ningún carruaje y cuánto más se detenía a escuchar, más se desanimaba. No podía escaparse sin dinero y no podía regresar al campamento hasta que estuviera lista para demostrarles a todos que era una bandida temible.

Era una pena que tan pocas personas anduvieran a esas horas por allí. Cuando alguien había sufrido un robo o un secuestro varias veces, tendían a evitar esa zona, especialmente por la noche.

Luego de varias horas de estar esperando junto al camino, con las piernas tan dormidas que parecían estar a punto de roncar, Annika oyó que algo se aproximaba. Desafortunadamente, no eran caballos ni un carruaje. No. Era algo mucho más espantoso: el andar de un grupo de pingüinos frenéticos.

La chica trepó al árbol más cercano y se ocultó entre sus ramas congeladas para ver pasar a la horda de pingüinos que deambulaba en busca de problemas.

Una criatura corría con ellos: lucía como un pingüino, pero no lo era por completo. Parecía ser mitad humano, mitad pingüino, con un pico pequeño, un solo pie con membranas y una sola aleta en el cuerpo. Su rostro le parecía familiar.

Era el niño del carruaje, el muchacho del Barón, aunque algo cambiado: tenía una parte humana y otra animal. Annika abrió la boca para llamarlo, pero se obligó a cerrarla de inmediato. Era uno de ellos: vicioso, saqueador. No era humano, o al menos, no por completo.

Annika tembló en su rama. No solía asustarse muy a menudo, pero esta imagen le provocó escalofríos.

¿En qué se había convertido el niño?

Cuando los pingüinos finalmente se marcharon, se quedó dormida allí mismo, abrazada a la rama del árbol.

Por la mañana, el sol y su resplandor pálido entre las ramas la despertaron.

Bostezó y saltó hacia el suelo.

Acababa de pisar el suelo, cuando alguien colocó una mano sobre su hombro. Era una mano esquelética pero fuerte, y le causaba un profundo dolor.

–Esta nos servirá –dijo sonriendo una anciana con un sombrero gris y desgastado. Annika la reconoció. Era Blazenda, la adivina de Volgelplatz.

La joven dio media vuelta y metió su mano en la funda que llevaba en su cintura. De allí, tomó el arma que llevaba escondida, lista para luchar.

Levantó el sonajero.

–Uf, tomé esto por error –se quejó.

Blazenda sujetó a la muchacha por los brazos y alguien más la tomó por detrás. Otros pueblerinos emergieron del bosque, algunos con cadenas y otros con una enorme red.

Annika no tenía modo de escapar.

24.
Un canto de esperanza

En la inmensa soledad de su habitación, Bolt se colocó un par de pantalones limpios. La esencia fresca del algodón le traía comodidad. Aún era un prisionero en esa torre y estaba condenado para la eternidad; incluso estado elegantemente vestido lo seguía siendo.

Un sonido en la puerta interrumpió sus pensamientos pesimistas. La manija giró y Frau Farfenugen entró a la habitación. Cargaba una bandeja de pescados. Se veían deliciosos, pero Bolt reprimió su apetito.

El ama de llaves lo miró fijo:

–Su rostro pálido, su peinado como cuernos… ya ha empezado. Pero no nos olvidemos que solo soy una simple ama de llaves, ¿qué puedo saber yo?

–Entonces, ¿es cierto? Me he convertido en... ¿Soy como el Barón?

Frau Farfenugen se encogió de hombros.

–¡Dímelo! –necesitaba oír las palabras. Se aferraba a los últimos rastros de esperanza que le decían que tal vez todos esos recuerdos habían sido simplemente pesadillas, por más improbable que pareciera.

–Ah, ¿ahora sí quiere escucharme? Al parecer, la otra noche yo no era lo suficientemente importante como para prestarme atención, ¿cierto?, cuando le dije que se quedara en su habitación sin importar lo que ocurriera. De pronto, usted se convierte en pingüino y yo soy en la Srta. Información –escupió y gruñó–. ¿No lo sabe? ¿Cómo puede no saberlo? Por la noche, la luna lo convertirá en un salvaje hombre pingüino. Es su maldición. ¡Y es mucho peor que la de un hombre lobo!

–¿Por qué?

–Bueno... quizás no peor. Igual de horrible, supongo. Un hombre-algo siempre acarrea malas noticias.

–Necesito salir de aquí –sentía el estómago revuelo.

–¿Salir? No puede. El Barón nunca lo dejará ir.

–Debo hacerlo. El Barón es un tipo demente... o un niño... o un pingüino demente. Está demente, ese es el punto. Lo único que sé es que tengo que salir de aquí –él rompería la maldición. Y si no lo hacía, se iría muy, muy lejos; tan lejos del Barón como fuera posible.

–Incluso si logra salir de estas paredes, nunca escaparía en verdad –dijo Frau Farfenugen con un tono áspero–. El Barón lo cazaría, lo masticaría como goma de mascar y haría un globo gigante con usted. O peor. ¿Quiere convertirse en un globo? Claro que no. Yo he estado atrapada aquí toda mi vida y ahora usted compartirá mi destino.

Bolt abrió la boca atónito, y también se rascó la cabeza.

–Eso es imposible, el Barón es solo un niño. ¿Cómo puede haberla retenido aquí toda su vida?

–¿Un niño? ¡No me haga reír! –el ama de llaves rio. Sonó más bien como una respiración dificultosa, pero Bolt supuso que así era su risa–. El Barón Chordata tiene más de cien años.

–No le creo.

–¿Por qué habría de creerlo? El Barón se transforma en pingüino todas las noches. Eso tiene mucho sentido. Pero ¿vivir por más de cien años? Claro, eso lo acabo de inventar.

–Está bien, le creo –confesó.

El ama de llaves apartó la mirada de Bolt, luego volvió hacia él y la apartó nuevamente:

–Se dice que la luna de Brugaria lo hace inmortal. Es más grande aquí, más poderosa y está siempre llena. Usted pronto será como él, compartiendo su sed insaciable por pescado y poder. Pero puede ser peor en usted. Al menos, tiene una habitación agradable, yo duermo en la cocina. Pero claro, solo soy una simple ama de llaves.

—¿Tiene que seguir diciendo que es una *simple ama de llaves*?

—Podría decir que soy una *despreciable* o una *indigna* o una *repugnante* ama de llaves.

—No, quedémonos con simple —respondió.

—Está bien —suspiró ella.

—Pero hay una forma de romper la maldición, ¿cierto? —preguntó Bolt, comiéndose las uñas.

—Probablemente, no. Pero *probablemente* no significa *absolutamente* no —la anciana entrecerró los ojos y entonó un canto:

> *Cuando la luna te ilumine, cuídate de la marca,*
> *donde el peligro acecha y el pingüino grazna.*
> *Ves la mutación venir, pronto el cambio llegará:*
> *el pingüino espiritual en tu interior nacerá.*

—He oído eso antes —dijo Bolt.

—Alcanzó el puesto número uno en el ranking pop de Brugaria hace algunos años. Tiene un buen ritmo para bailar. Pero el segundo verso es menos conocido:

> *Tres días es el tiempo que tienes,*
> *cuando la maldición del pingüino posees.*
> *Jamás se detiene, nunca disminuye*
> *hasta que tu humanidad destruye.*

–Pero es solo una canción –dijo él.

Frau Farfenugen frunció el ceño. Se inclinó y le susurró:

–Es solo una canción del mismo modo en que un pastelito es solo harina. ¿No lo entiende? *Tres días.* Tiene solo tres días para romper la maldición. De lo contario, nunca más volverá a ser humano. Ya pasó un día en la cama, durmiendo, por lo que le quedan dos.

–La adivina Blazenda. Ella puede ayudarme, ¿no?

–Ella es su única esperanza –susurró el ama de llaves.

–¡Lo sabía!

–¡Ssshh! –gritó Fran Farfenugen, llevándose un dedo a los labios–. Estamos susurrando.

–Lo siento. Tienes razón. ¿Por qué susurramos? –susurró Bolt.

–Porque hace que la conversación se sienta más aterradora e intrigante.

–¿Me ayudarás a escapar? –indagó en un semisusurro, y sujetándola del brazo.

–¿Yo? –chilló la anciana, pero bajito–. No puedo arriesgarme. No ahora. No cuando estoy tan cerca.

–¿Cerca de qué?

–Nada. Olvide lo que dije –quitó la mano de Bolt de su brazo. Al hacerlo, un trozo de papel cayó de su delantal. Lo levantó y lo guardó en el bolsillo delantero, pero no sin que antes Bolt notara algo escrito y algunos corazones dibujados.

—¿Qué es eso? —preguntó Bolt.

—¿Qué es qué?

—Lleva una nota, con corazones.

—¿Una nota? Soy una simple ama de llaves, ¿por qué alguien me daría una carta de amor?

—¿Carta de amor? Solo dije que era una nota.

—Exacto. Nadie me daría una carta de amor o una nota.

Bolt negó con la cabeza. Él nunca recibiría una carta de amor. No es que quisiera una, pero la idea de jamás recibir una era un poco deprimente. Los monstruos pingüino no recibían cartas de amor, al igual que Bolt nunca recibiría una familia.

Algunas lágrimas se deslizaron por su rostro, como agua de un grifo roto.

—Deténgase —dijo el ama de llaves y suspiró—. Odio cuando las personas se ponen tristes por algo. Debe ser más optimista, como yo —se acercó y le susurró aún más suave—. Lo ayudaré. No crea que eso signifique que somos amigos. Pero si hay esperanza para usted, quizás también la haya para mí y para toda Brugaria. La leyenda predijo la llegada del elegido.

—Eso es lo que Blazenda me dijo. Pero ¿elegido para qué? No soy valiente ni poderoso.

—¿Cómo voy a saber yo para qué es el elegido? ¡Recuerde quién soy! Usted puede ser el elegido para luchar contra el Barón. O para unírsele. O para lavarle la ropa. Apenas tengo autoridad en este tipo de cuestiones –la anciana aún cargaba la bandeja con pescados. Pero en un instante la volteó y dejó caer la comida en el suelo. El estómago de Bolt rugió al ver eso–. El Barón no debe saber que lo ayudé o me convertirá en goma de mascar o algo peor. Golpéeme con esta bandeja y podrá escapar. El Barón no está en la mansión. Es su única esperanza –y se la entregó a Bolt.

–Pero ¿no le dolerá? –preguntó confundido–. No quiero golpearla.

–¡Hágalo! –le ordenó.

Bolt aguantó la respiración, levantó la bandeja y la estrelló contra la cabeza de la mujer.

¡PUM!

–Lo único que me dejará es un chichón –exclamó el ama de llaves con una mueca de dolor–. ¡Más fuerte, tonto!

–Preferiría que no.

–¡Golpéeme! –le ordenó.

Bolt la golpeó nuevamente en la cabeza, pero esta vez más fuerte.

¡PUM!

Una vez más, ella hizo una mueca de dolor:

–Ahora tengo dos chichones.

–Lo siento. Nunca antes intenté desmayar a alguien. ¿No puede simplemente pretender que se desmayó?

El ama de llaves suspiró y colapsó en el suelo, entre los pescados.

Bolt la miró y la anciana habló con seriedad:

–Oh, mírenme. Estoy inconsciente en el suelo. Espero que este prisionero no se escape –el muchacho se quedó inmóvil. Bajó la vista, sintiéndose culpable por los dos bultos que se estaban formando en la cabeza de la mujer. Frau Farfenugen movió su cabeza de lado a lado y gruñó–: Deje de mirarme. ¡Corra! Vaya hacia el pueblo y encuentre a Blazenda antes de que el Barón lo encuentre a usted. Rompa la maldición. O que el cielo se apiade de nosotros –tomó dos pescados fríos y se los llevó hacia su cabeza–. Y que el cielo se apiade de mi cabeza.

25.
Escape de la Mansión Chordata

Vestido de traje y con unos elegantes zapatos negros bien atados, Bolt corrió a toda prisa por el jardín en dirección al bosque. Su calzado resbalaba sobre la nieve. Casi se cae, dos veces.

Avanzó por el bosque y creyó haber visto un pingüino. Su corazón palpitó con fuerza.

Era solo una sombra.

Se adentró más y más en lo profundo del bosque. A pesar de la poca luz, siguió corriendo. Temía que otras aves o criaturas amenazantes lo estuvieran persiguiendo. Vio un chacal a punto de arremeter contra él. Pero no, era una rama. Vio a una vaca monstruosa lista para saltarle encima. Pero no, era un nido.

Se detuvo un momento. Su cuello le había comenzado a palpitar y sus piernas se sentían demasiado débiles como para seguir corriendo. Pero, de pronto, esta sensación se apagó y fue reemplazada por un nuevo aluvión de energía y poder.

Una vez que la transformación estuviera completa, Bolt sería más fuerte. Más poderoso. Más *pingüinoso.*

Pensar en eso le hizo sentir náuseas. Corrió más rápido.

Oyó ruidos en el bosque más adelante y frenó. Quizás el Barón lo había seguido. O quizás una banda de pingüinos lo estaba cazando. Se quedó inmóvil, con tanto miedo que ni siquiera respiraba. Pero, al detenerse, los ruidos cesaron.

Es solo mi imaginación, pensó. *El bosque es un lugar completamente seguro.*

Atravesó una fosa enorme repleta de huesos de animales grandes. Saltó sobre un acantilado con estacas afiladas por debajo. Pasó junto a un cartel que decía "Cuidado: serpientes gigantes".

Completamente seguro, se repitió a sí mismo.

Constantemente, volteaba su cabeza para ver si algo lo estaba siguiendo. No había nada a la vista, pero por hacer eso casi se choca con catorce árboles diferentes.

Luego, oyó más ruidos adelante. No eran graznidos de aves violentas ni el chillido de un hada llorona... era el sonido de un grupo de personas. Gritos alegres. Cantos. Debía estar cerca del centro de Volgelplatz. Su corazón comenzó a latir con alegría. Él también comenzó a saltar de la felicidad, pero como todavía estaba en medio del bosque, se golpeó la cabeza con una rama. No tenía que saltar hasta alejarse de los árboles.

Se asomó al camino principal. Estaba repleto de gente. Madres y padres que bailaban con sus hijos. Adolescentes que corrían de la mano. Niños pequeños saltando la cuerda. Incluso, tres personas hacían acrobacias.

Bolt salió del bosque, pero regresó enseguida. No eran personas... eran mutantes mitad humano y mitad pingüino. ¿Qué nueva clase de aberración era esta? Tenían forma humana en cierta medida, pero también tenían picos y plumas. Algunos de estos pingüinos gigantes llevaban zapatos y pantalones lederhosen. Había algunos altos, otros más bajitos, algunos gordos y otros más delgados. ¿Acaso el Barón había creado a estas criaturas en algún laboratorio secreto especializado en monstruosidades?

Estaba a punto de dar media vuelta y volver al bosque, cuando oyó la risa de un niño, una risita inocente. Nada malvado podría reírse así. Asomó su cabeza por detrás del árbol en el que se escondía para observar mejor.

Un pingüino alto pasó a su lado, tan cerca que Bolt prácticamente podía tocarlo. La criatura llevaba un cartel gigante con la inscripción:

Día del Pingüino

¡Claro! No eran pingüinos, sino personas con picos falsos y disfraces de pingüino. Eran simples volgelplatzianos (¿volgelplatzenses?) alegres dirigiéndose al festival. Debía de ser hoy.

Ahora Bolt podía admirar esos disfraces de pingüino sin temblar del miedo. A diferencia de los disfraces harapientos y andrajosos de los Bandidos del Bosque de Brugaria, estos estaban hechos con mucho cuidado y formaban un caleidoscopio de colores brillantes. Algunos eran peludos, otros más gomosos. Uno estaba cubierto de conchillas de mar. Una mujer llevaba uno que parecía estar hecho con cojines anaranjados… parecía más un sofá andante que un pingüino.

Las casas al lado del camino eran pequeñas y rústicas, tan acogedoras y pintorescas como la Mansión Chordata era imponente y fría. Algunas banderas con pingüinos se movían en sus tejados. Los pingüinos allí lucían como aves orgullosas y heroicas, con la cabeza en alto y picos estoicos, pero también amables. Ninguno tenía cuernos o cejas espesas.

Algunas casas también tenían catapultas en sus tejados, aunque ninguna tan grande como el artefacto del Barón.

–¡Oye, tú, niño! –un dedo le tocó el hombro.

Bolt volteó y cuando vio al pingüino inmenso a su lado gritó.

–Lo siento. No quise asustarte –dijo el hombre. Se quitó la cabeza falsa que llevaba puesta–. ¿Vienes al festival?

–asintió–. Me encanta tu traje. Es muy pingüinesco. Pero supuse que también querrías uno de estos –le entregó a Bolt un pico de papel con un hilo a su alrededor–. ¡Feliz Día del Pingüino! –dijo el hombre y se marchó para unirse a una mujer y dos niños adelante, todos con disfraces de pingüino.

Bolt se colocó el pico. En un arrebato de felicidad, sintió que pertenecía allí, como si fuera otro más de los pueblerinos disfrazados que disfrutaban del festival. ¿Acaso un pueblo no era simplemente una familia grande?

Pero su ánimo rápidamente se oscureció. No estaba aquí para *pertenecer*. Ni siquiera estaba aquí para ayudar a alguien. Estaba aquí para salvarse. Para romper la maldición. Para que su familia, la familia que un día encontraría, lo aceptara.

Se ajustó el pico y siguió a la multitud hacia el pueblo. Todo el mundo a su alrededor cantaba y reía, brincaba y bailaba, jugaba y corría.

Pero no Bolt. Él era el único que no tenía una sonrisa en su rostro, la única persona que se hablaba a sí mismo con rastros de determinación en su ceño fruncido.

26. El Día del Pingüino

Al ingresar al pueblo, Bolt observó todo con los ojos bien abiertos. El lugar estaba atiborrado de gente. Todo el pueblo debía estar allí, y mucha más gente también. Él nunca antes había presenciado una celebración como esta. Las únicas fiestas a las que había ido eran los cumpleaños del señor Smoof, en los cuales los niños tenían que mirar al señor Smoof comiendo pastel (que nunca compartía) y abriendo sus regalos. Cada huérfano también tenía que escribir un haiku original como:

Bufanda linda
Smoof tiene. ¿Puedo usarla?
La estufa no anda.

El pueblo lucía como una vieja aldea alemana, o mejor dicho, como Bolt imaginaba que eran estas aldeas. Edificios de madera bordeando algunas calles angostas, con paredes blancas entre marcos de madera oscura. El campanario imponente de una iglesia con paredes de roca y un chapitel inmenso se elevaban al final de la calle. Algunos cánticos bulliciosos sonaban desde las numerosas tabernas y cafeterías.

Sobre la calle había un mercado al aire libre, en donde docenas de puestos improvisados vendían llaveros de pingüinos, bolas de nieve de cristal con pingüinos, bolígrafos de pingüinos, delicadas estatuillas de cristal de pingüinos y otros suvenires y obsequios.

¡Y en todas partes había gente disfrazada de pingüino!

Los aldeanos sonreían y reían. En una esquina, cuatro personas tocaban una melodía con sus tubas, mientras cuatro mujeres con delantales rojos se pasaban una piña de un lado a otro. Dos hombres aplaudían y cantaban: "*¡Cantemos la Polka de la Piña del Pingüino!*". Algunos niños disfrazados de pingüinos bebés correteaban y jugaban entre los adultos.

Mientras caminaba, sorprendido por tanta energía y excentricidades, Bolt pasó junto a cuatro niñas que saltaban la cuerda. Pensó en lo difícil que debía ser saltar usando patas de pingüino de plástico, pero ellas lo hacían, y bien. Mientras jugaban, cantaban una rima. Y fue entonces que sintió una necesidad urgente de gritar y echar a correr. Recordó que, incluso aquí, entre la alegría, el peligro acechaba.

Cuando la luna te ilumine, cuídate de la marca,
donde el peligro acecha y el pingüino grazna.
Ves la mutación venir, pronto el cambio llegará:
el pingüino espiritual en tu interior nacerá.

Repetían el verso una y otra vez, como si estuvieran recitando una canción de cuna. Bolt apresuró el paso, tapándose las orejas con las manos, las cuales destapó una vez lejos de la canción.

Se adentró cada vez más entre la multitud y pasó junto a un grupo de pescadores. Sabía que eran pescadores porque sostenían unas redes y llevaban camisetas que decían: *Somos pescadores.*

–Oí que avistaron una ballena asesina en la costa –dijo uno ellos–. Todo el mundo sabe que las ballenas asesinas son enemigas de los pingüinos.

–Oí lo mismo –agregó otro–. No es una buena señal durante el festival.

–Han habido muchas malas señales últimamente –continuó el primer hombre–. Nuestros amados pingüinos se están volviendo cada vez más malvados. Un grupo de ellos atacaron a Helga y Burt la otra noche. Los adolescentes se recuperarán, pero Burt perdió uno de sus zapatos nuevos…

–Basura. Solo son un grupo de pingüinos pendencieros –respondió un tercer pescador–. No puedo creer que signifique...

Bolt no pudo oír el resto de la conversación, ya que la multitud lo apartó del lugar. Pero sus voces permanecieron. Recordó la última noche. Sus recuerdos. Sus sueños. Una sensación de culpa inmensa se deslizó en su estómago como una enorme tarántula.

A medida que Bolt era llevado hacia adelante, buscó a la Adivina entre la multitud. Pero no sabía cómo encontrarla. Si la Parte Fea y Vieja del Pueblo estaba cerrada, no sabría dónde buscar.

De pronto, dejó de caminar. Sentía como si acabaran de derramar agua helada en su espalda. Su mente presentía algo; un aluvión de furia y odio.

Miró hacia la plaza aterrorizado.

¡El Barón!

Si bien estaba lejos, era como si su cerebro y el del Barón estuvieran unidos por un hilo.

El Barón también llevaba un pico de papel, pero no había duda de que era él por su peinado puntiagudo y su capa hecha con moluscos.

La mente del Barón era oscura, tan gris como las paredes de la habitación en la torre. ¡Esa sed de poder! ¡Esa codicia interminable y profunda de gobernar!

El Barón volteó.

¿Había notado la presencia de Bolt, al igual que Bolt había notado su presencia? Tenía que huir, escapar de su vista. A cualquier lugar. Se abrió paso entre la multitud y corrió hacia el primer refugio que vio: la iglesia alta e imponente que se elevaba frente a él.

Entró y cerró la pesada puerta de madera, deseando que fuera un lugar seguro para esconderse y estar a salvo. Al entrar, oyó murmullos.

No estaba solo.

27. El Príncipe de las Ballenas

Bolt ingresó a un pequeño salón con paredes de madera de un tono apagado y un cactus en una maceta. Parecía que se estuviera celebrando una misa. Bolt echó un vistazo hacia el santuario.

Había unas doce personas sentadas en las bancas, con la cabeza baja, como si estuvieran rezando. Cada congregante vestía una túnica mullida, de tono azulino, con capucha y con la imagen de una ballena en la espalda, la cual nadaba feliz y sonriente, como si le hubieran contado una broma de ballenas.

Al frente, en una tarima detrás de un púlpito y de espaldas a la congregación, se encontraba un hombre delgado. Llevaba el mismo uniforme que los congregantes, excepto que su ballena lucía furiosa, con la boca abierta, y mostraba sus dientes afilados, mientras rugía y saltaba desde el mar.

Sobre el santuario había un vitral manchado que tenía la misma imagen de la ballena amenazante.

Bolt se quitó el pico de pingüino y se sentó en la fila del fondo, escondido entre las sombras. Se quedaría allí hasta que el Barón no estuviera cerca. Afortunadamente, nadie en el lugar le prestó atención.

El líder miró hacia el vitral con la ballena:

–Oh, ballena, mamífero todopoderoso –exclamó, meciendo un palo en el aire–. Alabada vuestra grandeza, vuestros inmensos dientes y vuestro impresionante espiráculo.

–Grasa, grasa, grasa –entonó la audiencia.

–Oh, hipopótamo del mar –continuó el líder–, salpícanos con vuestras aletas. Cántanos vuestras canciones. Báñanos con vuestra agua.

–Grasa, grasa, grasa –repitió la audiencia.

El sujeto en la tarima volteó e hizo una reverencia.

–Gracias por venir hoy –su voz, rasposa y áspera, resonó en el vacío salón. ¿En dónde había oído esa voz antes? A Bolt le sonaba familiar–. Como saben, hoy es el Día del Pingüino –continuó–. Es un día de celebración, pero también un día para temer. Hoy recordamos nuestra gran victoria, pero también que las amenazas continúan. Porque somos los protectores jurados de Brugaria. Somos la Hermandad Mística de las Ballenas.

La habitación quedó en silencio hasta que una mujer sentada justo delante de Bolt se aclaró la garganta:

–¿Por qué la llamamos *Hermandad* Mística de las Ballenas si en el grupo no somos todos hermanos? Además, ¿por qué hermanos? Me parece sexista, si me lo preguntan. ¿Qué tal llamarla la "Feminidad Mística de las Ballenas"?

–¿O la "Humanidad Mística de las Ballenas"? –preguntó otra mujer con túnica.

–¿La Vecindad de las Ballenas? –sugirió otro congregante masculino–. Suena inclusivo.

Otros continuaron haciendo propuestas:

–¿La Infantilidad de las Ballenas…? ¿La Lealtad de las Ballenas…? ¿La Fealdad del Patito Feo y las Ballenas? No, ese último no sirve...

–¡Suficiente! –gritó el líder–. No importa cómo nos llamemos. Lo que sí importa es que los pingüinos ya no están actuando como las criaturas alegres y tiernas que todo el mundo ama. ¿Debo recordarles que fue la Hermandad la que luchó en la Gran Batalla de las Aves hace algunos años? Nosotros construimos las catapultas. Nosotros guiamos a la resistencia. ¡Hemos estado dormidos todo este tiempo, pero es hora de volver a luchar!

–Grasa, grasa –dijo un hombre alto, pero nadie se unió a él.

–¿Por qué ahora? –preguntó la mujer sentada delante de Bolt–. Me voy de vacaciones la semana siguiente –dijo.

Bolt se agachó para evitar ser visto.

–¡Entonces cancele sus planes! ¿No ha visto las señales? –el orador levantó su bastón de madera en el aire. No, no era un bastón. Era una barra de pan; una barra de pan francés crocante.

La capucha que recubría su rostro se deslizó lentamente. Era el anciano Günter, a quien Bolt había conocido en la Posada del Pingüino Muerto.

–¡Está equivocado! –gritó un hombre.

–¡Los pingüinos son nuestros amigos! –gritó otro.

–En verdad me quiero ir de vacaciones, ya pagué el hotel –se quejó la mujer.

Bolt se encogió sobre su banca, agradecido de que el lugar no estuviera tan iluminado.

–¡Grasa! –repitió el hombre que había gritado hacía unos segundos. Se levantó y señaló con un dedo a su líder. Era el doble de grande que cualquier otra persona en el lugar y solo tenía dos dientes.

–¿Sí, Franz? –preguntó Günter, bajando su barra de pan.

–Yo sé que eres el Príncipe designado para nuestra Hermandad. O Feminidad. O lo que sea. Pero hemos vivido en paz con los pingüinos por años.

–Así es –coincidió Günter–. Pero no olvidemos los días oscuros, cuando el Extraño llegó hace cientos de años atrás. A nadie le importó que caminara como un pingüino o deambulara con un huevo de un lado a otro. Nadie sospechó que estaba retorciendo las mentes de los pingüinos en secreto, preparándolos para la guerra. El pueblo ignoró las señales. Desestimaron el saqueo a los depósitos de pescados y las huellas de aves sobre la mantequilla.

–Así es como te enteras si un pingüino estuvo en tu refrigerador –agregó alguien en la audiencia. Otros asintieron.

–El Extraño declaró que los pingüinos estaban destinados a gobernar. Le ordenó a la gente que se sentara a empollar huevos de pingüino hasta que estos rompieran el cascaron. Les ordenó a nuestros ancestros hacer bastoncitos de pescado para ellos. Insistió en que nos vistiéramos con trajes negros.

Bolt miró su vestimenta y se encogió aún más en su asiento.

–Conozco la historia –dijo Franz.

–¿En serio? –gritó el líder, agitando su pan francés con violencia–. Entonces sabes de la tormenta, una borrasca invernal como nunca antes había visto el pueblo. Sabes de los interminables rayos y relámpagos, y de los copos de nieve densos y nocivos, grandes como cebollas.

–¿Cebollas rojas o amarillas? –preguntó alguien.

–¡Cebollas de Vidalia! –respondió Günter, y la audiencia suspiró sorprendida–. Las nubes se tornaron púrpuras y los truenos resonaron furiosos. Tormenta de invierno, la llamaron. Todo el mundo estuvo de acuerdo en que jamás habían visto una tormenta más aterradora.

–Grasa, grasa, grasa –entonaron algunos.

Bolt miró alrededor del lugar, aún agradecido de no ser visto.

–Luego, como si un trueno diera inicio a una guerra, vinieron los pingüinos –mientras Günter hablaba, su voz se volvía más fuerte y enérgica–: El Extraño los guiaba, gritando: "¡Los pingüinos están destinados a gobernar!", "¡Cuidado con los pingüinos!" y "¿Alguien ha visto mis llaves?", porque las había perdido. Su ejército destruyó hogares y saqueó pescaderías. No regresaron libros a la biblioteca. Pero la Hermandad se negó a arrodillarse ante ellos. Nosotros guiamos la lucha.

–Nosotros guiamos la lucha –repitieron algunas voces.

–Grasa, grasa, grasa –entonaron otros.

–La tormenta duró días –continuó el príncipe–. Varios centímetros de nieve se acumularon en el suelo y una infinita descarga de relámpagos iluminaba el cielo en llamas. Los pingüinos aparecían todas las noches, destruyendo y divirtiéndose. Y algunas veces, divirtiéndose y luego destruyendo. O mucho peor, las dos cosas a la vez –dijo y tembló del miedo–. Pero la Hermandad no se rindió. Con nuestras catapultas hicimos llover rocas sobre las malvadas criaturas. Algunas aves retrocedieron, pero otras continuaron viniendo. Más rocas volaron a través del cielo nocturno y los pingüinos graznaron y pelearon.

–Grasa, grasa, grasa –exclamó una pareja.

–Grasa, grasa –repitió Bolt, dejándose llevar por el entusiasmo del grupo.

–Finalmente, la Hermandad logró desterrar al Extraño. Y creyeron que el Barón, el asistente malvado del Extraño, estaba muerto… pero aparentemente no era cierto. Desde entonces, hemos vivido en paz. Hasta ahora... Estas aves se están volviendo más audaces. Hordas de pingüinos crueles acechan en las praderas. ¡El mal se ha levantado nuevamente! ¡El Barón Chordata se está preparando para la guerra!

Al mencionar su nombre, dos sujetos en la habitación gritaron y se desmayaron.

–Lo siento –musitó Günter.

–Sí, sabemos que el Barón es malvado y despiadado –dijo la mujer delante de Bolt–. Pero…

–Y corrupto –agregó otro congregante.

–Y corrupto –secundó la mujer.

–Y demente –dijo otra persona–. No olvides que está demente.

–Está bien. Es malvado, despiadado, corrupto y demente –asintió la mujer–. ¿Algo más?

–¿Apestoso? –sugirió otro.

–¿Malhumorado? –agregó alguien.

Otros se sumaron a la sugerencia:

–Vil… Despreciable… Repugnante… Descortés… Vicioso… Amante de la diversión... ehm, no, olviden esa… Amenazante…

–¡Está bien! ¡Suficiente! –exclamó la mujer delante de Bolt–. Sí, el Barón… no diré su nombre para evitar que alguien grite y se desmaye… es todo eso. Pero ¿decir que guiará a un ejército para iniciar una guerra? Es ridículo. No lo creo. Me voy de vacaciones –anunció. Se levantó y se dirigió hacia la puerta principal.

Como todos los ojos estaban sobre ella, Bolt se encogió aún más en su banca.

–¡Regresa! –le gritó Günter, agitando el pan–. ¡Debemos luchar!

Los otros se levantaron y también se marcharon.

–Está equivocado –decían.

–Estamos en paz.

–Tengo una reserva de hotel no reembolsable.

A medida que se iban, Günter les gritaba:

–¡Regresen! ¡Únanse a mí! ¡Grasa, grasa, grasa!

Pero no le respondieron. Pronto, solo Franz y Günter quedaban en el lugar.

Bolt estaba agradecido por las penumbras que lo escondían.

–¿Tú me crees, Franz? –preguntó Günter–. Algo ha cambiado, te lo aseguro. Algo malo y sé que el Barón está detrás de esto. Necesitamos preparar las catapultas. ¿O quieres que nos ataquen?

–Soy el encargado de la tienda de bolos –dijo Franz–. Los pingüinos no juegan bolos.

–Por ahora –le advirtió–. ¿Quieres arriesgarte a que lo hagan?

–Pingüinos jugando bolos –musitó Franz, con miedo–. Sí, sería terrible. No les calzaría los zapatos en sus patas palmeadas. Está bien. Estoy listo para luchar.

Günter sujetó a Franz por el hombro, y en ese mismo momento, posó sus ojos sobre la cabeza de Bolt, que se asomaba detrás de una banca.

–Tú, allí en el fondo. ¿Quién eres? –dio un paso hacia adelante, entrecerrando la vista–. Un momento. ¿Es el niño del Barón? –recordó. Bolt se paró, mirando la barra de pan que Günter mecía furiosamente sobre su cabeza–. ¡Es un espía! ¡Ese niño odia a las ballenas!

–No las odio –explicó Bolt, retrocediendo un poco–. Para ser honesto, no tengo una opinión formada sobre las ballenas. Ni buena ni mala.

–¡Atrápalo! –le gritó Günter a Franz.

Y así, ambos arremetieron contra él.

28. Sacro oficio

Bolt dio un paso hacia el pasillo. Günter y Franz avanzaron, uno por la derecha y el otro por la izquierda.

–El Barón se arrepentirá de esto –dijo el príncipe con voz ronca–. Y tú también.

–Grasa, grasa, grasa –repitió Franz, esbozando una siniestra sonrisa de dos dientes. Parecía un jugador de hockey que se rehusaba a usar protector bucal.

–No lo entienden –dijo Bolt levantando ambas manos–. Soy el prisionero del Barón.

–Yo no veo ninguna cadena –observó Günter–. O grilletes… ni tampoco hilo dental.

–Me escapé –confesó.

–Bueno, no tendrás tanta suerte con nosotros –dijo Günter y le gritó a Franz–: ¡Ahora!

Ambos avanzaron hacia Bolt, pero él ya había volteado y saltado. Lo había hecho más alto de lo que creía que fuera posible, alejándose de la banca con facilidad. Los hombres chocaron entre sí, y sus cabezas emitieron un doloroso: *¡PANG!*

–El niño que odia a las ballenas está escapando –gruñó Günter, al desplomarse sobre el suelo.

–Ya se lo dije, no las odio –le gritó, y salió de la iglesia, para perderse entre la densa multitud que celebraba en las calles. Volvió a colocarse el pico de pingüino.

Era fácil mezclarse entre tanta muchedumbre. Ser un niño bajito ayudaba. Bolt se abrió camino entre los cuerpos, rebotando entre barrigas y traseros ajenos. Era desagradable escaparse de ese modo, pero estaba seguro de que sus perseguidores estaban cada vez más lejos.

¡TUUUT!

El rugido de un cuerno gigante hizo que la cabeza de Bolt retumbara. Al principio, creyó que era por él, quizás la Hermandad había activado una alarma antigua. Pero pronto se dio cuenta de que la multitud avanzaba hacia el centro del pueblo, sin prestarle atención a él. El instrumento volvió a rugir y las personas aceleraron el paso. Bolt era arrastrado por el tumulto, y no podía luchar contra la corriente por más que lo intentara.

Afortunadamente, no vio al Barón ni sintió su presencia. Tampoco reconoció a nadie de la Hermandad, o Feminidad… o como se llamara. Por ahora, estaba a salvo. Pero no había olvidado su maldición y su necesidad de hallar a la Adivina.

La multitud que lo arrastraba giró en una esquina y se adentró en una plaza: era un lugar abierto y extenso con un escenario de madera en el centro. Sobre este había un trono tallado en madera, pintado de color plateado y tapizado con terciopelo rojo. A un lado del trono había una plataforma con una cuerda que colgaba por encima.

Una horca.

Bolt serpenteó hacia el escenario hasta quedar justo frente a este. La horca debía de ser de utilería; no era para colgar a nadie. Nada tan horrible podía ser parte de una celebración tan alegre.

Desde algún lugar sonó nuevamente un cuerno, fuerte y persistente. Y todos los ojos voltearon hacia el otro extremo de la plaza. Un grupo de personas, hombres y mujeres, emergió de un camino de adoquines entre los edificios. Llevaban disfraces idénticos de pingüino. Algunos bailaban, mientras otros tocaban cuernos y tambores. Se fueron abriendo paso entre la multitud como una enorme serpiente, cuya cola se hacía más larga a medida que otros se unían. La hilera pronto tuvo cincuenta personas, luego cien, y luego más.

La música era extraña, si es que se podía llamar música. Consistía de una serie de ruidos aleatorios, un rejunte de extrañezas. Bolt se tapó los oídos, parecía un graznido horrible.

Claro, la banda imitaba a los pingüinos. Y el sonido se hacía cada vez más cautivante. Tanto que Bolt se encontró graznando a la par.

La mujer que guiaba la procesión llevaba un sombrero gris y puntiagudo, y un vestido negro con un entramado similar al de una telaraña. Incluso desde lejos, Bolt sabía que era Blazenda, la Adivina. ¡Si tan solo pudiera hablar con ella! Pero no había manera de obtener su atención entre tanta gente.

Blazenda y los pingüinos bailarines voltearon y graznaron. Con cada golpe de tambor o cada vez que sonaba el cuerno, gritaban lo mismo:

–*¡Sacro oficio!*

Todo el mundo gritaba eso ahora, miles de personas. Incluso Bolt lo hacía, aunque no tenía idea qué significaba "sacro oficio". La voz de la multitud se fue sintiendo cada vez más fuerte, los golpes de tambor más violentos y el cuerno más disonante.

Al llegar al escenario, Blazenda subió por la escalera. Bolt estaba a tan solo unos pocos metros de ella, entonces gritó su nombre y brincó en el lugar, pero ella no lo vio. Pues mucha gente saltaba y brincaba en el lugar. Los bailarines y músicos retrocedieron y se mezclaron entre la multitud.

Solo dos hombres pequeños disfrazados de pingüinos subieron al escenario junto a Blazenda. Ambos cargaban un cojín púrpura mullido, y sobre este descansaba un pingüino. El ave llevaba en la cabeza una corona dorada repleta de joyas.

–¡Sacro oficio! –gritó la multitud.

–¡Sacro oficio! –repitió Bolt.

El pingüino miraba hacia todos lados. A medida que los hombres lo colocaban sobre el trono plateado, Bolt percibía su ansiedad.

Podía leer sus pensamientos: *¿Qué está ocurriendo? Quiero ir a casa. ¿Quién tiene bastoncitos de pescado?* También podía sentir la respiración del animal, oír el movimiento de su pico y detectar el temblor de sus patas.

–¡Todos salven al Rey Pingüino! –gritó Blazenda.

La muchedumbre comenzó a aclamarlo con un rugido ensordecedor y algunos comenzaron a gritar:

–¡Descarguen los pescados!

–¡Háganlos volar! –gritó otro.

Desde el escenario, la Adivina comenzó a guiar a la multitud en una cuenta regresiva:

–Diez, nueve, ocho, siete…

El entusiasmo era tan grande como la barriga de una morsa.

–Tres, dos, uno…

Se oyó el sonido de un cuerno y un sinfín de catapultas,

casi una por cada edificio, y la mujer levantó sus brazos hacia el cielo.

Bolt se estremeció, esperando que una lluvia de rocas cayera sobre él, pero pronto comprendió que eran pescados, millones de ellos, que formaban un arco majestuoso y hermoso en el cielo. Por algunos segundos, sus cuerpos grises al volar oscurecieron el día, para luego caer por todos lados: sobre las calles, las bancas, otros edificios, el escenario y la gente. Dos de ellos, golpearon a Bolt en la cabeza y casi le quitan el pico de papel.

–¡Arrojamos pescados en conmemoración de la Gran Batalla! –gritó Blazenda. Y la muchedumbre estalló en aplausos y gritos.

El olor a pescado muerto comenzó a invadir el lugar. Algunos trozos habían quedado en el cabello de Bolt. Se los quitó y se los llevó a la boca. Su estómago le pedía más. Pero se vería sospechoso si comenzaba a comerlos, por lo que hizo mucho esfuerzo por no inclinarse y devorarlos.

La multitud se quedó en silencio. Nadie se movió.

Estaban esperando algo.

Blazenda señaló hacia el centro de la muchedumbre. Todas las personas voltearon, siguiendo su dedo.

Tres personas se acercaron al escenario. Los pueblerinos se hicieron a un lado para permitirles el paso.

Bolt asumió que dos de ellos eran guardias de prisión, porque usaban uniformes grises y gorros con la inscripción

Somos guardias de prisión. La tercera persona era una joven con unas prendas desgarradas, apenas lucía como un pingüino. Caminaba debilitada, y uno de los guardias la sujetaba por los brazos para que no se escapara. El guardia la llevó hacia la horca.

Bolt abrió los ojos sorprendido. La prisionera era la bandida, Annika. Su cabello rubio se mecía libremente, ya no estaba oculto bajo un gorro de pingüino, y estaba peinado con algunas horquillas.

Al ver la escena, a Bolt se le hizo un nudo en la garganta y su corazón comenzó a latir como un tambor. ¿La iban a ahorcar? No, debía ser una actuación. Un simulacro.

–¡Hoy es el Día del Pingüino! –vociferó Blazenda, mientras los guardias colocaban la cuerda alrededor del cuello de Annika–. Hoy honramos a nuestros antepasados pingüinos. Como en tiempos ancestrales, los pingüinos demandan un sacrificio.

–¡Sacrificio! –gritó la multitud. Y Bolt se dio cuenta de que *eso* era lo que habían estado gritando. Tenía mucho más sentido que "sacro oficio". Se sonrojó un poco.

Annika se irguió, con una mirada desafiante. Y la Adivina le devolvió el gesto, con frialdad.

–Esta muchacha es una criminal; miembro de los bandidos malvados del bosque. Ella es culpable de muchos crímenes contra nosotros. Y todos los crímenes contra el pueblo son crímenes contra los pingüinos.

La multitud rugió furiosa. Annika observó desafiante al público y, si bien no se quebró en un llanto, el miedo era algo imposible de ocultar. Esos ojos secos pero llenos de terror descansaron en Bolt.

Claro, ella había querido secuestrarlo. Sí, era una bandida malvada. También había sido bastante desagradable en el bosque la otra noche. Pero era solo una niña, como él. Annika no le había cortado la garganta a Bolt, incluso luego de haber tragado saliva tan llamativamente, ¿y no dicen que un acto de bondad merece otro semejante? No podía dejarla morir.

–¡Los pingüinos demandan un sacrificio! –repitió la Adivina.

–¡Sí! ¡Sí! –exclamó la multitud.

–¡Los pingüinos demandan una vida!

–¡Pingüinos! ¡Pingüinos!

Blazenda colocó su mano sobre una palanca para abrir el suelo de la tarima. Si Bolt no hacía algo, el suelo se abriría, Annika caería y la horca le rompería el cuello. Los cabellos en su espalda se erizaron. Miró al Rey Pingüino; podía percibir que también tenía sus plumas erizadas.

Sintió el miedo y la confusión del animal. Y el ave lo sentía a él. Entonces pensó: *¡Sálvala! ¡Obedéceme! ¡Soy uno de los tuyos!* Y bombardeó al Rey Pingüino con sus pensamientos. Órdenes. Estaban conectados, Bolt y el Rey Pingüino. Enlazados. Dos aves del mismo plumaje.

La Adivina accionó la palanca. El pingüino saltó. El suelo se abrió.

Los pingüinos son excelentes saltadores. El Rey Pingüino se arrojó hacia adelante y con su pico mordió la cuerda antes de que esta estuviera tirante. Se cortó, y Annika cayó al suelo por debajo de la tarima, libre de la horca.

Luego, el Rey Pingüino descendió hacia la multitud y comenzó a morder y graznar violentamente.

–¡El rey! ¡Se ha vuelto loco! –gritó un hombre entre la gente, mientras el ave lo mordía. Los demás empezaron a correr desesperados para escapar.

Todo mientras Bolt miraba asombrado.

29. Los túneles.

¡Alto! La mente de Bolt le gritó al Rey Pingüino. Intentó forzar su voz en el cerebro del animal, mientras este atacaba a los pueblerinos.

Pero no lo podía controlar.

Algo lo estaba bloqueando.

También podía oír unos pensamientos en la mente nebulosa del pingüino; pensamientos que provenían de alguien más. *¡Lastímalos! ¡Muérdelos! ¡No habrá bastoncitos de pescados para ti!*

El Barón.

Estaba en el otro extremo de la plaza frente a la tarima, gruñendo y hablándose a sí mismo. No. Le hablaba al Rey Pingüino, le ordenaba atacar.

Justo en ese instante, el Barón levantó la vista y vio a Bolt. Sus ojos se encontraron. El chico podía oír su voz resonando en su interior: *¡Estábamos destinados a gobernar! ¡Somos uno! ¡Somos mejores amigos!*

Bolt volteó para correr, para escapar, alejando los pensamientos dementes del Barón de su cabeza. Pero había demasiada gente en pánico, lo que hacía difícil avanzar. Chocaba una y otra vez con la multitud revuelta. Todos se empujaban de un lado a otro, sin dirección alguna. Lo golpeaban y zarandeaban. Lo sacudían y enrollaban.

De pronto, sintió una mano cálida sobre su hombro, y se quedó quieto. Se estremeció del miedo, esperando lo peor.

Era Annika.

–¿Me estás secuestrando? –le preguntó. Un hombre se acercó corriendo hacia ellos, gritó a su lado y se alejó–. Porque estoy un poco ocupado tratando de que no me pisen.

–No, no te estoy secuestrando. No ahora. Pero si quieres salir de aquí, sígueme.

Annika era rápida. Se abrió paso entre las piernas de un hombre con un traje incómodo y saltó para esquivar a una mujer con muletas. Evadió a un sujeto con una tuba pesada y rodó sobre el suelo para esquivar a otro que llevaba una pila de ladrillos.

Parecía ser capaz de hallar los mejores espacios entre la multitud, cada hueco que fuera lo suficientemente grande como para pasar o estrujarse. Más de una vez se detuvo para esperarlo a él, que era más lento y torpe. Sus zapatos no le permitían ir rápido o ser ágil. La suela era demasiado resbaladiza.

Annika saltó alrededor de otros tres hombres y luego esquivó a otro, dando una voltereta en el suelo. Bolt saltó y también dio una vuelta, pero alguien lo frenó con el pie a mitad de camino. Una mano lo sujetó del brazo y lo arrojó al suelo.

–¡Ya te tengo, niño que odia a las ballenas! –gritó el príncipe. Todavía llevaba puesta la túnica de la Hermandad–. ¡Franz! ¡Lo encontré! –la multitud pasaba a su alrededor, pero nadie se detenía. Los invadía un pánico incontrolable, estaban demasiado enloquecidos como para prestarle atención.

–¡Déjeme ir! No odio a las ballenas –le gritó Bolt. Intentó soltarse, pero la mano del anciano era más fuerte.

–¡Pertenece a las filas del diablo! –exclamó Günter, sacudiendo su barra de pan. Algunas personas giraron para mirar a Bolt y gritaron, pero todos estaban gritando, por lo que era difícil distinguir la razón: si gritaban por él, por el pan francés o por el caos en general.

Günter levantó su barra de pan. Lucía más crujiente y dura desde esta distancia, tan cerca de su cabeza.

–Debería haberte dado de comer a los lagartos, si tan solo tuviéramos lagartos. Te arrepentirás de haberte entrometido con la Hermandad.

–O Feminidad o algo así –interrumpió un extraño de la multitud.

Bolt intentó liberarse, pero no pudo. ¿Había escapado de la mansión del Barón solo para encontrar su fin aquí, entre gente desenfrenada, golpeado con una barra de pan quemado?

Alguien empujó a Günter desde atrás.

–¡Oye! –gritó el anciano, tambaleándose y soltando a Bolt. La multitud se lo tragó y Annika tomó a Bolt de la mano.

–¡Vamos!

A medida que Günter se abría paso entre la gente, ambos salieron corriendo en dirección opuesta, chocando y esquivando pueblerinos.

–¡Te atraparé, niño que odia a las ballenas! –se oyó gritar al príncipe a lo lejos.

–Ese niño no parece ser alguien que las odie –opinó alguien más.

Pronto, la muchedumbre empezó a disiparse.

Bolt y Annika se alejaron corriendo de la plaza del pueblo hacia un pequeño camino de tierra y rocas que nacía a un lado de una pequeña vivienda. A juzgar por la rugosidad del camino y las hierbas que crecían entre las rocas, estaba claro que no era un camino que se usara muy a menudo. El sendero serpenteaba a través del jardín de la casa y doblaba hacia una pequeña arbolada.

Annika se dirigió hacia una pequeña puerta circular de hierro que había en el suelo. Le quitó la tierra que la cubría y la levantó.

–¡Por aquí! –la puerta crujió.

–¿Qué hay allí? –preguntó Bolt. Si bien, muchas veces se había escondido debajo de la cama, no disfrutaba la idea de ocultarse bajo tierra.

–¡Rápido! ¡Andando! –gritó Annika y le dio un puñetazo.

Bolt miró hacia el hueco oscuro y poco iluminado.

–¿Y si buscamos un lugar con más sol? –le propuso. Ella frunció el ceño, le dio otro puñetazo y Bolt suspiró. Comenzó a bajar rápidamente por la pequeña y oscura escalera. Annika lo siguió, pero no sin antes volver a colocar la puerta de hierro por encima, impidiendo el paso de cualquier tipo de luz.

Luego de descender algunos pocos metros, la escalera terminó.

–Salta –le ordenó Annika.

–Pero no veo nada.

–Estarás bien, te lo prometo. Y los bandidos siempre cumplen con sus promesas, o al menos, con frecuencia. Es parte del Código del Bandido, y lo leí dos veces.

Bolt no sabía nada sobre esos códigos pero tomó un salto de confianza, literal, y se dejó caer. A unos pocos centímetros, aterrizó sobre tierra suave y esponjosa. Se alejó para que Annika pudiera lanzarse sin aplastarlo.

El lugar olía a arcilla y putrefacción. Parecía tranquilo, ya que los sonidos de la superficie no llegaban hasta ahí. Bolt se paró con rigidez cuando una sensación de pánico comenzó a acecharlo. Se preguntaba si estos lugares oscuros estaban repletos de topos y polillas, como los ambientes oscuros del orfanato.

Presentía que un topo le mordería los pies.

Una luz se encendió. Annika cargaba una antorcha, mientras encendía una cerilla. Con la llama encendió una serie de lámparas de gas que colgaban en las paredes. Las llamas crujieron e iluminaron la caverna con un resplandor cálido, reflejando sombras distorsionadas e inquietas sobre las paredes.

–Estamos bien. Por ahora –dijo ella.

–¿En dónde estamos? –preguntó, y su voz retumbó alrededor. Tres caminos surgían desde allí, cada uno sumergido en completa oscuridad. Bolt sentía como si estuviera en otro mundo, uno cubierto de tierra, pero al menos allí no sería pisoteado por una multitud.

–Estos túneles fueron construidos durante la Gran Batalla de las Aves –explicó Annika. El fuego de los faroles se reflejaba en sus profundos ojos verdes–. Son muy útiles cuando los bandidos queremos escapar rápido.

–¿Entonces vienes aquí seguido?

–No, mi papá dice que soy muy joven para robar o secuestrar, lo cual no es cierto en absoluto, pero he estudiado los mapas. Hay muchos túneles secretos alrededor del pueblo y dentro de varios edificios y casas, si sabes dónde buscar –dijo y señaló los tres pasadizos–. Creo que ese túnel llega al bosque. Seguramente, el segundo conduce a las afueras de Brugaria. Y ese otro debe llegar al puesto de bastoncitos de pescado. Estar corriendo por unos túneles todo el día puede darte hambre –levantó el dedo hacia el túnel del medio–. Tomaré ese, el que conduce a las afueras de Brugaria. No hay suficientes carruajes aquí para secuestrar, y necesito demostrar que soy la mejor bandida de todos los tiempos.

Bolt miró los túneles. Dio un paso hacia uno, pero negó con la cabeza y se detuvo. Luego, caminó hacia otro, pero volvió a mover la cabeza de lado a lado y se detuvo. Se dirigió al tercero y repitió esto una y otra vez, indeciso sobre qué camino tomar.

–Basta –dijo Annika–. Es molesto.

–Pero ¿qué debo hacer? –se quejó–. ¿Correr? ¿Comer bastoncitos de pescado? ¿O simplemente continuar dando pequeños pasos hacia varias entradas de túneles?

–Una de las primeras dos opciones, por favor.

Bolt respiró profundo. Si seguía a Annika, quizás podría escapar del Barón. Claro, se convertiría en pingüino, pero había cosas peores, ¿no? No podía pensar en ninguna ahora, pero tal vez la vida no sería tan mala, siempre y cuando, estuviera libre de las garras diabólicas del Barón.

Sin embargo sus piernas no se movieron hacia el túnel del medio. Por primera vez, dudaba de escapar del peligro real.

¿Qué clase de vida tendría si huía? Nunca tendría una familia, al menos, no una verdadera. Eso era todo lo que siempre había querido. ¿Estaba realmente preparado para escaparse de eso? ¿Debía arriesgar todo por esa esperanza, por más que fuera un simple susurro?

Estaba tan perdido en esos pensamientos e indecisiones, y dando pequeños pasos hacia los túneles, que no notó a Annika acercándose.

–Estás diferente, más como un pingüino, y te vi la otra noche corriendo con ellos. Quiero saber qué está ocurriendo.

–No puedo explicártelo –respondió, negando con la cabeza–. Es demasiado horrible.

–Mientras escapábamos de la multitud tomé una caja de cerillas, tres pañuelos usados –hizo una pausa, frunció el ceño, y se limpió los dedos en sus pantalones–. Y esto... –tomó un cuchillo de su cinturón y lo acercó al cuello de Bolt, haciendo que el metal tocara su piel–. Quizás deba cortarte el cuello.

–Bueno, tal vez, sí puedo explicártelo –dijo él, tragando saliva–. Lamento tragar saliva con tanto ruido. Sé que no te gusta.

30. Decisiones, decisiones e indecisiones

Annika se recostó sobre la pared del túnel, con la espalda de su disfraz de pingüino pegada a la tierra húmeda, y bajó el cuchillo. Se enderezó y se quitó un poco de lodo que se había acumulado en su hombro. Pensó en todo lo que Bolt acababa de contarle.

Tal como sospechaba, los pingüinos se estaban volviendo más malignos, más despreciables.

Tal como temía, el Barón planeaba usarlos para comenzar una guerra.

Y tal como creía posible, si bien parecía imposible, el niño se estaba convirtiendo en un hombre pingüino. También podía comunicarse con los pingüinos. Y hasta le había salvado la vida.

Era mucha información para asimilar. Mientras, raspaba su dedo contra la parte baja de la hoja de su cuchillo. La tranquilizaba. A diferencia del hombre pingüino, el cuchillo no se convirtió en nada esa noche, como un tenedor o cuchara. Simplemente, quedó así. El cuchillo no solo la hacía sentir con los pies en la tierra. La hacía sentir fuerte. Poderosa.

Puede que no sea la mejor bandida de todos los tiempos, al menos no por ahora. Pero había escapado de una multitud frenética. Había robado un cuchillo y cerillas. No había llorado antes de ser ahorcada, aunque muchos bandidos sí lo hacían y estaba explícitamente permitido por el Código del Bandido.

Que los pingüinos ataquen; ¡ella estaba armada y lista para recibirlos!

O no.

¿A quién engañaba? Pisó fuerte.

Ni siquiera pudo escapar de su muerte por su cuenta. Tuvo que ser salvada por un niño delgado que no era bandido. Estaba agradecida, ¿cómo no estarlo?, pero también se sentía avergonzada. La mejor bandida nunca necesitaría ayuda de nadie, incluso si esa persona pudiera hablar con los pingüinos.

Pero incluso más que la frustración que sentía por haber necesitado de la ayuda de Bolt para estar viva, mucho más que esas ganas que ardían en su interior para probar su temple de bandida, una pregunta espantosa la acechaba:

¿Qué les ocurrirá a los bandidos de Brugaria si el Barón declaraba la guerra?

No, cuando declare la guerra.

Hasta hace un momento, Annika no tenía dudas de lo que haría. Se escaparía y realizaría actos de bandidos. ¡Secuestrar! ¡Robar!

Pero ¿y ahora? ¿Cómo podía abandonar a su familia *en este momento*?

Los bandidos tenían un trato con el Barón. Él los dejaba en paz siempre y cuando pagaran un impuesto al secuestro.

Annika dudaba de que el Barón mantuviera esa tregua. Les había advertido a los bandidos, pero también sabía que su padre era terco. Si regresaba a casa para confirmárselo, ¿su padre le creería? Era tan terco y tan difícil de convencer, como el cuchillo que llevaba en sus manos.

Un ruido interrumpió sus pensamientos. La puerta metálica que cubría el pozo se abrió con un chillido. Bolt se quedó quieto, congelado, y observó cómo la luz del sol inundaba el túnel oscuro cavado a mano.

Annika corrió hacia el túnel más cercano y se detuvo, pegándose contra una de las paredes, dejando que la oscuridad se la tragara. Controló su respiración, como una espía bandida experta.

–Allí estás, Bolt –dijo el Barón, dejándose caer en el túnel y aterrizando de pie con una sonrisa en su rostro–. Conozco estos túneles, por supuesto. Los estudié por años

–el niño se levantó, con las piernas temblando y sus rodillas golpeándose entre sí–. Es una lástima que hicieras que el Rey Pingüino cortara esa cuerda. No es muy común poder ver un buen ahorcamiento estos días. Aun así, fue impresionante. Todavía no está completa tu transformación a hombre pingüino y ya estás dándoles órdenes a las aves. Eres un comandante nato. Haremos un muy buen equipo.

–Nunca llevaré a los pingüinos a la guerra –exclamó Bolt. Si bien sus piernas temblaban, su voz era firme. Parecía decidido y cruel. Annika lo miró impresionada.

–Cuando se complete la transformación, me aseguraré de que no quieras nada más que eso –le respondió el Barón con una pequeña sonrisa–. Pero ahora, regresarás conmigo.

Annika se adelantó. Sabía que pelear contra el Barón sola no era la idea más brillante. Era poderoso y astuto, y ella nunca se convertiría en la mejor bandida de todos los tiempos luchando tontamente contra enemigos con esas características.

Pero le debía la vida a ese chico, y los bandidos siempre saldaban sus deudas. Mucho más que eso, ella lo necesitaba. Con solo mirar al monstruo en el que Bolt se estaba convirtiendo, con apenas un vistazo a su rostro, podía vislumbrar la terrible verdad de la guerra que se avecinaba. Con Bolt, quizás ella podía convencer a su padre de la amenaza a la que se estaban por enfrentar. Hasta un cuchillo podía debilitarse con demasiado calor.

Mejor aún, podía derrotar al Barón ahora mismo. ¿Qué mejor manera que demostrarle a su padre la luchadora feroz que era?

–Alto. Bolt no irá a ningún lado contigo –dijo Annika, saliendo de la oscuridad.

El Barón volteó, sorprendido. Cuando la vio, no tembló. Ni siquiera parecía preocupado. En cambio, rio y bostezó.

–¿Y qué crees que puedes hacer?

–Muchas cosas. Soy la mejor bandida de todos los tiempos –respondió, levantando el cuchillo. Lo único que deseaba era que sus palabras fueran verdad.

31.

No quieres verme muy furioso

Aunque Bolt quería escapar tan lejos como fuera posible, por alguna razón, se quedó quieto en el lugar. Pero quedarse quieto no era lo mismo que ser lo suficientemente valiente y poderoso como para luchar. Por lo se quedó quieto en el lugar, y observó cómo Annika avanzaba.

Las luces del túnel resplandecieron sobre el cuchillo a medida que la chica se acercaba al Barón, que seguía sonriendo.

–Tú eres la niña bandida, ¿cierto? La que Bolt liberó.

Annika se detuvo.

–No necesitaba de su ayuda, sabes –dijo. El Barón sonrió entre dientes y puso los ojos en blanco–. Bueno, no del todo –el Barón volvió a sonreír y Annika lo amenazó con su cuchillo–. Ríe todo lo que quieras. No te tengo miedo –el Barón arqueó sus cejas y rio disimuladamente–. Está bien, quizás tengo un poco de miedo, pero te detendré de todos modos –levantó la cabeza con firmeza–. Soy la mejor bandida de todos los tiempos. O lo seré. ¡Ríndete o pelea!

El Barón ni se inmutó. No corrió. Tomó un mechón de su cabello y lo retorció para formar un par de cuernos.

–¿Rendirme o pelear? ¿Qué tal si elijo la tercera opción: que alguien más haga el trabajo por mí?

Bolt comenzó a sentir que algo golpeaba su cabeza. No, dentro de su cabeza. Como tentáculos que envolvían su cerebro, como si un pulpo hubiera ingresado por su oreja.

¡Somos mejores amigos! Le susurró el Barón, pero lo sentía como un grito en su interior. Su mente se nubló y las palabras resonaban en su interior a medida que se acercaba a Annika con los brazos estirados, listos para sujetarla. *¡Los pingüinos deben gobernar! ¡Debemos detener a todos los que se interpongan!*

–¿Qué estás haciendo? –chilló Annika, mirándolo. Bolt estaba cada vez más cerca, con la boca abierta como si tuviera colmillos, aunque no los tenía. Ella empuñó el cuchillo hacia él, y luego hacia el Barón, y de nuevo hacia Bolt, una y otra vez–. Nadie se mueva.

Bolt presionó sus dientes, intentando apartar de su cabeza los pensamientos malvados del Barón. Iban y venían.

Era como un juego espantoso de jalar la cuerda. Su cerebro se inundó de pensamientos de violencia y la necesidad de hacer a un lado esa violencia. Se llevó las manos a su cabeza y retrocedió. Luego, avanzó otra vez hacia Annika. Y nuevamente retrocedió, y hacia Annika una vez más.

–Me estoy mareando –se quejó el Barón.

Bolt presionó sus dientes y sacó los pensamientos del Barón de su cabeza a través de su oreja, hacia el túnel oscuro. Se quedó inmóvil, con la respiración entrecortada y sudor en su frente. Su mente estaba limpia.

–Impresionante –dijo el Barón–. Pero tu habilidad para luchar contra mi control no será tan fácil una vez que la transformación esté completa.

–Supongo que ahora solo somos tú y yo –gruñó Annika, con el cuchillo todavía en la mano.

–Casi –dijo el Barón, bostezando.

Un zumbido grave llegó desde arriba, de metal contra las rocas. El Rey Pingüino, todavía con su corona dorada, descendió por el pozo que ahora estaba abierto y aterrizó junto a Annika. El ave, con la mirada en blanco, la golpeó con una de sus aletas.

El cuchillo cayó hacia el suelo de tierra.

Annika se quedó quieta.

Bolt no se había movido desde que había logrado aclarar su mente. Miraba a Annika, preguntándose si era posible sujetarla y escapar, o si podía luchar contra el Barón él solo.

O si, mejor aún, debía continuar parado en donde estaba, demasiado asustado como para hacer algo, y quizás el Barón olvidaría que él estaba allí.

Pronto, comenzó a dolerle una oreja. El Barón lo había sujetado del lóbulo.

–¿Crees que me olvidé de ti? No. Vámonos a casa, Bolt. La Mansión Chordata es tu hogar, y por siempre lo será –miró al Rey Pingüino y agregó–. Tráeme a la muchacha. Hace muchos años que el calabozo no tiene un prisionero. Las ratas podrán tener algo para mordisquear.

Bolt se tambaleó, con sus piernas listas para salir corriendo. O pelear. O no hacer nada.

El Barón presionó su lóbulo con más fuerza.

–Ah, yo no intentaría otra cosa más que obedecerme o me pondré muy furioso –dijo–. Y no quieres verme muy furioso –y dobló aún más la oreja de Bolt, forzándolo a seguirlo por uno de los túneles–. Parece que tendré que vigilarte más de cerca. Pero seremos mejores amigos por toda la eternidad; te guste o no.

32.

La verdadera historia del Barón y la Gran Batalla de las Aves

Bolt se paró junto a la cama en la torre, mientras el Barón bloqueaba la puerta con los brazos cruzados.

–¿Por qué estás tan triste? –le preguntó con una sonrisa petulante.

–Pronto me convertiré en una criatura alimentada por el hambre para toda la eternidad –se quejó Bolt–. Si no puedo estar triste por algo así, ¿entonces cuándo podré estarlo?

–¿Acabas de hacer una pregunta?

–Fue una pregunta retórica. Apenas cuenta.

–Oh, Bolt –el Barón levantó los brazos y cerró sus manos, formando puños–. Deberías estar contento. Eres un líder. Un emperador. Un pingüino emperador, de algún modo.

–Estoy maldito –se quejó con suavidad.

–¡No! –gritó el Barón, golpeando una de sus manos con un puño–. No estás maldito, ¡estás bendecido! Ya no eres uno de *ellos* –escupió la palabra *ellos*, como si fuera desagradable–. Uno de los comunes, como esa niña bandida que se revuelca en mis calabozos. ¿No lo ves? Una vez fuiste un niño abandonado. Pero ahora eres un gobernante.

–Yo no quiero gobernar.

–Demasiado tarde.

Bolt se desplomó. El Barón se acercó y lo tocó por la espalda. Su cuerpo entero comenzó a temblar de repulsión al sentir la mano del Barón, pero este no pareció notarlo.

–A medida que crezcas con tus poderes, verás la verdad. ¡Mira! –el Barón abrió su camisa, arrancando tres botones. Bolt miró la panza desnuda del Barón. Justo por encima de su ombligo había una marca de nacimiento inmensa con la forma de un pingüino, idéntica a la que él tenía en su cuello–. ¡Sí, yo también la tengo! –gritó–. ¡La marca! ¿No te preguntaste por qué puedes entender a los pingüinos? ¿Por qué puedes hablar con ellos? ¿Crees que cualquiera tiene este talento? Oh, vaya que es un talento, el mejor. El talento de ser un pingüino.

Bolt miró la barriga del Barón, luego miró su propia marca… o lo intentó, pero no pudo porque la tenía en el cuello. Fue entonces cuando una gran desolación abarcó su cabeza, con tanta rapidez, que sintió que comenzaría a brotarle de la boca. Un hilo de saliva salió despedido de sus labios mientras hablaba.

–N… no quiero ser un pi… pingüino.

–Demasiado tarde –respondió el Barón, moviéndose un poco hacia la izquierda para esquivar la saliva.

Bolt cruzó sus brazos alrededor del cuerpo y se paralizó en el lugar, lleno de desesperanza. Comenzó a llorar.

–Solo quiero una verdadera familia –dijo en voz baja.

–*¿Una verdadera familia?* –repitió el Barón, con voz estruendosa–. Las familias están sobreestimadas. ¿Crees que necesitas una? Claro que no. Yo no tuve familia en cien años, que se cumplen el próximo miércoles. Tuve una hace muchísimo. Hubo un tiempo en el que era como los demás. Débil. Inútil. Pero luego un Extraño vino al pueblo. Había oído de mi marca, verás; la marca que compartimos tú y yo. Resulta que aparece una vez cada cien años. ¡Una marca de grandeza! Y por ella, el Extraño me sacó de mi vida aburrida e insignificante. Igual que yo lo hice contigo.

–Pero usted era rico y vivía en una mansión.

–Bueno, quizás mi vida no era tan insignificante. Aun así, me rescató de la mediocridad. Un hombre pingüino no puede simplemente morder a cualquiera y convertir a todo el mundo en pingüinos gobernantes inmortales, sabes. ¡Oh, si tan solo pudiéramos! ¿Te imaginas algo más perfecto que un mundo con miles de hombres pingüino corriendo por doquier?

–Puedo pensar en otras cosas más perfectas… Como cualquier otra cosa.

El Barón ignoró el comentario.

–Lo único que tenía que hacer era aceptar la mordida, una simple mordida en el cuello y me convertiría en hombre pingüino por toda la eternidad. De inmediato, acepté el trato. Un hombre pingüino es poderoso, pero ¿dos hombres pingüino, lado a lado? Son imparables.

–Entonces, por eso me mordió.

–No te mordí por diversión, aunque debo confesar que es un poco divertido morder gente. Tu cuello estaba un poco sucio. Me tuve que lavar los dientes dos veces después de hacerlo.

–Lo siento. Las tuberías del orfanato estaban rotas.

–El mar te limpiará, no tendrás que bañarte nunca más. Esa es una de las ventajas de ser un hombre pingüino –hizo una pausa y se rascó la barbilla–. ¿En dónde estaba?

–En que aceptó el acuerdo con el Extraño y lo mordió.

–Ah, sí. Cierto. Mis padres no lo entendían. Querían que fuera a ver a un médico... o a un veterinario. O quizás, incluso, a un biólogo marino. Como si pudieran curarme. ¡Como si *quisiera* curarme! Les ordené a mis padres que se marcharan de Brugaria o los llenaría con dulces y golpearía como piñatas. Se fueron enseguida, lo cual fue una lástima porque siempre había querido jugar con una piñata –suspiró–. Algún día, quizás…

Bolt dio un paso hacia atrás, analizando las últimas palabras del Barón. Él no podía ni pensar en alejarse de su verdadera familia. Si no detenía la transformación, ¿realmente sería como el Barón? ¿Nunca querría una familia? La mera idea lo hacía estremecer.

–Pero hay algo que no entiendo –dijo–. Mencionó que dos hombres pingüino luchando lado a lado serían imparables. Pero usted *fue* detenido por la Hermandad de las Ballenas o Feminidad de... o como se llamen.

El Barón había estado caminando de un rincón a otro, con la vanidad de un pavo real alardeando de su plumaje. Al oír la pregunta de Bolt, se detuvo y dejó salir un graznido feroz y fuerte que hizo que Bolt saltara hacia atrás y cayera sobre la cama.

–¿Te refieres a esos amantes de las ballenas? ¡Son una mentira! ¡Charlatanes! Se atribuyen el mérito de haber ganado la Gran Batalla de las Aves. Lucharon con esas tontas catapultas. Pero éramos nosotros quienes estábamos ganando la guerra y habíamos logrado acumular bastoncitos de pescado para un año. Para ese entonces, la Hermandad casi se había quedado sin rocas. ¡La victoria pronto sería nuestra! El Extraño estaba tan convencido, que comenzó a hacer el baile de la victoria... y no es fácil hacerlo si tienes patas palmeadas. Era impresionante. Pero luego un pueblerino lanzó un trozo de lasaña. Aparentemente, era la hora de la cena y alguien cometió un error.

–Nunca antes comí lasaña –se dijo Bolt a sí mismo. Lo más cerca que estuvo fueron los espaguetis, pero siempre había sospechado que los fideos amarillos que servían en el orfanato eran en realidad cordones o agujetas de zapatos. Le parecía extraño que los espaguetis reales tuvieran hojalata en sus extremos.

–El plato de pasta no dio en el blanco –continuó el Barón–, pero el Extraño estaba demasiado ocupado bailando como para notarlo. Pisó la lasaña y resbaló, golpeándose la cabeza. Al despertar, tenía amnesia. Su lazo con los pingüinos estaba roto. Las aves perdieron su voluntad de luchar. Yo solo había sido un hombre pingüino por pocos días y todavía no sabía cómo controlarlas por mi cuenta. Mientras les gritaba a las aves que regresaran y lucharan, una roca cayó sobre mí. ¡Casi me mata! Si un grupo de pingüinos leales no me hubiera traído de regreso a la mansión, ¿quién sabe lo que hubiera ocurrido? Bueno, sané. Dicen que la luna de Brugaria vuelve inmortal a los de nuestro tipo. También dicen: "Tres tristes tigres comen trigo en un trigal", aunque es mejor no decirlo.

–Ya oí eso antes –comentó Bolt.

–Ahora soy más fuerte que nunca y la suela de mis zapatos ya no es resbaladiza –levantó una de sus botas para mostrarle la suela de goma–. La lasaña no me da miedo.

–¿Qué ocurrió con el Extraño?

–Durante la batalla final, deambuló sin rumbo, en busca de un lugar para empollar un huevo. No estoy seguro de qué sucedió después. Esperé a que regresara, deseando que volviera con nuevas ganas de luchar. Pero nunca lo hizo. Oí de una colonia de pingüinos en el Polo Sur que siguió a un pingüino anormalmente alto y extraño de cejas espesas. Pero solo son rumores. No importa. No lo necesito. Con tu ayuda, toda Brugaria me obedecerá.

–La gente luchará contra ti.

–Perderán –respondió riendo entre dientes, y pronto esa risa se convirtió en una carcajada que hizo temblar a Bolt–. Luego de recuperarme, recordé que el Extraño me había prometido que alguien nacería con la marca del pingüino dentro de cien años. Descubrí a una muchacha con la marca de un ave, pero era un flamenco. Oí de otro muchacho y recorrí largas distancias para traerlo, pero su marca era más como de ganso. Hubo otros, como unos trillizos con pecas idénticas con forma de avestruces sobre sus pies. Casi me doy por vencido. Pero luego vi tu foto en las noticias de un pequeño hospital; un niño gracioso con una extraña marca en el cuello. Supe que eras el indicado.

–Pero si me encontró de niño, ¿por qué esperó...?

–¿...doce años? –interrumpió, y Bolt asintió–. ¿Crees que es lo que quería? ¡Claro que no! ¡Finalmente, había encontrado a alguien para luchar a mi lado! ¡O para lavarme la ropa! ¡O ambas!

–Podría luchar en su contra –dijo Bolt.

El Barón levantó su mano, como si la idea no tuviera importancia. Continuó con su historia, deteniéndose solo para agregar alguna risa perturbadora.

–Le ofrecí a tus padres incontables riquezas por ti, y rechazaron mi oferta –risa perturbadora–. Les ofrecí poder: "¡Gobernar conmigo!", les grité; pero dijeron "Gracias, pero no, gracias". Eran demasiado amables –más risas perturbadoras–. Finalmente, les ordené que te entregaran o me pondría muy furioso, los herviría en caramelo y los echaría sobre un helado o quizás sobre fresas y otros dulces –muchas más risas perturbadoras.

–¿Me querían? ¿Me amaban? –preguntó Bolt, las palabras casi se trababan en su boca. El Barón no parecía oírlo, pues aún reía de manera perturbadora.

–Tus padres aun así se rehusaron. Así que les envié a un pastelero a su casa para preparar la salsa de caramelo. Ellos lucharon, la salsa se prendió fuego y la casa se incendió. O eso creo. Años más tarde, descubrí que el pastelero se había marchado contigo en sus brazos y te dejó en un orfanato en medio de la noche. No te preocupes, el pastelero recibió sus debidos postres –más risas, pero esta vez fueron tan perturbadoras, que hicieron que Bolt soltara un grito chillón.

Recordó la imagen del pastelero sobre la pared cerca de la chimenea, y chilló con más fuerza. El Barón, simplemente, sonrió.

–Mientras tanto continué organizando mi reinado, retorciendo lentamente la mente de cada pingüino de Brugaria. Me tomó varios años y mucho pescado. Pero justo cuando mi estrategia estaba en marcha y los pingüinos estaban listos para la batalla, me topé con la noticia sobre una invasión de polillas en el pueblo del Roble Marchito. Y allí estabas tú, en una foto. Si bien no pude reconocer tu rostro, dado que estaba recubierto por polillas, tu marca de nacimiento era tan clara como el día. Envié a alguien para buscarte de inmediato. ¡Y ahora estás aquí! ¿No es grandioso?

Bolt se vio invadido por emociones conflictivas, y ninguna era de entusiasmo.

Nunca conocería a sus padres, porque estaban muertos. El malvado Barón era malvado en formas en las que Bolt jamás hubiera imaginado. Y pronto él se convertiría en alguien igual.

Todas sus esperanzas y sueños se desplomaron en el suelo, como si estuvieran dentro de una bolsa de compras rota. Los jarrones de esperanza estallaron en mil pedazos, las cajas de promesas quedaron vacías, los envases de deseo se batieron y derramaron, antes de ser pisoteados por todos.

–Mis padres están muertos –repitió esas palabras una y otra vez–. Mispadres... nmuertosmispadresestánmuertosmispadresestánmuertosmis... padresestánmuertos.

El Barón aplaudió. Si sentía algo de empatía por el dolor de Bolt, no lo demostró.

–Tú y yo por fin estamos juntos. Deja que los pueblerinos peleen, que disparen sus catapultas. No nos detendrán. ¡Nadie podrá! Muaja-ja… Aagh… –tosió mientras reía con maldad–. Lo siento, me atraganté con una espina de pescado –luego dejó salir otra risa malvada mucho peor que las otras–. Te dejaré con tus pensamientos –caminó hacia la puerta–. Tengo una sola regla, Humboldt. Que te quedes en esta torre.

–Ya tenía otras tres reglas –le recordó, secándose las lágrimas–. La referida a las preguntas y a los pueblerinos, y también la de permanecer en la cama, pero supongo que esa ya no es una regla.

–Bueno, está bien, tengo algunas reglas. Júzgame –movió la pequeña capa que colgaba en su espalda y la hizo sonar como un látigo–. Te veré esta noche. Pronto, celebraremos –dijo. Salió y cerró la puerta.

Bolt oyó el cerrojo y cuando se acercó a toda prisa e intentó abrir, ni se movió. Comenzó a mecerse nerviosamente, mientras golpeaba la puerta, pero no sirvió de nada. Se desplomó en el suelo y volvió a llorar.

Siempre había insistido en creer que sus padres no lo habían abandonado en un orfanato, incluso cuando nadie le creía. Sentía su amor desde la cabeza hasta sus pies recubiertos por esos calcetines pequeños del orfanato.

Pero ya no importaba. No lo estaban buscando. Nunca tendría una verdadera familia.

Era el elegido.

El elegido para ser infeliz, indeseado y para nada amado.

Mientras tanto, la valiente Annika estaba presa en los calabozos, y pronto sería devorada por las ratas. Toda Brugaria sería esclavizada. Nada podía ser peor.

Una gota de agua cayó sobre su nariz. Abrió los ojos. Había agua que goteaba desde el techo, posiblemente de alguna tubería rota. *PLOC, PLOC, PLOC.* Justo sobre su nariz. Está bien, ahora sí, nada podía ser peor.

Bajó de la cama, se estiró por debajo del colchón y tomó el pingüino de peluche que había desechado hacía dos días. La quemadura alrededor de donde debería estar una aleta tomó un nuevo y aterrador significado. Entonces, le arrancó la cabeza y su otra aleta, haciendo que el relleno saliera despedido por toda la habitación, como nieve fresca. Continuó vaciando el peluche de algodón. Abrió la tela y golpeó con su puño la pelusa a su alrededor, gritando tan fuerte como podía.

Se detuvo y observó los remanentes del pingüino. Tomó el relleno y comenzó a meterlo por los espacios abiertos. Pero era como intentar inflar un globo pinchado.

–Lo siento, Pingüino. Lo siento –murmuró.

Se quedó en el suelo llorando; ahora más solo que nunca.

33. Otra noche de pingüino

Eventualmente, Bolt dejó de llorar. Se sentó en la cama tratando de suavizar su cabello puntiagudo. Pero los mechones no caían, no importaba cuánto se lamiera sus manos primero.

Una cucaracha pasó corriendo por el suelo. Si esto fuera un cuento de hadas, la cucaracha le hablaría. Quizás ambos podrían cantar una canción sobre trabajar y silbar. El insecto encontraría la llave de la puerta y liberaría a Bolt, quien descubriría que sus padres todavía estaban con vida.

Este no era ningún cuento de hadas. Bolt levantó su pie para aplastar al insecto, pero vaciló y lo vio desaparecer detrás de la biblioteca.

No era esta cucaracha lo que Bolt quería pisar, sino al despreciable Barón y sus planes maléficos, al igual que ese sentimiento vacío de impotencia que albergaba su interior bajo un manto de penumbra ennegrecida.

Caminó hacia la ventana, con los puños cerrados y los dedos blancos de tanto apretar. Observó el inmenso jardín inmaculado de la mansión, el bosque que lo rodeaba, y las olas a la distancia.

Su instinto animal quería correr hacia la orilla y nadar. Su parte humana solamente quería derribar esas paredes grises y encontrar un lugar para revolcarse en su miseria.

Desde la ventana, sus ojos se detuvieron en la catapulta, ubicada en la azotea debajo de él, demasiado lejos como para saltar. Deseaba ser una roca para volar muy lejos de allí.

¡Si tan solo Bolt nunca hubiera sido enviado ahí! Si tan solo pudieran brotarle alas y empezar a volar. Tendría alas esa noche, pero los pingüinos no pueden volar.

Mientras reflexionaba, notó movimiento en el jardín. Prestó más atención. Frau Farfenugen atravesaba el césped hacia los árboles. El ama de llaves movió su cabeza a la derecha y a la izquierda, pero no hacia la torre. Otra persona apareció en el bosque, una persona del doble de su tamaño.

Hombre Pez.

El gigante con una cicatriz en el rostro estiró sus manos, y la verrugosa y arrugada ama de llaves las sujetó. La atrajo más cerca de él. Frotaron sus narices. Y luego, sin soltarse de las manos, se adentraron en el bosque.

Bolt se alejó de la ventana, recordando la carta con el corazón que Frau Farfenugen había dejado caer esa mañana. Si el Barón descubría su romance, se pondría muy furioso. Probablemente la convertiría en goma de mascar o salsa de caramelo, o la colgaría en un mástil de sus pelos de la axila… o algo igual de espantoso. Esbozó una sonrisa cuando pensó en esa imagen, y luego se encogió del miedo. Ese regocijo momentáneo había sido algo puramente del Barón: sus pensamientos malvados aún deambulaban dentro de Bolt.

¿Acaso el chico se volvería tan malvado como la bestia responsable de la muerte de sus padres?

Miró los libros en los estantes. Se acercó caminando y tomó uno. Mantendría su mente lejos de pensamientos desesperanzadores y la ira influenciada por el Barón.

Inspeccionó algunas páginas del Volumen I de *El Compendio de los Pingüinos.* Leyó sobre cómo los pingüinos vivían en grupos, llamados colonias, las cuales podían llegar a albergar hasta diez mil aves. Leyó sobre cómo sus plumas los mantenían cálidos. Aprendió que, a pesar de no tener orejas visibles, poseían una excelente audición.

Pero lo que le pareció más fascinante de todo fue lo que aprendió sobre sus familias. A diferencia de otros animales, la gran mayoría de las especies de pingüinos se emparejan de por vida. Cuando ponen un huevo, ambos padres cuidan y crían juntos al pequeño pingüino. Nunca abandonan a sus crías.

Incluso los humanos abandonan a sus hijos, como era el caso de muchos de los niños del Roble Marchito.

Bolt cerró los ojos. Podía sentir una parte de él, la parte pingüino, revolverse en su interior. Y luego pensó en algo que habría sonado imposible antes, que parecería tan extraño como haber comido un pez dorado vivo hacía solo dos días: *¿Podría una familia de pingüinos ser una* verdadera *familia?* ¿Podrían convertirse en su verdadera familia?

No. Era absurdo. Su depresión lo estaba haciendo delirar.

Cerró el libro con fuerza. Necesitaba escapar. Derrocar al Barón. Vengar a sus padres. Salvar Brugaria.

O necesitaba dormir. Ese también parecía un buen plan. Un aluvión de cansancio se apoderó de él. Además, ¿cuándo había sido la última vez que comió algo? Casi al mismo tiempo que lo invadió el cansancio, también lo hizo el hambre y un deseo insaciable de comer pescado. Estaba tan hambriento. Y tan cansado.

Horas más tarde, Bolt se despertó por las campanadas del reloj y un hormigueo invadió su cuerpo. Era tarde en la noche y la luna arrojaba sus rayos a través de la ventana.

El reloj sonó una vez más. Era la medianoche. El momento que más había temido.

Se acercó a la ventana y la luna llena lo bañó con su luz.

Su cuerpo comenzó a deformarse, sus pies se tornaron anaranjados y abrió la boca para gritar.

Pero, en su lugar, graznó.

CUARTA PARTE

El ataque del hombre pingüino

34.

¿En serio? ¿Otro descanso en la acción? Esto se está volviendo molesto

Aún en el Zoo de San Aves, los vientos helados de la noche me azotaban como un barco estrellándose contra un iceberg. Los pingüinos parloteaban entre sí. Reprimí un estornudo.

El encargado de los pingüinos me miró con una mezcla de pena y resignación, o quizás una mezcla de repulsión y náuseas, o una mezcla de paciencia e hipotermia, o tal vez ninguna de esas. Como un libro sin puntación, era una persona difícil de leer.

–Es tarde –dijo–. Deberíamos continuar con nuestra historia otro día. Por la mañana puede ser, luego de una buena noche de descanso.

Negué con la cabeza, tanto en señal de desacuerdo con sus condiciones como para reprimir otro estornudo que amenazaba con salir de mi nariz.

–Termine la historia –le ordené–. Tomaré el primer barco a casa con sus pingüinos, asumiendo que mantendrá su promesa.

–No me retractaré. Los pingüinos serán suyos si los quiere –afirmó–. Simplemente le hice esa propuesta por la hora y por sus dientes temblorosos.

–Tiemblan por el frío, no por miedo a unos pingüinos monstruosos. Un cuento de terror no me hará cambiar de parecer. Pero debo confesar que siento una nueva fascinación por estas aves. Quizás, después de todo, sí merezcan un estanque tan grande y cómodo como este. Prometo que los trasladaré a mi zoológico en una caja de madera súper cómoda y yo personalmente les haré los respiraderos.

El hombre suspiró tan fuerte que me recordó más a una sirena para niebla que a una persona respirando. Fue tan fuerte que incluso los pingüinos asomaron sus cabezas para mirar.

–Muy bien –dijo el hombre–. Pero, una vez más, necesitamos tomar un desvío para ponernos al día con Annika y su…

–Odio las interrupciones –dije, frunciendo el ceño.

35.

La mejor bandida de todos los tiempos

Temprano en la noche, mientras Bolt permanecía en la torre y antes de que cayera la medianoche, Annika abrió los ojos. Le asustó encontrarse sentada sobre el frío suelo de piedra de la celda. Una de sus muñecas estaba sujeta a la pared con un grillete. Movió su brazo, pero la cadena no cedió, solo le lastimó la muñeca.

La cadena rechinaba cada vez que sacudía el brazo. Era vieja y estaba oxidada, pero no lo suficiente como para romperse.

Annika observó las paredes de piedra que la rodeaban, sombrías e irregulares. La celda no tenía silla, ni cama, ni baño. Solamente había una ventana, pero era pequeña y estaba cubierta con barras de acero, y además, estaba muy alta como para alcanzarla. El resplandor plateado de la luna se asomaba a través de esta.

También había ratas. Las oía detrás de las paredes. Una pasó corriendo por el suelo, la miró y lentamente se acercó. Annika la pateó. El roedor retrocedió del miedo y se marchó a toda prisa.

Si buscaba comida, la rata tendría que esperar a que la chica estuviera muy débil o demasiado hambrienta como para pelear.

O Annika debería dejar que la rata la mordiera. Probablemente, se lo merecía. Dejó caer su cabeza avergonzada. Primero, los pueblerinos la habían capturado para ahorcarla y ahora el Barón la había vencido con un pingüino. Los mejores bandidos no se dejaban capturar ni una sola vez, mucho menos dos veces en la misma semana.

Quizás aún no estaba lista para ser una bandida, como decía su padre. Tal vez, como una papa sin madurar, necesitaba un poco de tiempo. Pero no podía hacerlo si estaba atrapada en un sótano. Necesitaba salir de allí primero.

Tomó dos horquillas de su cabello, las frotó contra sus dedos y puso manos a la obra. Haber ganado la competencia había sido más fácil que abrir este cerrojo; el mecanismo era viejo y estaba oxidado, y le resultó difícil manipular las partes internas con sus herramientas caseras.

Luego de unos minutos de ansiedad, incluyendo dos en los que temió que su horquilla se partiera en dos, con el corazón latiendo cada vez más rápido, Annika oyó un suave *clic* y el cerrojo se abrió. Su corazón galopante se tranquilizó.

Se frotó las muñecas. Tenía la piel raspada en donde había estado el grillete. Se levantó y caminó hacia la puerta. Tal como lo esperaba, estaba cerrada, pero eso no la preocupó mucho. Sus horquillas demostraron ser resistentes.

Estiró su pequeño brazo a través de las barras de la celda y llevó la horquilla hacia la cerradura. En menos de un minuto ya estaba caminando sigilosamente por el pasillo. A medida que avanzaba, notó otra celda en donde yacía un esqueleto, encadenado a la pared. Fuera quien fuera no tenía horquillas para el pelo.

Caminó despacio. No tuvo que esquivar guardias, ni oyó al Barón. Nadie notaría que se había escapado, excepto las ratas.

El pasillo llevaba hacia una escalera, la cual tenía una puerta en el otro extremo que daba directamente al jardín.

Annika abrió la puerta y admiró el grandioso campo verde salpicado con nieve detrás de la mansión. Por un breve momento, consideró encontrar los túneles y escapar de Brugaria para convertirse en la bandida que siempre había soñado ser. Así, regresaría años más tarde triunfante y con varias batallas encima, lista para tomar su lugar como líder de los bandidos. Pero escaparse ahora le resultaba igual de fácil que lo que le tomaría a una vaca robar un carruaje, lo que significa, muy difícil. Había visto la sonrisa retorcida del Barón, repleta de crueldad y malicia. Conocía sus planes malvados.

Si no lo detenían, nadie estaría a salvo.

Cruzó la puerta cuando, desde algún lugar, la campana de un reloj antiguo sonó una y otra vez. ¿Once veces? No, doce.

Un graznido de pingüino salvaje resonó en el campo.

Arriba, brillaba la luna llena. El eco de cientos de pisadas palmeadas comenzó a sonar cada vez más cerca. El bosque parecía recobrar vida con el sonido del hielo resquebrajándose y el temblor del suelo.

Había un arbusto a su lado. Se zambulló detrás de este, mientras un ejército de pingüinos marchaba por el jardín. Lucían crueles. Viciosos.

Algo más corría entre ellos. El pingüino más grande que jamás había visto.

Un hombre pingüino.

Era Bolt. Podía verlo en sus ojos: un leve destello de humanidad.

Annika permaneció detrás del arbusto, temblando, sin animarse a mover, deseando la llegada del día, esperando que, de algún modo, pudiera convencer a su familia de luchar contra esta maldad.

36. Una luz en la oscuridad

Al día siguiente, Bolt despertó en el suelo de su habitación, rodeado por un charco extenso de agua. Su traje, o lo poco que quedaba de este, goteaba agua salada. Algunos huesos yacían en el suelo.

No recordaba mucho sobre la noche anterior, y lo poco que pudo ordenar en su cabeza, no le gustó. Había perseguido gente. Había destrozado cosas. Le había hecho calzón chino a alguien. Había sido la noche de los pingüinos.

Recordaba la tienda de mariscos. Se había llevado la peor parte del ataque: él y su pandilla rompieron cristales para saquear un tesoro de pescados y mariscos en cubetas de hielo. También dejaron sus iniciales en el suelo. Usaron los baños y no bajaron la tapa de los retretes.

Pero ¿qué era lo peor de todos esos recuerdos? Que recordaba haberlo disfrutado.

También había estado junto al Barón. Había corrido con él. Nadado con él. Podría haber hecho algo; tuvo muchas oportunidades. Pero la idea ni siquiera se le había cruzado por la cabeza. En cambio, obedecía sus órdenes con gusto, con alegría.

Caminó hacia el armario y encontró la ropa que usaba cuando se escapó del orfanato. Estaba echa un bollo en el suelo, húmeda y olorosa, pero se la puso de todas maneras. Puede que compartiera la tez pálida y fantasmal del Barón, y su nariz de pingüino y cabello puntiagudo, pero no compartían el mismo vestuario. Juró nunca más volver a usar un traje.

Se estaba colocando la camiseta cuando la biblioteca se movió. Asombrado, Bolt retrocedió. Se movió una vez más. Crujió y rechinó.

Bolt estaba alerta.

Una vez que el mueble entero se hizo a un lado, Annika entró a la habitación quitándose la nieve de los zapatos. Al parecer, la biblioteca escondía un pasadizo secreto.

–¿Qué haces aquí? –le preguntó, sorprendido.

–Liberándote.

–Habría hecho lo mismo por ti, si hubiera podido escapar –dijo él en un tono arrepentido–. Lo pensé. Pero estaba atrapado aquí arriba.

–¿No mencioné los túneles secretos? –preguntó ella, y el niño asintió–. ¿Y cómo había muchos en las mansiones y edificios? –asintió de nuevo–. ¿Y que siempre hay que revisar detrás de las bibliotecas? –esta vez, negó con la cabeza–. Lo siento, entonces. Fue mi culpa.

–Es agradable que vengas a rescatarme.

–Yo no soy agradable –gruñó ella. Habló con su mejor voz de bandida, tratando de sonar firme y cruel–. Los bandidos no somos así. Te debo una, eso es todo. Soy una bandida despiadada. Además, te necesito.

–Aún creo que es agradable.

–Deja de repetir eso –dijo Annika, pateando el suelo–. Ahora, vámonos. Debemos salir de aquí.

–¿De Brugaria?

–He cancelado ese plan. Iremos al bosque. Necesito convencer a mi padre de los planes del Barón. Además con verte a ti, tendrá que creerme.

Bolt miró su reflejo blanco y fantasmal en el espejo. Sintió escalofríos. Annika le señaló la biblioteca, pero él no se movió.

–¿Qué estás esperando? No lucirás menos pingüino con solo mirarte. Necesitamos advertirle a mi familia.

Bolt suspiró. Nunca había sido lindo o tierno como los otros huérfanos, pero ahora con el rostro pálido y la nariz alargada, su falta de lindura y ternura era más evidente que nunca.

Y esa noche, luciría peor. Sería completamente un monstruo. Levantó su barbilla y volteó hacia Annika.

–No puedo ir.

–¿Quieres quedarte aquí?

–No, quiero decir que no puedo ir contigo al bosque. Debo encontrar a Blazenda. Ella dice que soy el elegido.

–¿Elegido para qué?

–Para derrotar al Barón y liberar a los pingüinos, o algo así. Honestamente, nadie parece estar demasiado seguro. Puedo ser el elegido para lavar su ropa, pero eso sería terriblemente anticlimático –la muchacha abrió la boca para protestar, pero él levantó una mano–. Si voy contigo, me convertiré en pingüino otra vez. Pelearé contra ti, y el Barón será imparable, o eso dice. Necesito encontrar a Blazenda.

–Esa vieja Adivina intentó ahorcarme.

–Nunca dije que fuera perfecta.

–¡Dímelo a mí!

–Está bien. Annika, nunca dije que fuera perfecta –la muchacha le arrojó una mirada amenazante–. La mujer me dijo que tendría que liberarme a mí para liberarlos a todos. Quizás no signifique nada. Lo único que sé es que tengo que descubrir *para qué* soy el elegido y actuar como tal.

–Pero ¿por qué eres tú el elegido? No eres poderoso ni valiente.

–No lo elegí yo. La marca de nacimiento que tengo en el cuello lo hizo. Quizás sepa algo que yo no.

Annika suspiró, tomó su cuchillo, miró la hoja de metal, y lo guardó nuevamente en su cinturón.

–Soy una bandida horrible –se quejó–. Está bien. Te ayudaré a encontrar a la Adivina. Será mejor que tengas razón. Ahora, salgamos de aquí –se detuvo e hizo una mueca–. Y solo para que sepas, eso no significa que sea agradable. Sigo siendo despiadada.

–Así es. Despiadada. Entendido –asintió. Y con más suavidad, agregó–: Pero aún pienso que eres agradable.

La chica bufó y dio un paso hacia el pasadizo detrás de la biblioteca, con Bolt por detrás. De pronto, la puerta de la habitación se abrió con un chillido oxidado. Ambos voltearon, listos para pelear.

Frau Farfenugen ingresó con una bandeja repleta de pescados, y la dejó caer sorprendida. El objeto metálico retumbó contra el suelo de madera. La anciana señaló a Annika mientras le lanzaba una mirada fulminante a Bolt.

–¿Lo dejo solo y trae amigos a la habitación? Estoy muy decepcionada de usted.

–Mi nombre es Annika Lambda y soy la bandida más feroz del mundo.

–Entonces, ¿por qué nunca oí hablar de ti? –le replicó, entrecerrando los ojos.

–Estoy trabajando en eso –respondió Annika, dejando caer sus hombros.

–Es muy agradable –comentó Bolt.

–No, no lo soy –gruñó.

Bolt miró el pescado que se había caído al suelo y sintió un apetito voraz. Se desplomó sobre el suelo y comenzó a meterse pescaditos sucios en la boca tan rápido como pudo. ¡Qué delicioso! Saboreó cada cadáver húmedo y gomoso.

Cuando vio que el ama de llaves y Annika lo miraban boquiabiertas, se detuvo y soltó un pequeño eructo.

–Creo que tenía hambre –se sonrojó.

–Bolt y yo nos marchamos –le dijo Annika al ama de llaves–. Él salvará a Brugaria. Eso espero. Y, con suerte, aprenderá a usar un tenedor y servilletas.

–Debo encontrar a Blazenda –agregó él, limpiándose un hilo de saliva en sus pantalones–. Y sí, una servilleta vendría bien.

–No tengo servilletas –respondió Frau Farfenugen con el ceño fruncido. Se alejó lentamente hacia la puerta–. Mucho peor, el Barón amenazó con coserme mitones a las manos si el niño escapaba otra vez. Ni siquiera me gustan los mitones. Es demasiado difícil levantar objetos pequeños con ellos puestos. Los guantes son mucho mejor. Pero no debería quejarme. Solo soy una simple ama de llaves que no merece ninguna prenda para mantener las manos cálidas.

Annika sujetó a la anciana y le puso el cuchillo en la garganta.

–¿Se la corto? –le preguntó a Bolt–. Solo dilo.

–¿En serio? ¿Harías eso por mí? –preguntó. Nunca había conocido a alguien que estuviera dispuesto a cortarle la garganta a una persona por él.

–No, probablemente no –bajó el cuchillo–. Soy una bandida espantosa.

–Recién estás comenzando –dijo él–. Estoy seguro de que un día podrás cortarle el cuello a alguien, en cualquier momento –luego volteó hacia el ama de llaves, que miraba hacia la puerta como si estuviera planeando salir corriendo–. Ayúdanos a escapar o le contaré al Barón sobre ti.

–¿Contarle qué? –preguntó, mirándolo cautelosamente.

–Sobre ti y Hombre Pez, y cómo te escabulles de la mansión para verlo. Te vi.

El ama de llaves escupió furiosa al suelo y explicó:

–Miré hacia la izquierda y derecha la otra noche, pero me olvidé de mirar hacia arriba. No se atrevería a contárselo al Barón.

–Claro que sí.

–Nunca le creería.

–Encontrará tus cartas de amor.

La anciana miró la bandeja a sus pies, la misma que había dejado caer, y suspiró.

–Lo ayudaré de todas formas. Deben detener al Barón –señaló el túnel secreto–. Iré con ustedes. Quizás una simple ama de llaves como yo pueda encontrar la felicidad, por más improbable que parezca. Aunque seguramente lo único que encuentre sea miseria y perdición.

Los tres se apresuraron hacia el hueco en la pared. Corrieron por una escalera en espiral oscura, pasaron por un vestíbulo antiguo y desmoronado, se deslizaron por una rampa áspera y luego avanzaron por un túnel húmedo y frío bajo tierra. Cada tanto las rasgaduras en la parte superior permitían el ingreso de algunos rayos de sol, los suficientes para ver por dónde iban.

Pronto, el túnel se dividió en dos y Frau Farfenugen corrió por el de la izquierda. Annika señaló el de la derecha:

–Este lleva al pueblo.

–Entonces, ¿hacia dónde fue Frau Farfenugen?

–¿Quién sabe? Los túneles pueden tornarse confusos. Pero nosotros iremos por este camino. Soy rápida, así que sígueme el paso.

Bolt movió los dedos de sus pies. Llevaba los zapatos del orfanato… si se podían llamar así. Eran dos costales de arpillera con agujetas. No podía correr rápido, pero necesitaba dar lo mejor de sí. Casi no le quedaba tiempo.

Sabía que él podría ser la única esperanza de Brugaria. La única esperanza de los pingüinos. Pero, en su interior, sentía que todo era muy, muy inútil.

37.
La tormenta se avecina

Luego de correr y trotar por un confuso laberinto de pasadizos subterráneos, Annika y Bolt subieron apresuradamente por una pequeña escalera. Emergieron en un campo interminable de lápidas idénticas. Algunas flores descansaban junto a las tumbas, dejadas allí, quizás, por un ser querido esa misma mañana.

En el extremo del vasto jardín había cuatro estatuas de pingüino en lo alto de un pedestal. Cada pingüino de piedra posaba orgulloso dando un saludo estoico.

–¿En dónde estamos? –preguntó Bolt, y su voz fue arrastrada por el viento sibilante.

–En el cementerio de los pingüinos –dijo ella–. Aquí es donde los pingüinos más grandiosos son enterrados, al igual que los que no lo son tanto. En serio, aceptan a cualquiera, siempre y cuando sea un pingüino.

–Supongo que todo el mundo termina en un cementerio –reflexionó Bolt–. A menos que tengas la maldición del hombre pingüino, que es para toda la eternidad. Entonces, no –bajó la mirada, suspiró y la volvió a levantar para mirar las enormes estatuas–. ¿Por qué saludan?

–¿Quién sabe? Solo son simples y tontas estatuas. Se sabe que los pingüinos no saludan. Vamos. Los cementerios me erizan la piel.

Bolt siguió a la chica entre las lápidas. Caminar con Annika –una niña de su edad que a veces hacía cosas agradables por él aunque ella insistiera en que no era agradable–, le hacía imaginar una vida que no terminaría tan espantosamente.

Al menos, no por completo. Aún estaba bastante convencido de que su vida terminaría espantosamente.

–Sabes, eres la primera amiga real que tengo –dijo.

–No somos amigos –respondió Annika con el ceño fruncido.

Bolt aminoró la marcha y pateó una roca:

–Pero me salvaste la vida y ahora me ayudarás a encontrarme con la Adivina. Eso es muy amigable.

–Está bien –suspiró Annika y pateó otra roca–. Somos amigos. Pero no le digas a nadie, ¿está bien? Tengo que mantener mi reputación de bandida cruel.

Caminaron un largo rato. Bolt no estaba acostumbrado a caminar tanto, pero correr con una amiga, ¡su primera amiga real!, le daba una energía que nunca antes imaginó tener. O tal vez era la sangre de pingüino bombeando en su interior... o ambas cosas.

Algunas nubes grises inmensas aparecieron en el cielo, ocultando el sol.

–¿Crees que será fácil romper la maldición y detener al Barón? –preguntó Bolt–. ¿Alguna especie de hechizo secreto o algo de eso?

–No tengo idea. No soy la Adivina.

–Pero ¿qué tal si es demasiado difícil? ¿O si es imposible? Sé que probablemente nunca nadie me quiera. Ya acepté eso, creo. Pero ¿qué tal si estoy condenado a ser un monstruo para siempre?

–Puede que encuentres a alguien algún día –le dijo ella esbozándole una sonrisa, aunque fue *muy* forzada. Continuaron en silencio, con las preguntas sin respuestas de Bolt flotando en el aire congelado.

Pronto, llegaron al pueblo. Era difícil imaginar que este era el mismo lugar que había visto con tanta vida, música y risa el día anterior. Los puestos de regalos ya no estaban, al igual que la tarima en la plaza. El único sonido presente era el del viento frío que corría por las calles vacías.

A medida que avanzaban, Bolt observaba los carteles de pingüinos que colgaban en cada edificio, meciéndose por el viento. Pintados con colores hermosos y diseños artísticos, las aves sonreían con alegría. Eran pingüinos en su estado natural, pacíficos; no retorcidos y sedientos de guerra.

Algunas personas miraban a Bolt y a Annika pasar, desde atrás de las cortinas metálicas de sus ventanas cerradas. Cada vez que Bolt volteaba y se topaba con la mirada de alguien, esos ojos se desvanecían en la oscuridad de alguna habitación. La gente parecía asustada.

Arriba, el cielo se tornaba cada vez más oscuro, malva y violeta, y algunas nubes distantes destellaban con relámpagos. El viento lentamente iba soplando con más fuerza. Se estaba formando una tormenta, aún lejos, pero cuando golpeara, sería terrible.

La sangre de pingüino de Bolt lo hacía inmune a la helada briza, pero tembló de todos modos. Sentía que era lo que tenía que hacer. Algunas plantas cruzaron rodando la calle. Era extraño, ya que en Brugaria no tenía ninguna especie de planta rodadora. De todas formas, allí estaban.

Varias catapultas sin usar descansaban en los tejados. Recordó los pescados volando el día anterior y su estómago rugió de hambre. Los pescados ya no estaban. Su estómago se sintió decepcionado.

–¿Falta mucho? –preguntó.

–No –contestó Annika–. La Adivina vive en la Parte Fea y Vieja del Pueblo. Es pasando esos edificios y bajando por la colina.

Doblaron en una esquina y vieron una tienda destruida, con la ventana del frente estallada en mil pedazos. Trozos de madera astillada y vidrios rotos dispersos en la acera.

Un aluvión de recuerdos invadió la cabeza de Bolt. Había estado aquí la noche anterior. Había ayudado a destruir la tienda de mariscos. Había graznado de alegría.

Ambos se detuvieron frente a la escena, asombrados. Sobre la acera estaban las que parecían ser huellas de pingüinos; docenas de ellas. Había espinas por todos lados. Bolt casi podía saborear la deliciosa y jugosa carne de pescado.

También había dos hombres en medio del desastre. Uno era Günter. El Príncipe de las Ballenas llevaba su túnica, aunque con la capucha baja. Todavía estaba armado con su barra de pan francés. A Bolt le asustaba que fuera tan crujiente. El otro sujeto era mucho más joven y regordete. Tenía dos dientes. También lo reconoció.

–¿A dónde vas? –susurró Annika, cuando Bolt se acercó lentamente hacia ellos. Quería oír la conversación. Quería saber más sobre el daño, ya que la culpa por la destrucción de la tienda le estrujaba el corazón.

Un par de truenos sonaron a la distancia. Las nubes se movían a toda prisa, haciendo que el cielo sobre sus cabezas fuera cada vez más amenazante.

–Viene una tormenta –dijo el hombre más joven, mirando hacia arriba.

–Es otra señal, Franz –respondió Günter–. Ludwig terminó en el hospital por defender su tienda de mariscos. Uno de los pingüinos incluso subió a su habitación y comió las etiquetas de su colchón. Todo se encamina al pasado, como te advertí.

–Tal vez fue un accidente. Algunos huevos malos.

–Los huevos no hicieron esto. No. Fueron pingüinos adultos con sed de crueldad. Franz, siempre ves el lado positivo de todo. Pero así fue como se desató la Gran Batalla de las Aves; con saqueos y asustando a parejas que paseaban por el bosque. Los pingüinos se están empapando sobre el tema, se preparan para algo más grande.

–Los pingüinos aman empaparse –coincidió Franz.

–Quieren gobernarnos. Quieren nuestras casas, nuestra comida, y forzarnos a empollar sus huevos y cocinarles bastoncitos de pescado. La Hermandad Mística de las Ballenas, o Feminidad de las Ballenas, o como sea, debe pelear por nuestra libertad. Si no lo hacen, ¡entonces tú y yo pelearemos solos! –exclamó, levantando el pan francés en el aire–. ¿Estás conmigo?

–Claro que sí. Cualquier cosa con tal de que los pingüinos no jueguen a los bolos.

–Son ellos o nosotros –dijo Günter, levantando un puño. Bolt se inclinó hacia adelante y pateó algunas rocas sin querer. Los hombres voltearon–. ¿Quién anda ahí? –gritó el príncipe, levantando su pan.

Bolt bajó su cabeza y giró para marcharse:

–*Nadie* –dijo imitando una voz aguda. Desafortunadamente, descubrió que no había practicado mucho eso de imitar voces.

–¡Es el niño del Barón! –gritó Günter–. ¡El que odia a las ballenas! ¡Nos está espiando de nuevo!

–Solo soy un pueblerino indefenso –gritó, alejándose de prisa–. Y no tengo nada en contra de las ballenas. En serio.

–¡Atrápalo! –gritó Günter.

Bolt corrió. Los hombres lo persiguieron, gritando por capturar su cabeza.

–¡Grasa, grasa, grasa! –gritó Franz.

Varios ojos grandes y asustados seguían al chico desde las ventanas a medida que corría por las calles. Los zapatos de arpillera del Roble Marchito no tenían buen agarre sobre el suelo congelado, por lo que se resbaló. Günter y Franz se acercaban a toda prisa.

Por encima de ellos, las nubes continuaban agrupándose. Pronto, ambas cosas alcanzarían a Bolt: los atacantes y su pan, y la peligrosa tormenta.

El chico se detuvo en la cima de una colina empinada y una sensación comenzó a florecer en su interior. Era un sentimiento de furia y odio, y luego… de amor por los bastoncitos de pescado; hizo mucho esfuerzo por ignorarlos. Volteó y le mostró los dientes a sus perseguidores.

–¿Quiénes son para detenerme? –gritó.

Günter y Franz se quedaron en el lugar, se miraron entre sí, y luego a Bolt, como si no supieran qué hacer.

Bolt los miró fijo, refunfuñando.

–Está maldito –dijo Günter y levantó su pan francés–. ¡La Hermandad debe defender a Brugaria!

–O Feminidad o algo así –agregó Franz.

Bolt sintió que una mano le sujetaba el brazo. Annika apareció a su lado.

–¿Qué estás haciendo?

–¡Los convertiré en palillos de madera y me limpiaré los dientes con ellos! Me están poniendo muy furioso. ¡Y no quieren verme muy furioso!

Annika tomó una bocanada de aire, sorprendida.

–¿De qué estás hablando?

Bolt también tomó una bocanada de aire. Y el monstruo con sed de violencia desapareció de su interior tan rápido como había surgido. Se quedó allí parado, parpadeando, asustado por lo que se estaba convirtiendo y por los dos hombres que lo perseguían.

–De hecho, no haré eso. Ni siquiera sé cómo tallar madera.

–¡Entonces, corre! –le ordenó Annika, enfrentando a Günter y Franz–. Yo los distraeré. Busca ayuda. Blazenda está bajando esa colina.

–¿Pero qué tal si ella no me puede ayudar?

–Solamente reza porque pueda.

Miró hacia la colina, aun tembloroso por la maldad que se había apoderado de él hacía solo unos instantes. Tenía una cuesta bastante empinada y estaba cubierta de una capa de hielo. Abajo, había una hilera de árboles y edificios que eran más pequeños y feos que los del pueblo. Y sus instintos se apoderaron de él.

Llevó los pies hacia atrás, sacó barriga y la colocó sobre el suelo, tal como un pingüino. Se deslizó por la colina congelada a toda velocidad. La nieve golpeaba contra su cabello.

Detrás de él, oyó a Günter gritar:

–¡Puedes huir ahora, pero nunca escaparás de nosotros, niño que odia a las ballenas! ¡Prepárate! ¡La guerra comienza esta noche!

38. ¡Siente el diente!

Bolt se deslizó como si estuviera en un tobogán aceitado. Alcanzó la base de la colina, pero siguió derrapando por el césped cubierto de nieve hasta llegar a una calle desierta.

Finalmente, se detuvo. Se paró y se quitó la nieve de los hombros. Un cartel de madera tenía la inscripción: *Parte Fea y Vieja del Pueblo.* Y en letras más pequeñas: *¡Sepan disculpar nuestra fealdad!*

Tal como se anunciaba, las tiendas eran más viejas y muchísimo más feas que las que se encontraban arriba de la colina. Las rocas del camino estaban rotas. Algunas imágenes de pingüinos colgaban frente a los negocios, pero habían sido pintadas a toda prisa y coloreadas toscamente.

Arriba, las nubes eran cada vez más oscuras. Pronto la tormenta comenzaría.

Más adelante, dos sillas mecedoras crujían junto a una pequeña mesa frente a la peor casa de esa calle. La puerta principal no estaba sujeta a las bisagras, las cuales apenas se atornillaban al marco. Las paredes de madera se veían poco estables y el lugar necesitaba una mano de pintura, un techo nuevo, paredes nuevas. De hecho, sería más fácil tirarla abajo y construirla nuevamente.

Otro letrero decía: *Servicio de clarividencia por una Adivina que ríe a carcajadas.*

Una de las sillas estaba vacía, en la otra estaba Blazenda. Llevaba su vestido negro y el sombrero desgastado, también las cadenas alrededor de su cuello con distintos amuletos y patas de animales. Estas se movían con el viento, pero ya no sonaban como *Estrellita, ¿dónde estás?*, sino con un ritmo más movido.

La anciana estaba durmiendo o estaba muerta. Pues permanecía inmóvil, con los ojos cerrados.

Bolt se acercó cautelosamente.

–¿Hola? –susurró–. ¿Extraña y desconcertante Adivina? ¿Hola? –se paró a unos pocos centímetros.

La mujer no se movía y era muy difícil saber si respiraba o no. Bolt se acercó más para tocarla. Estiró su dedo hacia el hombro de Blazenda.

Puc.

Antes de que Bolt pudiera alejarse, la Adivina lo sujetó de la mano y abrió los ojos. Él se había olvidado de lo rápida que era y de su fuerza. Hizo una mueca de dolor al sentir las uñas de la mujer clavadas en su palma.

–Nunca despiertes a una Adivina que duerme –gruñó Blazenda.

–Necesito su ayuda.

–Claro que la necesitas –susurró ella–. Sabía que vendrías –arriba, los truenos estallaban y los relámpagos iluminaban el cielo–. La tormenta está llegando.

–Todavía está lejos –comentó Bolt.

–¡No esa tormenta, tonto! La que está dentro de tu alma. ¡La tormenta de los pingüinos y la maldad de la noche! –soltó una carcajada.

–¿En serio? ¿Tiene que reírse así todo el tiempo? Es un poco siniestro.

–Siéntate –ordenó ella y le soltó la mano–. Te diré la fortuna, sin reírme.

–No necesito eso. Quiero saber cómo detener al Barón y cómo romper mi maldición. Me dijo que viniera a usted. Estoy aquí. Qué debo hacer. Sálveme.

–Tú te debes salvar a ti mismo. Siéntate –la Adivina clavó sus dedos en la silla que estaba a su lado.

Bolt suspiró y le hizo caso. Ella bajó la vista hacia el collar con un diente que llevaba alrededor de su cuello y lo frotó con suavidad.

Luego, respiró hondo, buscó una baraja de naipes de tarot de Brugaria entre los pliegues de su vestido y la colocó sobre la mesa. Tomó cuatro cartas y las acomodó boca abajo frente a ella.

Volteó una. La carta mostraba la imagen de un arenque.

–El arenque representa la posesión –dijo–. Alguien quiere mantenerte bajo su poder como un arenque a punto de ser comido.

Bolt se lamió los labios. Esos peces le daban hambre.

Blazenda volteó otra carta. Se leía la palabra *Uno* sobre esta.

–Lo siento, baraja equivocada –volteó el tercer naipe–. El pingüino. La carta más poderosa de todas. Significa que eres fuerte y estás destinado a gobernar. O también significa que te gusta comer bastoncitos de pescado. Una de esas dos cosas –dio vuelta la cuarta carta. Tenía la palabra *Muete.*

–¿Muete? –preguntó Bolt–. ¿Qué significa eso?

La Adivina rio.

–¡Significa que te enfrentas a la muerte, niño!

–Pero eso es m-u-e-r-t-e. Ahí simplemente dice m-u-e-t-e.

Blazenda tomó la carta y la inspeccionó con cuidado.

–Tienes razón. Probablemente, sea un error. Creo que se supone que debe decir muerte, de morir. Morirás.

–O puede ser *muete.*

–Sí, tienes razón –arrojó la carta por detrás de su hombro, se paró y levantó un dedo frente al niño–. No importa. ¡Estás maldito! ¡Maldito por la luna! ¡Maldito para vivir el resto de tu vida como un hombre pingüino! ¡Maldito para obedecer a la maldad del Barón para siempre! A menos que…

–¿A menos que…?

La mujer sonrió y comenzó a entonar un cántico:

Cuando la luna te ilumine, cuídate de la marca,
donde el peligro acecha y el pingüino grazna.
Ves la mutación venir, pronto el cambio llegará:
el pingüino espiritual en tu interior nacerá.

Bolt miró a la mujer:

–Ya conozco eso, y también el segundo verso. Ya pasamos esa parte.

La Adivina asintió:

–Pero puede que no conozcas esta parte...

Tres días, tres noches tienes,
para que el cambio cese.
La verdad: ¡el diente clavarás!
Y la libertad ganarás.

–Está bien, no conocía esa parte –confesó Bolt.

–Es la versión para la discoteca. La métrica está algo desfasada, pero pocos lo saben.

–Pero ¿qué significa?

–¿Debo explicártelo letra por letra, niño?

–De hecho, sí.

–D-E-B-E-S…

–¿Qué está haciendo?

–Explicándotelo letra por letra…

–Solamente dígalo sin ser tan confusa, por favor.

–Está bien –suspiró–. Pero le quita toda la diversión. Debes encontrar al hombre pingüino que te mordió en un plazo de tres días luego de haber sufrido la mordida y entonces, por la noche, cuando la criatura se esté convirtiendo en un pingüino, deberás clavarle el diente de una ballena asesina. La maldición desaparecerá, el hombre pingüino será destruido y todos los pingüinos serán libres. Pan comido.

Bolt miró a Blazenda.

Y permaneció así por un momento.

–¿Tres días?

–Sí, tres días.

–¿Cómo se supone que eso sea *pan comido*?

–Porque el pan comido es bastante desagradable de comer.

–No lo entiendo.

–Presta atención –protestó Blazenda–. Cuando el Barón

se esté convirtiendo en pingüino, pero antes de que lo haga por completo, debes apuñalarlo con el diente de una ballena asesina. ¿Qué parte no entiendes?

–¡Todo! –gritó–. ¿Cómo se supone que haga eso? Debe haber otra manera.

–¿Por qué habría otra manera?

–Ok. Tal vez no necesariamente. ¿Alguna vez alguien logró romper la maldición y matar a un hombre pingüino?

–No, que yo sepa.

–Entonces, ¿cómo puede estar segura de que funcionará?

–No lo estoy. La gente no se convierte en hombres pingüino todos los días, sabes. Pero al menos, es una opción. ¿Qué otra salida tienes?

Bolt tragó saliva. Tendría que confrontar al Barón esa noche, justo al caer la medianoche y matarlo, todo mientras se estaba convirtiendo en pingüino. ¿Cómo era posible?

–Recuerda esto –dijo Blazenda–: solo tú puedes hacerlo, nadie más, o la maldición perdurará. Y debe ser con el diente de una ballena asesina, no con otra arma, o la maldición perdurará por siempre.

–¿Qué tal si lo apuñalo, pero alguien más lo mata?

–Seguirás maldito.

–¿Y si alguien más lo apuñala y yo lo mato arrancándole la cabeza?

–Seguirás maldito.

–¿Y si le clavo el diente en el momento exacto en el que alguien más le arranca la cabeza?

–No tengo idea… me atrapaste en esa.

Esto no ayudaba mucho, ya que Bolt no podía imaginar ninguna de esas cosas.

–¿En dónde puedo conseguir un diente de ballena asesina? –preguntó, pero ya sabía la respuesta.

La Adivina tomó el diente que llevaba colgado en su cuello, lo levantó y lo colocó alrededor del cuello del niño.

–Toma este… a menos que conozcas un buen dentista de ballenas –dijo, y el niño negó con la cabeza–. Entonces toma el mío.

Bolt sintió el borde afilado del diente. Una gota de sangre brotó de su dedo.

–El diente es la única debilidad del Barón. ¡Ahora, andando! Que la maldición se acabe. ¡Para ti y para todos nosotros! –soltó una carcajada, y Bolt la miró enojado–. Lo siento, un mal hábito –colocó una mano sobre el hombro del niño–: Una última cosa. La maldición proviene de la luna. Solo puedes transformarte cuando esta brille.

–¿Y eso en qué me ayuda?

–No lo sé. Probablemente en nada. Solamente quería decirte una última cosa.

Bolt se levantó de la silla chillona y caminó hacia la calle. Deambuló sin rumbo, arrastrándose hacia adelante, casi sin prestarle atención al mal estado de las casas que lo rodeaban. Tanta gente contaba con él, ¿y para qué? ¿Para hacer lo imposible? Hizo a un lado esos pensamientos y lo invadieron otros.

¿Estaba a salvo el ama de llaves?

¿Annika había escapado de los tipos de las ballenas?

¿Se habían encogido sus pantalones del orfanato? Los sentía más ajustados que nunca y hacía que su caminata sin rumbo fuera más incómoda.

El viento comenzó a soplar y las nubes sumergieron al mundo en una oscuridad aún más deprimente. Bolt se tumbaba por el frío vendaval que lo golpeaba. De pronto, todo se tornó tan oscuro que parecía ser de noche. Los truenos resonaban y los rayos esparcían sus tentáculos eléctricos por el cielo. Extrañamente, más plantas rodadoras deambularon por la calle.

Bolt tembló. No era valiente ni poderoso. No era fuerte como un rayo. Era un simple niño que le gustaba escapar del peligro.

¿Por qué creía que podía ser otra cosa?

Si los brugarianos y los pingüinos contaban con él para salvarse, entonces sería mejor que se prepararan para tener una vida de depresión y melancolía bajo el control despiadado del Barón.

39.

Pelotón de plumas

Mientras Bolt caminaba tambaleante, los rayos destellaban a la distancia y los truenos rugían cerca. Pero él apenas era consciente de lo que sucedía en el cielo. Apenas era consciente de por dónde caminaba, y chocó con un árbol. Se fregó la nariz y giró hacia la izquierda, prestando un poco más de atención al camino.

Pero tenía tantas cosas importantes por las que preocuparse –más que por si chocarse o no contra un árbol–, y tan poco tiempo para hacerlo. Con cada segundo que pasaba la medianoche estaba más cerca.

C e r c a.

Cerca.

Cerca.

Si bien estaba muy oscuro, algunos destellos violentos iluminaban el cielo tormentoso y hacían ceder a la oscuridad, revelando nubes grises y violetas. Una leve nevada comenzó a caer, unos pocos copos de nieve, pero una señal de lo que estaba por venir.

Más adelante, entre la penumbra, Bolt divisó a un pequeño grupo de pingüinos acurrucados. Podía sentir sus pensamientos furiosos y llenos de odio. A medida que se acercaba, notó que estaban husmando algo.

Era la bola de un juego de bolos. Bolt asumió que la habían robado. Una de las aves intentaba colocarse un par de zapatos, pero sus pies palmeados eran muy grandes. Otra trataba insistentemente de levantar la bola, pero era muy pesada. Otro pingüino picoteaba un paquete de comida en el suelo. Este decía *Papas fritas con sabor a pescado.* El estómago de Bolt rugió del hambre.

–¡Eso no es suyo! –les gritó–. Largo, ¡fuera!

No tenía paciencia para estos rufianes, que le gruñeron en respuesta. Bolt se metió en sus mentes podridas. Ya le había hablado a un pingüino en el festival. ¿Podría controlar a un grupo entero? *¡Dije: largo! ¡Vamos!*

El grupo se quejó, pero obedeció. Corrieron a toda prisa, uno de ellos tomó unos zapatos y el otro empujó la bola por delante.

Pero una de las aves se quedó. Levantó la vista del paquete de comida que había estado picoteando y lo miró.

–¡Dije: largo de aquí! –gritó Bolt–. Tú y los de tu tipo todavía no tienen el control. Puedo detenerlos. Bueno, tal vez no... Pero ese es otro tema. ¡Lárgate!

Este pingüino era más bajito que los otros que Bolt había visto, y con más plumas. Era un ave joven; no era una cría, pero tampoco un adulto.

Tenía la mente menos impregnada de furia que los demás. Los pensamientos malvados del Barón estaban allí: esa pared oscura de odio dentro de su mente provenía enteramente del Barón. Pero había algo más. ¿Amistad? ¿Inocencia?

¿Esperanza?

Quizás la oscura presencia del Barón no era tan fuerte como Bolt temía. Donde había algunos pensamientos puros, debía de haber más. Quizás los otros pingüinos tampoco se habían vuelto completamente oscuros por dentro.

Tal vez sus mentes retorcidas aún podían enderezarse.

Bolt supo, antes y ahora, por qué era el elegido.

Había sido elegido por su talento –no por saber cantar o conocer las capitales de todos los estados–; el talento de ser un pingüino. De comprender a su especie. De entender la importancia de la familia.

Toda su vida, él había sabido que su verdadera familia lo estaba esperando. Y era verdad. Solo que había estado pensando en la familia incorrecta. *Esta* era su familia y siempre lo había sido.

Tenía que romper su maldición o los pingüinos nunca podrían salvarse. Y si la rompía, no volvería a ser un pingüino. Negó con la cabeza ante esa ironía.

Finalmente, había encontrado a su verdadera familia; solo que para salvarla debía renunciar a ella.

El joven pingüino se acercó a Bolt con su andar torpe y lo miró fijo, con la mente confundida. Tocó a Bolt con su aleta. *¿Eres nuestro mejor amigo?*

Bolt rio.

–No –apoyó su mano sobre el hombro del ave–. Soy tu hermano.

El pingüino colocó su aleta alrededor de Bolt y lo abrazó. *Hermano.*

Bolt se quedó inmóvil, sintiéndose extraño, con la ropa del orfanato mojada por el pingüino que lo acababa de tocar. Pero no se preocupó y le devolvió el abrazo. No podía recordar haber abrazado a alguien antes o que alguien lo hubiera abrazado.

Tenía mucho que aprender sobre tener una familia. Aunque era terrible que ya no tuviera tiempo para aprenderlo.

Luego de permanecer así por un momento, Bolt alejó gentilmente al pingüino. Arriba, las densas nubes continuaban agrupándose y el reloj se acercaba hacia la puesta del sol y la medianoche.

Necesitaba llegar a la mansión.

El pingüino lo siguió.

–Fuera, lárgate –le dijo al ave moviendo sus manos y pisando fuerte. Esta se acercó más–. No me sigas. ¿Entiendes? ¿No me sigas? Tengo que hacer esto solo –le explicó.

Y el pingüino asintió.

Bolt dio tres pasos hacia adelante y volteó solo para ver al pingüino avanzar tres pasos hacia él.

–Lo digo en serio. No me sigas –arrastró sus pies cuatro pasos hacia adelante. El pingüino arrastró sus patas cuatro pasos. Él dio dos pasos saltando. El pingüino dio dos pasos saltando. Él brincó seis pasos hacia adelante, girando. El pingüino lo imitó, a pesar de lo difícil que era brincar y girar con patas palmeadas–. Ah, vamos. Solo haces esto para molestarme –se quejó–. En serio. Debo hacer esto solo.

Un graznido fuerte sonó a la distancia. Más pingüinos, pingüinos furiosos, estaban allí afuera, llamando a sus hermanos para que se unieran.

Un grito de guerra.

Comenzaría esta noche, a menos que Bolt tuviera éxito con su misión.

El pingüino inclinó su cabeza al oír el graznido. El niño se alejó a toda prisa y esta vez el pingüino no lo siguió.

Bolt ya no caminaba sin rumbo, ahora tenía un propósito. Los graznidos se fueron apagando. Tenía que encontrar al Barón. Por sus hermanos. Por su familia.

Más adelante, vio la estatua de los cuatro pingüinos que se elevaba con gloria orgullosa y sólida. Estaba de nuevo en el cementerio de los pingüinos.

Una serie de relámpagos iluminó la oscuridad del día y reveló a una persona de pie, junto a una lápida entre las estatuas de los pingüinos. Otros destellos dejaron ver la espalda de Frau Farfenugen. La simple ama de llaves llevaba un abrigo grueso de lana.

Él se acercó y, ante el sonido de sus pisadas, ella volteó. Cuando vio que se trataba de Bolt, se inclinó. En su boca apareció una extraña sonrisa, como si escondiera un secreto.

–¿Por qué sonríes? –preguntó Bolt.

–Por nada –dejó de sonreír y señaló al cielo–. Viene la tormenta.

–Ya oí eso.

Un trueno rugió y, entonces, el cielo se agrietó. Los copos de nieve que habían comenzado a caer hacía un momento se transformaron en una densa sábana blanca que lo cubrió todo.

–No se preocupe. La tormenta ya está aquí –dijo Frau Farfenugen.

Bolt se sacudió los zapatos. Nunca había presenciado una nevada tan rápida, pero eso no detuvo los truenos y rayos que crepitaban a su alrededor. Rayos y nieve. Tormenta eléctrica de nieve.

Un arreglo de flores frescas descansaba en el suelo frente a la lápida, aunque ya estaban cubiertas de blanco.

–No sabía que amabas a los pingüinos –comentó Bolt–. ¿De quién es la tumba que visitas?

–Véalo usted mismo –dijo ella con voz quebradiza y temblorosa.

Los enormes copos de nieve ya habían tapado la placa, por lo que Bolt tuvo que inclinarse y frotarla con la mano. Se acercó para leer lo que estaba escrito en la roca. Pero no había nada en ella.

–No lo entiendo –dijo.

Frau Farfenugen se cubrió el rostro con las manos. Podría estar llorando, pero era imposible de verificar con tantas capas de nieve encima. Su voz sonó como un chillido de desesperación:

–¡Es la tumba de mi madre!

–¿Por qué no tiene nombre? –preguntó y luego, tomó una bocanada de aire, sorprendido–. ¿Tu madre era… un pingüino?

–Claro que no –respondió con firmeza la anciana–. ¿Cómo podría ser posible? ¿Acaso tengo un pico? Mi madre era el ama de llaves del Barón antes que yo. Si me quedo con él, mi recompensa eterna también será una tumba sin marcar en el cementerio de los pingüinos. Tendría un futuro distinto incluso si, como una simple ama de llaves, no mereciera nada más que miseria –tembló–. Y realmente le pido disculpas por lo de su cabeza –esbozó una sonrisa, la misma que antes.

–¿Qué ocurre con mi cabeza? –entrecerró sus ojos, confundido.

El ama de llaves le pasó los dedos por el cabello, e hizo una mueca de dolor:

–No será peor que golpearse con una bandeja de pescados –dijo.

–¿Qué quiere decir? –y fue en ese instante que vio que algo volaba en dirección a su cabeza; creyó ver una manzana.

Luego, no sintió nada.

40. Si escuchas con atención, no oirás nada

Antes de que la manzana golpeara su cráneo, antes de que Bolt caminara hacia el cementerio y antes de aceptar su destino como el elegido y reconocer a los pingüinos como su verdadera familia; de hecho, incluso antes de encontrarse con la Adivina, había dejado a Annika luchando contra Günter y Franz.

La chica les hizo frente con su cuchillo.

–Muévete –gruñó el Príncipe de las Ballenas–. Queremos al niño que odia a las ballenas, no a ti.

–No iré a ningún lado. Bolt es nuestra única esperanza para salvar a Brugaria –respondió Annika–. Y estoy casi segura de que él no odia a las ballenas.

–Debes pensar que nací ayer –gritó Günter, empuñando su pan hacia ella–. ¿Qué día es hoy?

–Domingo –respondió Franz.

–Entonces: el sábado. Debes pensar que nací un sábado.

–Yo nací un sábado –agregó Franz–. No ayer, sino hace un tiempo.

–Nunca pensé en qué día nacieron –respondió la chica–. Lo prometo.

–¡Mientes!

Puede que Annika no fuera la mejor bandida, no por ahora, pero era la más rápida, por lo que cruzó el campo a toda rapidez. El cielo amenazante aún no había dejado caer la primera nevada, pero el suelo estaba resbaloso y el hielo crujía bajo sus pies tal como los truenos rugían a la distancia.

Arrojó el cuchillo hacia el envejecido Príncipe de las Ballenas. Su práctica de tiro con cuchillo le fue útil dado que su arma se deslizó con firmeza y velocidad. Pero el príncipe no era una almohada. Günter se preparó con su pan francés, y el cuchillo se clavó profundamente en su crujiente costra. Y allí quedó.

Annika se quejó y dio un salto hacia atrás al ver que Günter contraatacaba con su barra de pan rancio.

Pero la niña no solo era rápida, sino muy ágil. Podría haber saltado sobre un candelabro con total facilidad. Se

inclinó y la barra de pan le pasó a pocos centímetros de la cabeza. Dio otro salto hacia atrás, fuera del alcance del príncipe, mientras se sacaba una horquilla del cabello. No era un arma, pero los bandidos solían hacer armas con objetos ordinarios.

Desde luego, algunos objetos eran mejor arma que otros. Las planchas, por ejemplo. Eran armas excelentes. Los martillos, rastrillos y algunos venenos caseros también podrían ser bastante útiles en una pelea, especialmente el último si era usado a la hora de la cena.

Pero ¿horquillas para el cabello? Si a Annika la hubieran dejado asistir a las clases semanales de Felipe sobre "Cómo hacer armas con objetos ordinarios", la cual se dictaba justo luego de la práctica de tiro con cuchillos, sabría que las horquillas eran un arma espantosa, al igual que las estampillas, recortes de uñas y pianos. Los pianos eran demasiado pesados para levantar durante una pelea.

Entonces, sin tener idea de nada, Annika saltó con la horquilla en su mano. Günter soltó una carcajada al ver el arma y, con destreza y un giro de su pan francés, bateó a Annika con todas sus fuerzas. La horquilla salió volando hacia un arbusto.

La chica también salió volando. Pero antes de caer al suelo, unos brazos la sujetaron por detrás. Comenzó a sacudirse, pero Franz era mucho más fuerte y grande. La levantó por el aire, mientras ella pataleaba sin parar.

Las patadas podían ser peligrosas. Así lo descubrió Franz, cuando Annika le dio a una de sus rodillas con el talón. La pierna de Franz cedió y la chica, libre de sus garras, hizo tres volteretas hacia atrás. Su habilidad gimnástica la sorprendió incluso a ella misma.

–Te doy un 8 –dijo Günter, aplaudiendo.

–Para mí es un 7.5 –opinó Franz, también aplaudiendo y saltando en una pierna.

–Creo que merezco al menos un 9 –dijo Annika, frunciendo el ceño.

El Príncipe de las Ballenas levantó su pan y lo sacudió como un bate de béisbol.

–Eres rápida y ágil, pero no tienes oportunidad contra mi pan francés.

–Tomémosla como prisionera –dijo Franz.

–No, la noquearé con mi pan –sentenció Günter.

–¡Prisionera! –insistió Franz.

–¡Pan!

–¡Prisionera!

–¡Pan!

–¿Qué tal si la golpeas con tu pan y luego la tomamos como prisionera? –sugirió Franz.

–Puedo vivir con eso –dijo Günter, encogiéndose de hombros.

Mientras se encontraba inclinada, Annika formó dos puños.

No necesitaba un arma para pelear contra estos hombres. La mejor bandida de todos los tiempos no necesitaba un arma para pelear con nadie.

–Vengan a buscarme –dijo entre dientes.

A medida que Günter se enderezaba, abrió grande los ojos. Levantó su dedo y la señaló. La boca de Franz se abrió por completo y dejó salir un quejido de miedo.

Luego, ambos voltearon y salieron corriendo.

–¡Regresaremos! –gritó Günter–. La guerra comienza esta noche.

Annika se paró derecha, rascándose la cabeza mientras veía cómo los dos sujetos desaparecían por la esquina. Se lamió el pulgar, que tenía un pequeño corte.

–Guau, en verdad soy una bandida grandiosa –se dijo a sí misma. No podía creer que los hubiera ahuyentado. Solo lamentaba que su padre no estuviera allí para ver su victoria.

–Te estuvimos buscando –dijo su padre–. Creímos que te habías marchado.

Annika volteó.

Vigi Lambda estaba detrás de ella, junto a Felipe y otros seis bandidos del bosque. Era por ellos que los hombres de las ballenas habían escapado.

–¡Ay, maldición! No hice nada –exclamó pateando la nieve y sonrojándose.

–Marcaste tu territorio. Ese es el primer paso –dijo Vigi Lambda y sonrió. ¿Era una sonrisa de orgullo? Parecía un poco más alto–. Aunque no tendrías que haber elegido una horquilla para el pelo. Tal vez deba dejarte asistir a la próxima clase de "Cómo hacer armas con objetos ordinarios". También aprenderás que las estampillas, recortes de uñas y los pianos no sirven para hacer armas; los pianos son muy pesados.

–Yo a veces uso un piano –dijo Brutus, el bandido más alto y fuerte de todos.

–Pero ¿qué haces aquí, hija? ¿En dónde has estado? –le preguntó Vigi.

–Planeaba escaparme, pero me capturaron. Me iban a ahorcar, pero logré escapar; luego el Barón me atrapó y escapé de nuevo, y cuando estaba por regresar a casa la gente de las ballenas intentó detenerme. Pasaron varios días. Pero lo más importante: el Barón ha estado preparando a los pingüinos para la guerra. Está listo para atacar. Debemos impedirlo.

–Tenemos un acuerdo con él –comentó indeciso.

Annika le sujetó la mano.

–Nunca lo respetará, papá. Debemos darle batalla.

–No haremos semejante cosa –dijo Vigi. Pisó el suelo con fuerza–. Es demasiado peligroso. No pondré a mis hombres en riesgo. No pondré a mi hija en peligro. Además, no se avecina ninguna guerra. Son solo rumores, porque el Barón es despiadado y desconcertante. Hubo algunos ataques inofensivos de pingüinos, pero no significan nada.

–Así es como comenzó la Gran Batalla de las Aves hace cien años –dijo Annika.

–Tonterías. ¿Tienes prueba de que el Barón planea iniciar una guerra?

Ella dejó caer sus hombros. Amaba a su padre, pero odiaba su terquedad. Bolt era su prueba. Si él estuviera aquí, su padre tendría que creerle. Pero sin su amigo que se transformaba en pingüino (debía aceptarlo, eran amigos), nunca convencería a los suyos de luchar contra el Barón.

Cabizbaja, siguió a su padre y a los bandidos de regreso al bosque en dirección al campamento. Ahora sus vidas dependían de Bolt.

Todo quedaba en sus manos. Annika solo esperaba que el niño tuviera manos para salvarlos, y no aletas.

41.

Un ama de llaves a la deriva

Annika y los bandidos avanzaban cansados por el bosque. La mayoría de las personas encontrarían ese camino demasiado oscuro y desolado. Pero los bandidos lo conocían bien. Un nudo sobre el tronco de un árbol les indicaba que debían doblar a la izquierda. Un arbusto con frutos negros y venenosos significaba que tenían que dar veinte pasos hacia adelante y luego doblar a la derecha. Un pato muerto, o un pato de goma que lucía como un pato muerto, les indicaba que debían inclinarse y pasar por debajo de una rama.

Un ruido los puso alerta.

Instintivamente, y como todo bandido, Annika se detuvo lista para correr. Las hojas de un arbusto se movieron.

Annika saltó sobre la planta de sus pies. Un bandido siempre estaba listo para huir dando saltos, al ver movimiento tras un arbusto.

Un golpe seco y fuerte sonó al instante, era el de una cabeza golpeándose contra una rama, y luego un *"¡Auch! ¡Mi cabeza!"* de alguien que no entendía que el pato significaba inclinarse.

Annika dejó de saltar. Los bandidos no huían de alguien que se golpeaba la cabeza con una rama.

Brutus y Felipe desaparecieron entre los árboles, sus años de experiencia se los permitió. El bosque estaba oscuro, por lo que Annika no podía ver lo que sucedía más adelante, solo oía: hubo un grito de sorpresa, una riña tranquila, y un "¡Vamos ahora!" de Felipe.

Segundos más tarde, apareció Brutus con una mujer entre sus brazos.

–¿Quién es usted? –preguntó demandante Vigi.

–Solo una simple ama de llaves –respondió ella, arrodillándose.

–Trabaja para el Barón, o solía hacerlo –agregó Annika, adelantándose.

–Nunca trabajé para él –negó Frau Farfenugen con la cabeza–. Era su prisionera. Tengan piedad.

Vigi la miró con los labios sellados. Luego habló:

–La regresaremos con el Barón. Si los rumores son ciertos –miró a Annika–, entonces tenemos que hacer todo lo posible para estar del lado del Barón. ¿Qué mejor modo de consolidar nuestro pacto que llevándole a su ama de llaves fugitiva?

La mujer retrocedió al oír las palabras.

–¿Regresarme? ¡No lo haga! ¡No puede hacerlo! ¡No se lo recomiendo! –la desesperación se apoderó de su rostro.

–¿Por qué no?

–Ella me ayudó a escapar, papá –dijo Annika, sujetando a su padre por el brazo–. Debemos dejarla ir.

–Los bandidos no muestran piedad –afirmó Vigi disgustado.

–Tienes razón. No importa –susurró Annika–. Tengo tanto que aprender antes de convertirme en la mejor bandida de todos los tiempos.

El ama de llaves comenzó a llorar. Sus lágrimas empaparon su rostro lleno de verrugas antes de caer al suelo.

–Déjeme contarle mi historia –suplicó–. Quizás entonces pueda decidir mejor.

–Es muy improbable, pero adelante –dijo Vigi–. No viene mal una historia agradable de vez en cuando –arriba un relámpago iluminó el cielo, acompañado del rugir de un trueno–. Pero apresúrese. Se aproxima una tormenta.

–Muchas gracias –respondió la mujer–. Solo espero que una simple ama de llaves como yo pueda contar tal historia. Es una especie de historia de amor. Verá, mi madre se enamoró… por lo general, así comienzan las historias alegres.

Otras veces, no. Como cuando una princesa se enamora de un sapo, que en lugar de transformarse en un príncipe después del beso, es solo un sapo, y la princesa debe casarse con él.

–¿Entonces es una historia sobre un sapo? –la interrumpió Vigi Lambda. No lucía para nada impresionado.

–No, es solo la introducción. ¿Puedo seguir?

Al ver que Vigi no se oponía, la simple ama de llaves contó su historia.

42.

El último descanso en la acción, lo prometemos

Era tarde, muy tarde. Los pingüinos en el estanque en el zoo de San Aves parecían tan molestos como yo. Continuaban meciéndose hacia adelante y atrás, haciendo que sus patas palmeadas sonaran como juguete para gatos.

–Estas constantes historias dentro de una historia son fastidiosas –le dije.

–Algunos tapetes –dijo el encargado– comienzan a tejerse de una punta a la otra en línea recta, pero otros empiezan por distintos lugares y luego se enlazan. Me temo que nuestra historia es como los últimos. Tomémonos un momento para oír la historia del ama de llaves.

–¿Es necesario?

–Sí. Es un hilo interesante.

–Entonces, apresúrese –respiré hondo–. Es tarde. Espero que su historia ya esté llegando al final –dije, y el hombre asintió–. Ya es hora.

–Quizás. Pero cuando lleguemos al final, puede que desee nunca haber llegado.

43.

La historia de la madre de la simple ama de llaves

La madre de Frau Farfenugen, antes de convertirse en la madre de Frau Farfenugen, era una muchacha de dieciocho años brillante y llena de vida. Algunos decían que era la joven más bella de todo Volgelplatz. Durante el Baile Anual del Día del Pingüino, cuarenta y cuatro muchachos le propusieron ser su pingüino. En todo el pueblo había treinta y ocho muchachos. Algunos se lo preguntaron dos veces.

Pero su corazón le pertenecía a otro joven. Uno pobre, pero que era dueño de lo más importante: el corazón de la madre de Frau Farfenugen. Algunos decían que eso lo hacía la persona más rica de Brugaria. La mayoría no pensaba eso, pero algunos sí. Los dos enamorados decidieron escaparse. Fugarse. Era la única manera de estar juntos. Ya que el padre de ella no aprobaría el matrimonio.

Si bien amaba al joven, la novia extrañaba su hogar. Deseaba haberle dicho la verdad a su padre. Se había casado con un flautista, aunque sus padres siempre quisieron que optara por alguien que tocara instrumento de cuerda.

Un día, la flauta de su amado fue robada. Ella viajó durante toda una noche para llegar a la cabaña de sus padres y pedirles ayuda. Quizás su padre los dejaría vivir allí y le enseñaría a su amado a tocar otro instrumento, y así no tener que dormir en la tierra cada noche con un solo un zapato. Pero ella no le había avisado a su esposo que se marcharía. Si bien este era pobre, era muy orgulloso y no aceptaría la ayuda de su suegro. Por lo que ella se marchó sola, mientras él dormía.

Y el reencuentro familiar no fue muy agradable.

–¿Un flautista? ¿Te has vuelto loca? –vociferó su padre ruborizado–. Nunca lo dejaré poner un pie en esta casa.

–Pensarás diferente cuando lo conozcas –insistió la recién casada–. Es pobre y no fue a la escuela, pero es muy amable. También tenemos una manzana.

–¡Silencio! –gritó su padre–. Te podrías haber casado con un chelista. ¡Largo!

–Pero, padre, aún sigo siendo tu hija. Tampoco es que toca la trompeta…

–No vuelvas a pronunciar esa palabra en mi casa –los ojos de su padre estaban tan tensos que parecía que iban a salirse de sus cuencas–. No quiero verte nunca más. Ve con tu flautista. Cosechas lo que siembras.

–De hecho, somos pobres y no tenemos terreno propio, lo cual también es uno de nuestros problemas. Madre, tú no me abandonarás, ¿verdad? –la madre de Frau Farfenugen se dirigía a la mujer que había estado parada en silencio todo ese tiempo, con los brazos cruzados.

–Tu padre ha hablado. Incluso si te hubieras casado con alguien que tocara el banjo estaríamos orgullosos. Ahora, vete. Pero no te alejes del camino principal. Hay cosas horribles que acechan en el bosque por la noche. Puede que te desheredemos y que nunca más te volvamos a ver o a hablar, pero eso no significa que no nos importes.

–Suena como si yo no les importara.

–Bueno, quédate en el camino principal, si sabes lo que es bueno para ti.

La joven salió corriendo de la cabaña, con el rostro impregnado de lágrimas de tristeza y aflicción.

No prestaba atención hacia dónde iba, simplemente corría sin parar, lo cual era impresionante dado que tenía un solo zapato. No le hizo caso a la advertencia de su madre sobre quedarse en el camino principal y, pronto, se perdió en medio del bosque.

Vio una luz y avanzó entre los árboles.

Apareció en el enorme jardín de la Mansión Chordata. Pensó en las historias que había oído de ese lugar; historias aterradoras de supuestos hombres ave y monstruos que acechaban en su interior. Rumores, probablemente, dado que nunca nadie se había animado a visitar ese lugar. Aun así, sabía que era mejor mantenerse alejada.

Retrocedió para regresar al bosque y seguir llorando y corriendo sin rumbo alguno.

–Espera –un niño, de alrededor de doce años, apareció a unos metros de ella. Estaba vestido con un traje, una camisa blanca y una capa negra hecha con moluscos–. Luces triste. ¿Está todo bien? –esbozó una sonrisa, revelando sus hoyuelos. A pesar de su rostro inquietante y puramente blanco, lucía amigable, tal como todas las personas con hoyuelos.

–Mi padre me desheredó. Nos robaron la flauta. Solo tengo un zapato. Y me olvidé de tomar dinero del bolsillo de mi vestido antes de lavarlo la semana pasada –levantó una bola de papel mojado–. ¿Ves? Arruinado.

–Yo tengo una flauta. ¿Te gustaría tenerla? –dijo el niño, sonriendo–. Quizás una taza de té para levantarte el ánimo también. ¿Quieres entrar?

La mujer rio. ¿Así que este era el lugar al que todos temían? ¿A un niño con una capa que te servía el té? ¡Y también tenía una flauta! Aliviada, lo siguió adentro. Pero una vez allí, el niño cerró la puerta y la trabó con trece cerrojos y pestillos.

–Necesito un ama de llaves –dijo–. Tú serás la mía.

–Me prometiste una flauta.

–No tengo ninguna. Solo tengo un banjo y un chelo.

–Ah, si tan solo me hubiera enamorado de alguien como tú –dijo ella, con suavidad. Se encogió de hombros–. No importa. Debo irme. Mi amado me espera.

–¡Jamás! Solo tengo una regla. Tú serás mi ama de llaves y nunca te irás.

–Esas son dos reglas.

–Está bien, lo que sea. Ahora yo soy tu amo.

–¡Ay, no otra vez! –exclamó, riendo. La joven no se asustaba con facilidad. Alguien que dormía en el suelo y se escapaba con un solo zapato no podía ser alguien que se asustara con facilidad–. Eres solo un niño.

–Las apariencias engañan. Yo sé la verdad. Sé que te fugaste y que tu padre no está feliz.

–¿Cómo lo sabes?

–Los pingüinos me cuentan todo.

–¿Pingüinos? ¡Ja! ¡Ja! Me voy y no puedes detenerme.

–Si te marchas, te buscaré y freiré tu bazo en una sartén, al igual que el de toda tu familia, amigos y esposo.

–No lo harías.

–Pruébame. Tengo una nueva sartén –concluyó. En sus ojos rojizos ella podía ver que decía la verdad.

Pronto conocería su temperamento y su insaciable apetito por poder y pescado. Se quedó. ¿Qué otra opción tenía?

Al cabo de un mes, la joven mujer descubrió que estaba embarazada, un último recuerdo de su breve pero alegre matrimonio.

Nació una niña, criada por una madre que debía lamerle los pies al Barón y, a veces, también las aletas.

Pero una noche, la madre de Frau Farfenugen decidió que tenía que escapar, no solo por su propio bien, sino por el de su hija. Con ella a su lado, empacó sus cosas en una bolsa grande color café. Y se escabulló de la mansión, con la esperanza de hallar a su prometido, a quien todavía amaba, y quizás también encontrar su zapato perdido.

Pero no llegó muy lejos. Ni siquiera había alcanzado el bosque cuando un grupo de pingüinos la vio. El Barón apareció, no como un niño, sino como un pingüino. Uno malvado, con cuernos y cejas tupidas.

La mujer y su hija quedaron atrapadas y el Barón se puso furioso. Muy furioso.

Ella le suplicó que le perdonara la vida a su hija. El Barón rio y luego se comió a la mujer, o casi todo de ella, excepto sus huesos, los cuales escupió.

Pero le perdonó la vida a su hija, pues necesitaba una nueva ama de llaves. Enterró el esqueleto de la mujer en una tumba de pingüino sin marcar y la niña se convirtió en su única sirvienta.

44. Reunidos

Mientras contaba su historia, Frau Farfenugen no había levantado la vista. Sus ojos permanecían fijos sobre sus manos arrugadas y llenas de verrugas. Y por eso, no vio cómo el rostro de Vigi se había puesto cada vez más pálido y sus brazos comenzaban a temblar mientras se mordía los labios. Annika notó todo esto, pero no entendía qué ocurría.

Cuando Vigi habló, su voz tembló más que sus piernas.

—¿Su… su madre se llamaba Marcella?

El ama de llaves levantó la vista y fijó sus ojos en los de Vigi, y una luz pareció brillar en el lúgubre bosque. Se oyó una flatulencia, pero solo interrumpió el momento por un segundo.

Vigi se abalanzó sobre Frau Farfenugen:

–¡Hija mía! –exclamó y lloró, y la mujer también lo hizo, al igual que los bandidos, Felipe más fuerte que todos.

A nadie le importó que llorar estuviera prohibido por el Código del Bandido a menos que estuvieran a punto de ser ahorcados, porque solo Vigi y Annika habían leído el código.

–Annika, conoce a tu hermana –dijo Vigi, ahogándose con las lágrimas que corrían por sus mejillas–. Luce igual a su madre.

–Pero Frau Farfenugen es verdosa, está llena de verrugas y es la mitad de tu estatura –observó Annika.

–Tiene los codos de su madre.

La niña abrazó a su hermana y los tres permanecieron juntos y abrazados. Pronto, Felipe y Brutus y todos los demás bandidos se sumaron, creando un enorme grupo de diez personas abrazadas hasta que Frau Farfenugen habló con dificultad.

–¡No puedo respirar! –y el grupo se separó.

La hija adoptiva de Vigi observó el rostro verdoso y verrugoso de su nueva hermana. Miró a su padre y luego volvió a mirar el rostro arrugado del ama de llaves.

–Espera un momento. ¿Cuántos años tienes?

–Diecinueve –dijo Frau Farfenugen resollando, y movió su cabello–. Aunque siempre lucí más grande.

–Sí, solo un poco –concordó Annika.

Vigi tomó a su hija mayor de las manos:

–Vivirás con nosotros, claro. Te protegeré. Nada es más importante que la familia. Aunque secuestrar y robar carruajes es casi igual de importante.

–Una simple ama de llaves como yo no merece tanta felicidad.

–Nunca más serás una simple ama de llaves –le prometió él, mirando a su hija a los ojos–. A partir de ahora, serás conocida como una ex simple ama de llaves.

–¡Oh, gracias, papi! –exclamó.

–Pero ¿qué hay con el Barón? –preguntó Felipe–. No le gustará saber que su ama de llaves escapó de su mansión para venir a vivir contigo.

–Ya pensaré en algo –dijo Vigi, con el ceño fruncido.

–No hay nada qué pensar –comentó Annika–. Debemos pelear contra el Barón. Ahora más que nunca.

–No –Vigi pisó fuerte con su pie–. Ya te lo dije, no podemos arriesgarnos. Es demasiado poderoso. Necesito mantener a mis hijas a salvo.

–Pero él ya me capturó una vez. Incluso tomó a tu esposa como prisionera y se la comió –protestó Annika.

–Nadie es perfecto –confesó Vigi Lambda.

–Pero acabas de decir que *nada* es más importante que la familia.

–No olvides que secuestrar y robar carruajes también lo es –señaló Vigi–. Pero tienes razón. La familia lo es todo:

tú, mi nueva hija recubierta con verrugas, e incluso ustedes, los bandidos. Los amo a todos.

Felipe, Brutus y varios más se sonrojaron.

–Nosotros también te amamos –dijo Felipe abruptamente.

–Es por eso que no puedo pelear contra él –continuó el líder–. La venganza solo es dulce cuando ganas; de lo contrario, tiene un sabor muy agrio –eran palabras sabias, pero Annika notó que su padre estaba chupando una lima en ese instante–. Pelear contra el Barón no me devolverá a mi querida Marcella. Lo que pasó, pasó.

Arriba, los truenos sacudieron el aire, y las primeras señales de una nevada comenzaron a aparecer cuando algunos copos de nieve se escabulleron entre las ramas de los árboles.

–Regresemos al campamento –añadió Vigi–. Se aproxima una tormenta.

Annika se paró frente a su padre. Si estaba destinada a ser la mejor bandida de todos los tiempos, tenía que hacer algo más que abrir cerrojos y robar carruajes. Necesitaba ser una líder y pelear por lo que creía justo. Respiró profundo:

–Hay alguien que puede detener al Barón. Bolt, el niño del carruaje. Él me salvó de que me ahorcaran. Blazenda predijo que él era el elegido, aunque fue bastante rebuscada para explicar *para qué era el elegido*, pero estoy segura de que fue elegido para luchar contra el Barón y salvarnos a todos. Tenemos que ayudarlo –respiró profundo una vez más–. Es mi amigo.

–¿Amigo? –su padre esbozó una sonrisa–. Los bandidos no tenemos amigos.

–Lo sé –respondió ella–. Simplemente ocurrió –bajó la cabeza, enojada consigo mismo por dejar que le importara alguien más que no era un compañero bandido, aunque tenía que admitir que tener un amigo se sentía bien.

–Annika tiene razón –dijo Frau Farfenugen–. Es nuestra única esperanza.

Vigi miró hacia otro lado con el ceño fruncido, pero cuando levantó su cabeza, esa expresión severa se convirtió en una pequeña e irónica sonrisa.

–Entonces encontremos a este niño –dijo, y Annika miró a su padre con incertidumbre. Había visto esa sonrisa antes, luego de haber hecho trampa en una partida de naipes. No confiaba en ella. Los bandidos nunca hacían trampa en una partida de cartas a menos que estuvieran perdiendo, pero Vigi no era un muy buen jugador, por lo que hacía trampa bastante seguido.

El grupo cambió de rumbo y se dirigió hacia el pueblo. Caminaron en silencio, como el viento sobre el césped. Solo traicionaban sus movimientos las pisadas torpes y para nada entrenadas de la nueva bandida Frau Farfenugen. Estas sonaban incluso mucho más fuerte, pues llevaba sus botas de combate.

–¿Podemos visitar la tumba de mi madre en el camino? –preguntó–. Está en el cementerio de los pingüinos.

–Me gustaría verla –asintió Vigi–. Pero nos esconderemos una vez allí para darte algo de privacidad. Luego encontraremos al niño –arrojó una manzana en el aire–. Si nos topamos con problemas, estaré listo.

45. Las hijas del bandido

Cuando Bolt se despertó su cabeza palpitaba y sus muñecas le dolían por estar atadas a un árbol a sus espaldas. También le picaba el codo, pero no podía rascárselo, lo cual era lo más frustrante de todo.

La tormenta continuaba. Estaba cubierto por una capa blanca de enormes copos de nieve, cada uno tan grande como una castaña.

Bolt hizo fuerza para liberarse, pero no tuvo éxito. Sentía que su rostro se sonrojaba y un sentimiento de ira crecía en su interior. Abrió su boca y dejó salir un fuerte…

¡GUUR!

Cerró la boca. Su ira era la ira del Barón y necesitaba dejarla salir. Pensar en el Barón lo enfurecía; por cómo el monstruo había retorcido la mente de los pingüinos, por cómo había asesinado a su familia. Había mucho por lo cual sentir ira. Pero la ira era el enemigo. Él no podía permitirse ser como el Barón. Necesitaba calmarse.

–Buen graznido –dijo la voz de un hombre–. Debo confesar que no solo pareces un pingüino, también suenas como uno.

Cinco pingüinos gigantes lo rodearon. Al menos, lucían como tales, la nieve no dejaba ver bien, pero luego Bolt comprendió que se trataba de hombres con ropas andrajosas y sombreros de pingüinos. Sacudió la nieve de su cabeza, pero casi al instante nuevos copos la cubrieron.

Se encontraba en un descampado grande, en las profundidades del bosque de Brugaria, rodeado por docenas de tiendas. El lugar olía como un baño viejo, a pesar de los aromatizadores de ambiente que colgaban de los árboles. Algunas fogatas esparcidas mantenían el lugar cálido, aunque no lo suficiente como para derretir la nieve. Era tarde y el resplandor de la luna se asomó por detrás de una nube oscura de tormenta, pero fue tapado nuevamente. En ese breve instante, Bolt sintió un cosquilleo en la piel. Aún no era medianoche, pero la hora se acercaba.

A medida que recuperaba la visión, logró distinguir los rostros de los bandidos pingüinos a su alrededor. Annika estaba cerca. Vigi Lambda a su lado.

–Tienes que liberarlo –le pidió ella a su padre.

Vigi negó con la cabeza. Su boca esbozó una horrible sonrisa; labios grandes aparentemente creados para tocar la flauta. En otra vida, quizás habría alcanzado el estatus de flautista de élite. Pero aquí, era simplemente un bandido con un sombrero de pingüino bastante casero.

–No puedo hacer eso. Lo siento.

–Déjeme ir –suplicó Bolt–. ¡No le he hecho nada a usted! Necesito salvar al pueblo. ¡El Barón es malvado!

–Es el único que puede salvarnos, papá –volvió a suplicarle Annika.

–Es solo un niño –dijo él, moviendo la cabeza de lado a lado–. Prefiero confiar en el Barón antes que en este niño.

–Es la única esperanza de Brugaria –insistió ella.

–¡No! El Barón no estará contento de que su simple ama de llaves lo haya abandonado para vivir con nosotros. Pero si le entrego al niño, quizás podamos evitar su ira –el líder de los bandidos suspiró y miró a Bolt–. Aprecio tu disposición para luchar por Brugaria. Es admirable. Para mostrarte mi gratitud, haré cualquier cosa que pidas, excepto liberarte, perdonarte la vida o ser amable en cualquier sentido.

–¿Podrían entre todos hacer un espectáculo de malabares, magia y baile hula?

–Ok, tampoco haremos eso.

–Pero nos casaremos –susurró una voz profunda, rasposa y familiar.

Frau Farfenugen emergió de entre un grupo de bandidos con gorros de pingüino, sujetándole la mano a Hombre Pez. La tenue luz de la luna que asomaba por detrás de las densas nubes hacía que sus verrugas brillaran y luciera más anciana. Hombre Pez llevaba su traje negro con calzado deportivo blanco. Era tan alto como Brutus.

–Esss verdad –dijo Hombre Pez–. Estamosss comprometidosss.

–Tengo una nueva hija y pronto, ¿un nuevo hijo? –Vigi sonrió y aplaudió–. Es un día muy feliz. Un día muy feliz para mí –miró a Bolt–: Para ti no tanto, este día apesta.

–La tradición de Brugaria exige que el padre cumpla con los pedidos de su hija en su día de compromiso –dijo Frau Farfenugen–. Incluso si su hija es una ex simple ama de llaves.

–¡No daré ningún espectáculo! –gritó el bandido.

–No. Libera al niño. Annika tiene razón. Es nuestra única esperanza.

Vigi frunció el ceño y miró a Bolt, como si estuviera perdido en pensamientos.

–Si me libera, encontraré al Barón –prometió Bolt–. Puedo apuñalarlo con el diente de una ballena asesina mientras ambos nos estamos convirtiendo en hombres pingüino y terminar con su futuro reinado de terror.

–Es una broma, ¿cierto? –los ojos de Vigi no se apartaron de Bolt–. ¿Ese es el plan? ¿Es siquiera posible?

–No estoy seguro –confesó–. Pero, sabe, la gente no se convierte en hombres pingüino todos los días.

En la distancia, los pingüinos comenzaron a graznar. Un grupo de ellos deambulaba cerca. Bolt podía sentir su presencia patrullando el bosque.

–¡Guarden los bastoncitos de pescado! –exclamó Vigi. Brutus se marchó.

–¿Recuerdas al joven flautista que se animó a enfrentar al ex Vigi Lambda? –dijo Annika–. Nadie creía que pudiera ganar esa pelea. Pero lo hizo. El destino obra de maneras misteriosas, ¿cierto? ¿No soy prueba de eso? ¿Una niña secuestrada que encuentra un dulce hogar con un clan de bandidos? –sujetó la mano de su padre–. ¿En dónde está esa alma valiente que luchó contra todo pronóstico por lo que creía? ¿En dónde está ese hombre que sabe que no es suficiente amar a la familia, sino también luchar por ella?

A medida que Annika hablaba, la mente de Bolt andaba sin rumbo y se unió a los graznidos de los pingüinos. Era el mismo grupo de rufianes que había visto más temprano jugando con la bola de bolos. El grupo era más grande, pero entre ellos se encontraba el joven pingüino, aquel que había llamado "hermano" a Bolt. Ahora su mente estaba más furiosa. Más dura. Bolt conocía ese sentimiento: el control del Barón se había intensificado.

–¡Déjalo ir, papá! –suplicó Annika. Lo sujetó por la pierna–. Si no lo haces por Frau Farfenugen, libéralo por mí.

Felipe, quien había estado ahí cerca, también se acercó a Vigi. Sujetó la otra pierna del líder de los bandidos:

–Estoy de acuerdo con tus hijas. El Barón no es de fiar. Apuesto a que hace trampa cuando juega a los naipes, especialmente cuando está perdiendo.

–Ejem –el rostro de Vigi se sonrojó y tosió–. Eso está permitido por el Código del Bandido, sabes –le recordó y Felipe entrecerró los ojos–. No quiere decir que yo lo haga –agregó.

–Suelta al niño –le suplicó Felipe, sujetándolo con más fuerza.

–¡Suelta a Bolt! –le rogó Annika, presionando más fuerte la pierna de su padre.

–¡Suéltalo! –agregó Frau Farfenugen, haciéndose un lugar sobre su hermana para poder sujetar la pierna de Vigi más arriba.

–¡Sssuéltalo! –añadió Hombre Pez, quien intentó sujetar una de las piernas, pero ya no había lugar. Se hizo a un lado y se quejó.

–¡Suelten mis piernas! –gritó Vigi Lambda, sacudiéndose a Annika, a Frau Farfenugen y a Felipe. Pisó fuerte en el suelo, pero era difícil decir si era por determinación o porque se le habían dormido los pies–. No liberaré al niño y esa es mi decisión final.

Nuevamente, Bolt oyó a los pingüinos acercarse. En su mente, la imagen era tan clara, como si estuviera viendo sus pies… o incluso más clara, porque sus pies estaban enterrados en la nieve.

Cerró los ojos. Buscó en su interior y propagó sus pensamientos hacia las profundidades de las nebulosas mentes de las aves, esperando que sus órdenes fueran obedecidas. Les dijo:

Somos familia. Las familias se cuidan. Ayúdenme.

Los graznidos de los pingüinos sonaron cada vez más cerca. Los bandidos murmuraban e intercambiaban miradas de preocupación.

–Son solo pingüinos, muchachos –dijo Vigi, sonriendo, aunque su sonrisa revelaba cierta inquietud–. Siempre y cuando escondamos nuestros bastoncitos de pescado, todo estará bien.

–Suenan muy enfadados –observó uno de los bandidos–. Y a mí realmente no me gustan tanto los bastoncitos de pescado. ¿Por qué mejor no comemos verduras?

Los pingüinos aparecieron detrás de los árboles.

–Lucen furiosos –dijo Annika.

–Muy furiosos –agregó Frau Farfenugen–. No quieres ver a los pingüinos muy furiosos.

Las aves arremetieron hacia adelante. Vigi y los bandidos se colocaron en posición, listos para enfrentar la batalla de poder húmedo y gordito que se aproximaba.

En ese instante, el viento parecía ganar fuerza y comenzaron a caer copos de nieves más grandes, oscureciendo la escena frente a Bolt. Varios gritos se mezclaron con los chillidos de pingüinos y, entre la nieve que caía, pudo ver el reflejo de varios cuchillos y el que parecía ser el suave destello de una horquilla para el cabello.

–¡Los pingüinos se han vuelto locos! –gritó Hombre Pez desde algún lugar cerca.

Bolt luchó para liberarse.

Arriba, la luna estaba oculta tras las nubes, pero comenzaba a sentir un hormigueo en su sangre. ¡La medianoche estaba cerca!

Una mano lo rozó. Sintió cómo las cuerdas que lo amarraban se aflojaban.

–¿Salvarás a Brugaria? –le preguntó Annika, cortando la cuerda sobre sus muñecas.

–Lo intentaré –respondió Bolt. Se paró y se frotó las muñecas lastimadas.

Annika lo tomó de las manos. Y por un momento, él se olvidó que había sido un niño abandonado. Por un instante, pensó en una sola cosa:

Tengo una amiga. Soy el elegido. Y también tengo mucha hambre.

O, mejor dicho, pensó en tres cosas.

–La mansión está en esa dirección –dijo Annika soltándole las manos y señalando hacia su izquierda–. Quizás encuentres al Barón allí. Y gracias.

–¿Por qué?

–Por ayudarme a entender que este es mi lugar, con mi familia –se acercó y le dio un abrazo rápido–. Encuentra al Barón. Y sálvanos.

A su alrededor, la batalla entre pingüinos y bandidos continuaba. Rodaban y peleaban, se mordían y apuñalaban en medio de la nevada.

Vigi les gritó a sus hombres:

–¡No se rindan! ¡Protejan los bastoncitos de pescado!

Annika se unió a la batalla.

El joven pingüino, el hermano de Bolt, apareció entre la nieve. El ave miró fijo al niño con la mente divagando entre pensamientos de crueldad, de familia y de paz. Sus ojos se movían en todas direcciones y no dejaba de parpadear. Aparentemente, los cerebros de las aves pequeñas no estaban tan preparados para pensar en muchas cosas al mismo tiempo.

–Déjame ir –dijo Bolt–. Somos hermanos.

El pingüino hizo una leve reverencia y regresó a la batalla. Con tanta nieve, Bolt no podía ver quién estaba ganando y quien, perdiendo.

El sonido ensordecedor de los graznidos y de la lucha resonaba en la noche invernal. No se animaba a mirar hacia atrás. El ruido se atenuaba a medida que se alejaba corriendo.

La medianoche era inminente.

46. Hielo y fuego

Bolt se apresuró por el bosque en la dirección que le había indicado Annika, o lo mejor que pudo. No dejaba de dar vueltas para esquivar árboles, lo cual le hizo dudar de si estaba yendo en dirección correcta. A medida que avanzaba, todo se tornaba más oscuro. Si la oscuridad total podía ser más oscura, entonces eso es lo que era.

Mientras corría, los destellos de los rayos que irrumpían en la noche iluminaban el camino, pero solo en un abrir y cerrar de ojos.

De pronto un rayo golpeó cerca, seguido de un estruendo ensordecedor, y la rama de un árbol cayó a metros de Bolt, ardiendo en llamas. Otro destello siguió y un árbol se partió a la mitad a su derecha.

Los rayos se desprendían en todas direcciones, como si lo buscaran a él; su voltaje por Bolt. *Pum. Crac. Chas.* Era como correr en un recipiente lleno de cereal.

Gracias al fuego, Bolt ahora podía ver el camino, aunque prefería la oscuridad a tener que ver el espanto que lo rodeaba. Cenizas. Calor.

Finalmente, gracias a los destellos, a las ramas llameantes y a la oscuridad estruendosa, llegó al límite del bosque e ingresó al jardín del Barón. La mansión estaba apagada, recubierta por una sombra gris que parecía tragarse la oscuridad a su alrededor.

A medida que avanzaba, toda la incertidumbre que había tenido se marchitó, como una lechuga rancia. Ni siquiera sentía la necesidad de escaparse.

Era más fuerte ahora. Nunca más escaparía de los problemas.

Corrió hacia la mansión. Arriba, la nieve caía y, mucho más arriba de ella, la luna, escondida detrás de las nubes, se asomó sutilmente. Sintió un hormigueo en sus brazos y su cabello comenzó a erizarse.

La luna regresó a su escondite y, tan pronto como había empezado, el hormigueo cesó.

Desde el jardín, Bolt oyó la campana del reloj antiguo, una y otra vez. Doce veces. Al terminar, él no se había transformado. Aún era humano. ¿Acaso se había roto la maldición de alguna manera?

Recordó las últimas palabras de Blazenda. Había dicho que no significaban mucho, pero significaban todo.

"La maldición proviene de la luna. Solo puedes transformarte cuando esta brille".

La luna cambiaba a Bolt. Pero si las nubes tapaban su resplandor, la transformación no ocurría. Lo mismo sucedía con el Barón.

Sin embargo necesitaba apuñalarlo mientras ambos estuvieran transformados en hombres pingüino. Bolt tenía esperanzas… solo si las nubes se quedaban quietas.

Llegó hasta la puerta y la abrió con todas sus fuerzas. Afortunadamente, no estaba cerrada. Quizás la suerte estaba de su lado. Con suerte, encontraría al Barón esperándolo. Con mucha, mucha más suerte, se acercaría al Barón y lo apuñalaría antes de que se completaran sus transformaciones a pingüinos.

–¿Barón? ¿En dónde está? ¡Salga!

No hubo respuesta. Aparentemente, este no era su día de suerte. El Barón no estaba en casa.

De repente, unos gritos desde afuera alteraron a Bolt. Se acercó a la ventana, corrió la cortina y se asomó. Un grupo de personas marchaba hacia la mansión con antorchas. Todos llevaban las túnicas azules de la Hermandad y gritaban:

–¡Te atraparemos! ¡Estás rodeado! ¡No puedo creer que pospuse mis vacaciones por esto!

Era la Hermandad Mística, o Feminidad, o algo así, de las Ballenas, unida. Günter era su líder, y sacudía el pan francés. Franz se encontraba a su lado.

–¡Que salga el Barón! –gritó el Príncipe de las Ballenas. Y la gente comenzó a aplaudir y a gritar, levantando sus antorchas en lo alto.

–¡Tenemos antorchas! –gritó Franz.

–¡Yo tengo mi pan! –agregó Günter.

–Sí, pero las antorchas son mejores –respondió Franz.

–¡Pan!

–¡Antorchas!

–¡Pan!

–¿Qué tal si golpeas al Barón con tu pan y nosotros usamos las antorchas? –sugirió Franz.

–Puedo vivir con eso –Günter se encogió de hombros.

Bolt retrocedió hacia la oscuridad de la mansión, preguntándose si podría escabullirse y escapar. Necesitaba encontrar al Barón. No podía perder el tiempo luchando contra la muchedumbre de afuera.

–La casa está rodeada. No tienes otra opción que rendirte –gritó Günter.

El jardín estaba bañado en luz. La luna se había asomado entre las nubes.

La nariz de Bolt comenzó a estirarse a toda velocidad. Se quitó los zapatos, a medida que sus pies crecían y se tornaban más anaranjados.

Era demasiado tarde. Había perdido y estaba destinado a ser un pingüino por toda la eternidad.

¿O no? El hormigueo se detuvo. Su nariz dejó de expandirse. No estaba cambiando. Al menos, no por ahora.

A través de la ventana, vio las espesas nubes. El resplandor alrededor del Príncipe de las Ballenas se apagó.

–¡El Barón no está aquí! –gritó Bolt.

–Es el niño del Barón. ¡El que odia a las ballenas! –gritó Günter, sacudiendo su pan–. O algo que se le parece –agregó, entrecerrando los ojos para ver mejor la cabeza mitad pingüino de Bolt a través de la puerta abierta.

–¡Déjenme en paz! Somos del mismo bando. Tengo que luchar contra el Barón. Puedo detenerlo. Y, honestamente, no odio a las ballenas.

–¿Crees que nacimos ayer? –inquirió Günter.

–Yo nací un sábado –dijo Franz.

Una ventana estalló en mil pedazos y una enorme barra de pan francés aterrizó cerca de los pies de Bolt.

–¡Toma eso! –gritó el anciano desde afuera. Luego de una pausa, volvió a gritar–. ¿Alguien tiene otra barra de pan que me pueda prestar?

–¡Hagámoslo salir con humo! –vociferó Franz.

Algunos miembros de la Hermandad arrojaron sus antorchas hacia la mansión. Las llamas golpearon contra las paredes. El viento rugía y los rayos estallaban por doquier, quemando parte del terreno.

El humo comenzó a impregnar la casa a través de la ventana rota. Bolt comenzó a sofocarse por los gases. Necesitaba llegar a un lugar más alto, lejos de las paredes ardientes y la nube de hollín negro.

Subió por la escalera, de a dos escalones a la vez, hasta el primer descanso, y luego continuó, una y otra vez, hasta la cima de la torre. El humo lo perseguía, ascendiendo por la escalera, a solo centímetros de distancia. Las llamas rápidamente tragaron los pisos inferiores. Bolt no podía bajar por más que quisiera.

Alcanzó la cima e ingresó a su habitación, mientras el humo se abría paso desde la entrada del túnel secreto. Abajo, en el jardín, la gente gritaba elevando sus voces con el humo sofocante. Afuera de la ventana, las llamas trepaban por las paredes. El fuego se esparcía demasiado rápido, como si la mansión estuviera hecha de papel. Lo cual no era así, por supuesto. Estaba fabricada con madera y grasa de pingüino, pero la grasa de pingüino era muy inflamable.

Bolt no podía rendirse. No ahora, no con tanta gente que dependía de él. ¡El pueblo! ¡Los pingüinos! ¡Annika! ¡Quizás incluso un nuevo niño verrugoso!

Cerró los ojos y pudo percibir a los pingüinos, cientos de ellos, agrupándose en la orilla del Mar más Negro. Si bien estaban lejos, podía sentir sus pensamientos: estaban confundidos, asustados y tensionados por las despiadadas órdenes del Barón.

Allí era donde lo encontraría.

Abrió la ventana, respiró hondo y saltó.

Los pingüinos eran buenos saltadores. La luna, en cierta medida, ya lo había transformado. Solo esperaba que hubiera sido suficiente. De lo contrario su vida terminaría ahora, estrellada contra el suelo.

¡PUM! Sus pies aterrizaron en el tejado. Luego los llevó hacia atrás y se deslizó más, más y más hacia abajo, abajo, abajo por la pendiente de tejas, algunas rotas y fracturadas. Enterró sus pies palmeados en el tejado para sujetarse. Pero no se sujetaron, se deslizaron.

Las nubes se abrieron por un instante, casi por un segundo, pero bastó para que sus pies crecieran un centímetro, quizás menos, pero lo suficiente para que pudiera sostenerse de las tejas un poco más.

Se detuvo justo al borde del tejado, con la mitad de su pie palmeado colgando por la cornisa. Se arrastró hacia la catapulta, en donde el tejado estaba más nivelado.

La lejana costa se iluminó por el destello de los rayos. Las olas golpeaban contra las rocas. Mientras tanto, las llamas rodeaban la mansión y se elevaban hacia el cielo, las cenizas se mezclaban con la nieve.

Una vez más, una nube se movió. Uno de sus brazos se volvió una aleta pequeña. Su barriga se agrandó, desgarrando su camisa, mientras una protuberancia blanca y gomosa atravesaba la parte trasera de sus pantalones.

Y otra vez más, la transformación se detuvo cuando la luna se ocultó.

Cada vez que la luna se asomaba, Bolt se acercaba más a la eterna maldición de ser un pingüino, mientras que Brugaria, los pingüinos y los bandidos se acercaban más a la perdición. Gran parte de su cuerpo había cambiado, pero su mente aún le pertenecía. Esa sería la última etapa de la mutación.

–¡Está atrapado! –gritó Günter desde afuera.

Lo habían visto en el tejado. La gente de las ballenas festejaba emocionada. Levantaron sus antorchas y chocaron los cinco. Creyeron que todo estaba perdido para Bolt, que no tenía escapatoria.

Pero se equivocaban.

Él nunca antes había disparado una catapulta. No era algo que alguna vez hubiera pensado que necesitaría hacer, pero parecía fácil. Se paró dentro de la cesta en uno de los extremos del brazo principal, que era suficientemente grande como para colocar rocas grandes y lo suficientemente ancha para Bolt.

Mientras los pueblerinos gritaban alarmados, dándose cuenta de lo que estaba por ocurrir, una serie de rayos cayó a un lado de la mansión, producto de la tormenta eléctrica de nieve. Bolt presionó sus dientes, ahora filosos como los de un pingüino, y cortó la cuerda. La catapulta se elevó y él voló por el cielo hacia la costa del Mar más Negro.

47.

La batalla junto al Mar más Negro

Había mucha paz ahí arriba, entre la nieve y el viento. En el aire, por encima del jardín y el bosque, los truenos y los rayos se apagaron. Bolt no oía nada.

Así era como se sentía ser un ave. No un pingüino, ya que estos no volaban, pero sí un ganso, una paloma, un águila y otras criaturas aladas.

Pero lo odiaba.

Los de su especie no debían volar, solo nadar y caminar. Bolt no pertenecía ahí arriba, cerca de los nubarrones y la mezcla horrible de oscuridad con luces violetas que tanto le recordaban a un bolígrafo púrpura quedándose sin tinta.

Bolt planeaba sobre los árboles en dirección a la costa. Podía ver todo Volgelplatz: desde el pueblo hasta el mar. Más adelante, un grupo inmenso de pingüinos caminaba torpemente sobre el agua en la orilla. Y en donde había pingüinos, estaba el Barón.

Pasó por una última fila de árboles y vio la playa arenosa del Mar más Negro cada vez más cerca. Inclinó su cuerpo mitad pingüino hacia adelante para aterrizar sobre su panza.

¡BOING!

Cayó contra el suelo, pero en lugar de estrellarse, su barriga se deslizó como una anguila aceitada sobre la arena húmeda y recubierta de nieve.

Avanzó lentamente hasta estar a pocos metros de las olas que rompían contra las rocas de la costa. Ni bien se detuvo, los truenos y los rayos regresaron a la escena.

Cientos de pingüinos se pararon alrededor de él, mirándolo. Estaban asustados. Bolt lo sentía. Levantó su mano. Abrió su mente. El Barón no estaba allí. No por ahora. Pero estaba viniendo, de eso estaba seguro.

No los lastimaré.

Bolt luchó contra su propia ira, concentrándose en transmitir palabras esperanzadoras a lo largo de la costa. *Estoy aquí para ayudarlos. Soy su hermano.*

Intentó conectarse con cada ave, propagando su mensaje por el aire hasta anidarse en la mente de los pingüinos.

Tranquilizándolos y mostrándoles que existía otra manera, una mejor. La de las familias.

Como si fuera una señal, los truenos se hicieron más suaves y los tentáculos de electricidad de los rayos se alejaron de la playa. La tormenta estaba pasando, aunque las nubes aún ocultaban la luna.

Bolt llenó su mente, y la de los pingüinos, con pensamientos de sonrisas y padres amorosos. Pensó en picnics divertidos, vacaciones y partidos de polo acuático, pero luego quitó estos últimos, pues comprendió que no era algo que todas las familias hacían juntas. Pero dejó fluir su imaginación, impregnando el aire de emociones puras y desenfrenadas: alegría, amor, celebración y bastoncitos de pescado. Deseaba no haber pensado en estos últimos, pero tenía mucha hambre.

A diferencia de los pensamientos malvados del Barón, él hablaba sobre una verdad de los pingüinos: somos aves pacíficas que aman a la familia.

Cambiar sus pensamientos era fácil. *Esto* era lo que Bolt había elegido hacer.

Pero había tantos pingüinos: cientos, miles. No estaba seguro de si todos ellos oían su mensaje. El Barón les había nublado la mente por mucho tiempo.

Unidos. Familia. Amor.

Podía oír a algunos de ellos responder.

Somos familia… Nos protegeremos entre nosotros…

Las aves se quedaron quietas, ya no emitían esos fuertes graznidos ni se mecían de derecha a izquierda. Bolt continuaba propagando su mensaje. *¡Somos familia!* Más pingüinos se sumaron a su pensamiento, algunos como una pregunta, y otros como una afirmación.

¿Somos familia?

¡Sí, somos familia!

Cuanto más repetía el mensaje, más se dispersaban las nubes grises de los pensamientos malvados del Barón. *Las familias se cuidan entre sí.* Los pingüinos se tambaleaban en señal de acuerdo. *Ustedes pueden ser una familia de nuevo. Si solo nos revelamos contra el Barón. Juntos.*

De pronto, el mar comenzó a agitarse y Bolt volteó para ver una aleta inmensa elevarse desde las profundidades. Un chorro de agua salió despedido hacia el cielo y una mandíbula, la más grande que él jamás había visto, se asomó para mostrar que podía tragarse al mundo entero.

La orca.

Estaba aquí, con todo su poder devastador. Casi todas negra con algo de blanco en su vientre, la ballena asesina dio un salto cerrado desde el mar. Los rayos partían el cielo, reflejándose en las aletas largas y poderosas del animal. Un chorro de agua salió despedido de su espiráculo.

Fuera cual fuera la paz que Bolt había intentado transmitirle a la colonia hacía solo un momento se desvaneció. Asustadas, las aves se alejaron de la orilla. Sus pensamientos sobre la familia se despedazaron y fueron reemplazados por un instinto primitivo de supervivencia.

Él también quería correr, pero luchó contra el impulso. Necesitaba estar tranquilo. *No tengan miedo... Están a salvo...*

Algunos le respondieron. *Estamos contigo... Lo entendemos... Pero ayúdanos, ¡es una ballena!*

Otros ruidos llegaron desde el bosque. Un número incontable de pingüinos emergió de allí, emitiendo una pared de graznidos de furia. Los que se estaban marchando se detuvieron. Los pingüinos furiosos que llegaban bufaron.

Bolt no había oído venir a este nuevo grupo; su mente había estado demasiado ocupada entrando a las mentes de los pingüinos en la playa, para tranquilizarlos y también para calmarse a sí mismo y dejar de pensar tanto en los bastoncitos de pescado. Pero ahora había más pingüinos de los que podía contar y una puerta de acero y odio rodeaba sus cerebros.

El Barón salió del bosque, con su mente expandiéndose a través de la playa como la sombra de un dirigible. Él tampoco se había transformado por completo por las idas y vueltas de la luna. Su rostro era el de un pingüino, pero todavía conservaba el cuerpo de un niño vestido con sus pantalones negros, camisa blanca y capa; aunque sus pies palmeados habían desgarrado sus zapatos, dejando solo algunas tiras unidas a la suela.

Bolt tomó el collar del diente de ballena con su mano humana. Si Blazenda tenía razón, esta era la única manera de ponerle fin a la inmortalidad del Barón y de romper su propia maldición. Arrancó el diente de su cadena y lo sujetó con fuerza.

–¿Qué haces aquí? –le preguntó el Barón, con un tono de pingüino bastante agudo y chillante.

–Visitando a la familia –respondió–. Mi familia –continuó con los pensamientos positivos. Más y más pingüinos respondían a su esperanzador mensaje de unión.

Pero una tormenta de ira emanaba del Barón. Los pensamientos alegres de Bolt competían contra la amenaza del Barón. Era una guerra invisible, una bastante pareja por ahora, pero una que Bolt sabía que perdería cuando las nubes se dispersaran. Cuando la luna iluminara la playa, se convertiría en un hombre pingüino para siempre y todo estaría perdido.

Pero eso todavía no había ocurrido.

¡Somos familia!

–Lo único que quería para nosotros era que fuéramos mejores amigos –gruñó el Barón-pingüino–. ¿Era demasiado pedir?

–No querías un mejor amigo. Querías un esclavo.

–Es lo mismo.

–No. Los mejores amigos se cuidan, se respetan, al igual que las familias.

–Suenas como una tarjeta de navidad –bufó el Barón.

–¿En serio? Nunca recibí una –confesó Bolt.

–Únete a mí y podrás tener todas las tarjetas que quieras. Te daré otra oportunidad. Estoy dispuesto a olvidar todo esto. Te acostumbrarás a ser una criatura despreciable bajo la luna de la medianoche. Confía en mí. Sí, la mansión está en llamas. Sí, necesito comprar trajes nuevos porque no dejamos de romperlos cada vez que nos transformamos en pingüinos. Pero tú y yo somos reyes, Humboldt. Los verdaderos Reyes Pingüino. Estos pingüinos saben que somos sus líderes.

–¡No! –gritó Bolt–. Tú mataste a mis padres. ¡Nunca me uniré a ti! Además, los pingüinos no necesitan un líder. Necesitan una familia. Yo no soy su líder, soy su hermano –podía sentir los pensamientos del Barón entrando sigilosamente a los suyos, y movió la cabeza de lado a lado. La guerra invisible de pensamientos rugía a su alrededor.

¡Lastimen! ¡Ataquen!

¡No, somos familia!

–No puedes controlarme –dijo Bolt.

–No… por ahora. Pero esas nubes no ocultarán a la luna para siempre. Enfréntalo. Es tu destino, Humboldt. Mira cómo hablas con los pingüinos. Observa cuánta atención te prestan. ¡Solo piénsalo! Cuando ellos me saluden como su líder, me aseguraré de que también lo hagan contigo.

–Oí que los pingüinos no saludan.

–Lo harán –gruñó–. Y luego tomaremos nuestro lugar como gobernantes de Brugaria. Con un ejército de pingüinos a nuestras órdenes, el mundo se inclinará ante nosotros.

–¿Y qué hay de la gente?

–¿Los comunes? ¿A quién le importa? Algunos serán la cena. Otros se pudrirán en los calabozos. Aquellos que tengan suerte trabajarán en las cocinas de bastoncitos de pescado o en las profundidades de las minas de sal.

–¿Tenemos minas de sal?

–No todavía, porque no hay trabajadores. De todos modos, esta es tu última oportunidad. ¡Únete a mí!

Bolt imaginó a Annika friendo un pescado enorme bajo el reinado tiránico de un malvado supervisor pingüino. Vio a los pueblerinos con grilletes en las celdas. Incluso imaginó al ama de llaves, Frau Farfenugen, siendo masticada por pingüinos hambrientos; pero no pensó en eso mucho tiempo… era repugnante.

–¡Jamás! –respondió.

–Muy bien –el Barón lo señaló–. Pingüinos, ¡ataquen! ¡Muéstrenle el poder de nuestra ira!

Los pingüinos no se movieron.

–¿No me oyeron? –gritó el Barón.

Las aves permanecieron quietas en sus lugares.

–Claro que te oyeron –afirmó Bolt–. Pero se cansaron de obedecer. A ellos les importa más la familia, protegerse entre sí. Ahora saben que existe *otro* camino.

Los pingüinos graznaron y Bolt los comprendió a la perfección. *¡Somos familia!*

El rostro del Barón se puso violeta por la furia y luego azul, y luego otra vez violeta. Tembló.

–Me obedecerán una vez que te venza. Pero ahora estoy muy furioso. Y, como les advertí, ¡no quieren verme muy furioso!

48. La familia que lucha unida

Antes de que Bolt se enfrentara al Barón, antes de siquiera llegar a la mansión, mientras corría a través del bosque oscuro con los rayos arremetiendo contra los árboles y los copos de nieve cayendo sobre él, Annika y los bandidos luchaban contra los pingüinos que habían ayudado a Bolt a escapar.

Brutus, el bandido más fuerte, les arrojó un piano, pero no fue de mucha ayuda. Solo consiguió arruinar un piano de mucho valor.

Felipe hubiera peleado, pero se olvidó el cuchillo en su tienda y lo único que tenía eran algunos recortes de uñas y estampillas, las cuales resultaban tan inútiles como el piano durante una pelea.

Pero los bandidos tenían otras armas. Vigi arrojaba manzanas con una puntería increíble. Annika esquivaba los golpes de las aletas, mientras distraía a los pingüinos con su velocidad; y otros atacaban a las aves en la cabeza con palos y rocas. Algunos bandidos usaban las barras crujientes de pan francés que habían quedado de la cena, y que resultaron ser armas muy efectivas.

Una vez que Bolt había abandonado su jaula, por así decirlo, los pingüinos rápidamente perdieron el interés en la batalla. Se marcharon a toda prisa, aunque no sin antes robarse una caja de bastoncitos de pescado del depósito de bastoncitos de pescados del campamento.

La mayoría de los bandidos se recostaron para recuperar el aliento. Sin contar algunos cortes y moretones, ninguno estaba herido. Unos pocos necesitaron vendas.

Vigi posó la mirada sobre las cuerdas que mantenían prisionero a Bolt y que ahora estaban sueltas en el suelo. Se quejó y maldijo para su interior, antes de posar los ojos sobre Annika.

–Tú lo liberaste, ¿verdad?

–Lo siento, papá –dijo ella, asintiendo con la cabeza–. Pero él puede salvarnos. Puede salvar a toda Brugaria.

–¡Somos bandidos! ¿Qué nos importa el pueblo? –le preguntó Vigi con tono demandante.

–Pero no somos simples bandidos, somos los Bandidos del Bosque de Brugaria –le recordó Annika–. Necesitamos que el pueblo sea libre, solo así podremos secuestrarlos y robarles. De cierto modo, también son nuestra familia.

–Una familia a la que secuestramos y robamos –dijo Vigi.

–Exacto –dijo Annika.

–Tiene razón, papi –opinó Frau Farfenugen. Ella no había luchado contra los pingüinos; no tenía ningún tipo de entrenamiento de bandido, por lo que había permanecido escondida con Hombre Pez detrás de un árbol. Una vez que la pelea terminó, se unieron al resto del grupo–. Durante toda mi vida solo fui una simple ama de llaves que solo se preocupaba por sí misma y porque el Barón no se pusiera muy furioso y me comiera, o me colgara de una pared y jugara a ponerle la cola al burro y yo fuera el burro. Pero ahora que soy libre, comprendo que no se trata solo de mí, ni de mi miedo a las colas de burro. Yo también soy parte de Brugaria. Debemos ayudar a Bolt, todos juntos, y derrotar al Barón.

Vigi se jaló del cabello y presionó los dientes.

–Ya sé que tienes razón, pero debo protegerte. ¡Y a todos los bandidos! –formó dos puños con sus manos y se golpeó las piernas en frustración. Luego hizo una mueca de dolor porque se había golpeado muy fuerte–. ¿Qué debo hacer? No existe ninguna regla en el Código del Bandido que explique cómo criar una familia. ¿Cierto, Felipe?

Felipe, que estaba a su lado, bajó la vista.

–Nunca leí el código. Es muy largo y aburrido. Lo siento –el líder de los bandidos lo miraba perplejo. Felipe levantó la vista–: Pero no necesito leer un Código para saber que no todo tiene que estar escrito para ser verdad. Uno siempre tiene que estar listo para luchar por las cosas que ama. Necesitamos luchar por nosotros.

–Puede que no sepa todo sobre ser una bandida –confesó Annika–. No por ahora. Pero incluso yo misma sé eso.

Vigi la envolvió con sus brazos. Sus ojos se llenaron de lágrimas.

–¿Qué hice para merecer una hija tan maravillosa?

–¿Me secuestraste? –adivinó ella, pero sus ojos también se llenaron de lágrimas.

El rostro del líder estaba empapado en lágrimas, pero no le importó que no estuviera permitido que los bandidos lloraran a menos que estuvieran a punto de ser ahorcados. Tenía que revisar esa parte del código.

–¿Ahora, podemos buscar a Bolt y luchar a su lado? –preguntó Annika.

–Claro –respondió Vigi. La abrazó y agregó–. Serás una bandida grandiosa algún día.

–Lo sé –dijo Annika, devolviéndole el abrazo.

49.
El regreso de la ballena

En la playa, el Barón estaba muy, muy, muy furioso. El aire a su alrededor parecía ondularse y la bruma espumosa del Mar más Negro burbujeaba, como muchos granitos de acné siendo reventados.

La cabeza de pingüino del Barón tembló de lado a lado, cada vez más rápido, hasta que todas sus facciones eran indistinguibles, y luego su cabeza dio tres vueltas completas. Cuando se detuvo, comenzó a salir humo de sus orejas. Su pico creció y se alargó casi diez centímetros. En su boca aparecieron dos colmillos filosos.

Su traje se desgarró mientras su cuerpo crecía a lo largo y ancho. Ahora era casi treinta centímetros más alto que Bolt, tenía los ojos rojos y esbozaba una mueca diabólica.

El monstruo mitad Barón mitad pingüino abrió la boca y dejó salir el graznido más fuerte que Bolt jamás había escuchado; tan fuerte que Bolt supuso que incluso los huérfanos en el Roble Marchito podrían oírlo.

Pero lo más aterrador eran los nuevos pensamientos malvados y oscuros que brotaban de la criatura, como un volcán furioso lanzando una nube de odio y violencia a lo largo de la costa. Bolt tembló.

El monstruo avanzó lentamente. Bolt sujetó el diente a su lado como una daga y enterró sus pies en la nieve.

La luna se asomó por detrás de una nube y Bolt sintió cómo sus orejas se encogían y la membrana de sus pies se expandían. Su mente se volvió más difusa. No podía concentrarse. Perdería su oportunidad. Todo estaba perdido.

Pero, entonces, la luna se escondió y su mente regresó a su estado anterior. Sujetó el diente-daga con firmeza. Tenía que apuñalar al Barón ahora, antes de que la luna apareciera de nuevo. Incluso si esta se asomaba una vez más podría ser muy tarde para él.

El monstruo arremetió contra Bolt. Y Bolt levantó el diente, pero no esperaba que el Barón a medio transformar fuera tan rápido o poderoso. La criatura lo embistió antes de que el diente estuviera en posición. El niño cayó sobre la arena.

El Barón-pingüino se paró a su lado y lo golpeó en la cabeza con una de sus aletas:

–No tienes oportunidad –le gruñó, golpeándolo, una y otra vez–. Soy más fuerte que tú –sonrió y mostró sus terribles colmillos–. Serás una cena maravillosa –una gota de saliva cayó sobre el ojo de Bolt.

–Qué asco.

Un relámpago iluminó el mar. La ballena asesina cerró sus dientes entre las furiosas olas. Los pingüinos en la playa graznaron del miedo; el horror se deslizaba a través de los oscuros pensamientos que emanaba el Barón-pingüino.

Distraído, el Barón-pingüino miró a la poderosa orca. Bolt rodó hacia un lado para salir de abajo de su enemigo y gateó para ponerse de pie.

Un grito fuerte provino del bosque y de repente toda la Hermandad Mística –o Feminidad, o lo que fuera– salió a la playa, con Günter y Franz al frente. Quedando así una mitad del bosque repleta de pingüinos, y la otra mitad atestada de amantes de las ballenas y sus antorchas.

Los pingüinos miraron fijo a los recién llegados; algunos gruñían y otros sonreían con sus mentes libres de la nube de odio del Barón y cantaban: *Somos familia*. El canto resonaba cada vez más fuerte en el interior de Bolt, y lo llenaba de esperanza y determinación.

Más ruidos se sumaron y los Bandidos del Bosque de Brugaria emergieron del bosque, guiados por Annika y su padre.

–¡Vinimos a ayudar! –gritó ella.

–Estaba equivocado –dijo Vigi Lambda–. La sabiduría de Annika me convenció. Niño, estaremos de tu lado para luchar contra el Barón –levantó una manzana–. Si es necesario, puedo bailar un vals.

El Barón-pingüino refunfuñó:

–Tú y tus bandidos pagaran por esto. Una vez que me deshaga de Bolt, ustedes serán los siguientes. Llorarán cuando me rueguen piedad.

–Llorar nos está prohibido por el Código del Bandido, aunque planeo cambiar esa parte –dijo Vigi con firmeza.

Luego, más gritos llegaron del bosque y otro grupo de gente emergió: hombres, mujeres y niños, cientos de personas. Una mujer con sombrero de bruja y vestido negro que se hacía conocer como la Adivina, Blazenda, los guiaba.

–¡Debemos proteger Brugaria! –gritó y luego soltó una carcajada–. Lo siento, es una mala costumbre que no es apropiada para este momento.

–¡Atrápenlo! –gritó uno de los pueblerinos detrás de Blazenda, señalando al Barón-pingüino.

–¡No! ¡Atrás! –le ordenó Blazenda–. El niño tiene que hacerlo.

Los pueblerinos se quejaron, y esperaron cerca de los árboles como los demás.

El Barón-pingüino escupió sobre el suelo. Y Bolt arremetió contra él, con el diente en su mano. La punta filosa rozó el pellejo de la criatura.

Pero no era tan fácil derrotarla. La bestia saltó hacia un lado y, al mismo tiempo, golpeó a Bolt con una de sus poderosas aletas. El niño aterrizó sobre la arena, aturdido. Su mano golpeó contra una roca y el diente se le cayó.

Bolt se quedó sin el arma.

El mundo giraba. Miró el suelo a su alrededor, pero su visión estaba borrosa. ¿En dónde estaba el diente?

Allí, junto a la orilla, giró hacia un lado y estiró su brazo. Una ola subió y cuando el agua retrocedió, el diente ya no estaba. Bolt gritó y se levantó de un salto, listo para sumergirse en el mar y encontrar su arma, pero en ese instante una aleta lo golpeó en la cabeza.

El Barón-pingüino una vez más esbozaba una horrible sonrisa con su pico:

–Enfréntalo, Humboldt. Nunca me vencerás –levantó su aleta, listo para volver a estrellarla contra Bolt.

El niño hizo una mueca de dolor, imaginando un martillo rompiendo una sandía, solo que esta vez la sandía sería su cabeza. Sin embargo, la aleta nunca bajó. Un pequeño pingüino embistió con todas sus fuerzas las piernas del Barón-pingüino, y le hizo perder el equilibrio. Era el hermano de Bolt. Se paró sobre la barriga del Barón y saltó, una y otra vez. Mientras graznaba. *¡Familia! ¡Familia!*

Rezongando, el Barón se quitó al pingüino, como si este fuera un pez molesto. El hermano de Bolt salió despedido por el aire y aterrizó en la arena con un golpe seco.

Luego una pequeña roca rebotó en la cabeza de la bestia. Y otra más, y después algo que tenía la forma de una horquilla para el cabello le golpeó un ojo. El monstruo cerró los ojos, pero no parecía estar herido ni molesto.

–¡Vamos, Bolt! ¡Ve por el diente! ¡Yo lo distraeré! –lo alentaba Annika, arrojándole más piedras al Barón.

El niño se puso de pie con dificultad y corrió hacia el mar. Se zambulló entre las olas espumosas, inspeccionando el fondo, pero no podía ver nada más que arena y rocas.

Un momento más tarde, oyó al Barón sumergirse en el agua detrás de él.

Más adentro en el mar, la ballena asesina saltaba y salpicaba; nueve toneladas de hambre feroz y sed de pingüinos. La superficie parecía explotar por su peso. Bolt podía jurar que vio a la orca lamerse los dientes cuando lo descubrió nadando en su dirección.

Bolt necesitaba ese diente. ¿En dónde estaba?

El miedo comenzó a dispararse en su interior cada vez que levantaba la cabeza para tomar oxígeno. Sus instintos de pingüino le advertían que debía alejarse de la ballena. La orca era su enemigo natural. Pero esos mismos instintos le gritaban: *¡Somos familia!*

Bolt pataleó con fuerza. Sus pies palmeados lo impulsaron hacia adelante. El diente estaba en el fondo del mar. Se sumergió con una aleta y un brazo estirados para sujetar el arma.

Era como un rayo. Feroz. Imparable.

Pero de pronto, el Barón lo sujetó por las piernas y las yemas de sus dedos apenas rozaron el diente. Bolt pateó para liberarse. Giró bajo las olas, pero el Barón-pingüino no lo soltó. Giró otras tres veces más. Las garras del monstruo eran demasiado fuertes. Entonces, intentó golpearle la cabeza con una de sus aletas, pero el Barón-pingüino simplemente rio. Aunque las olas silenciaban los sonidos, Bolt percibía la risa frenética y agrandada del monstruo a medida que la marea los llevaba hacia las profundidades.

Se golpeaban y abofeteaban, giraban y pateaban, por debajo y por encima de las olas. Y el diente estaba detrás de ellos, en algún lado.

La ballena asesina se acercó, curiosa. Bolt ignoró el miedo paralizante que sentía. Si el Barón experimentaba ese mismo terror, no lo demostraba. El niño intentaba flotar en la superficie, pero el Barón lo tomó del cabello y hundió su cabeza en el agua.

Bolt aún no tenía la cabeza de pingüino, solamente un rastro de lo que sería un pico. No podía aguantar tanto la respiración y luchó con todas sus fuerzas.

El Barón acomodó su mano y Bolt aprovechó para levantar la cabeza fuera del agua y tomar un poco de aire. La sal marina se atoraba en su garganta, ahogándolo.

–No tienes oportunidad –gruñó el Barón–. No eres tan fuerte como yo. Tengo cien años de pingüino. Prepárate para

conocer tu fin. *No* somos familia. Haré que los bandidos, los pueblerinos y los pingüinos sufran por su insolencia.

Detrás del Barón, el mar estalló.

La orca se elevó de las profundidades, con la boca completamente abierta. Bolt pateó al Barón-pingüino con sus pies palmeados para alejarse de la ballena y colocar a su enemigo directo en la boca del mamífero. La orca cerró sus dientes de ballena asesina. El Barón gritó, pero ya era demasiado tarde.

La ballena se tragó al Barón de un solo bocado.

El enorme mamífero dejó salir un eructo antes de sumergirse otra vez y desaparecer en el mar.

Desde la costa, los pueblerinos celebraban levantando sus antorchas. Miembros de la Hermandad –o Feminidad o algo así– Mística de... abrazaron a los bandidos, y los bandidos abrazaron a los pingüinos. Günter abrazó a Franz.

Bolt dirigió su mente hacia la orilla. La pesada nube de odio del Barón se estaba disipando, y los pensamientos de tranquilidad y amor de Bolt abarcaron la mente de los pingüinos. Entonces, todos ellos graznaron: *¡Somos familia!*

Llevaría tiempo, pero pronto la mente de cada ave regresaría a su estado natural de inocencia y paz.

Todos los pingüinos miraron a Bolt, que nadaba hacia la costa. Si levantaba la cabeza entre las olas, podía verlos. Todos alzaron sus aletas. Por un momento, lucían como las estatuas en el cementerio. Saludándolo.

No podía recordar un momento en el que se hubiera sentido más parte de una familia que este. Tenía todo lo que siempre había querido.

Las olas lo arrastraron hacia la orilla. Cuando sus pies palmeados tocaron la arena, Annika corrió hacia él.

–¿Te encuentras bien? Bueno… sin tener en cuenta que eres un monstruo mitad pingüino.

–Supongo –respondió él, observando su aleta, su panza y sus pies palmeados.

–¡Deténgalo! –gritó Günter, corriendo hacia Bolt con Franz a su lado–. ¡Ese niño es una amenaza! –sacudía una barra de pan francés extra-crujiente sobre su cabeza.

Otras personas amantes de las ballenas lo seguían, y también algunos pueblerinos. Algunos levantaban horquetas. Otros, palas.

–¡Detengan al niño que odia a las ballenas! –gritaba la gente.

–No odio a las ballenas, aunque esa orca era bastante aterradora –dijo, y un escalofrío le recorrió el cuerpo.

No tenía intenciones de pelear contra todos estos pueblerinos, y dudaba de que pudiera hacerlo, al menos, sin ayuda. ¿Había vencido al Barón solo para encontrar su fin aquí? ¿En la playa?

Quizás aún podría voltear y escapar.

Antes de hacerlo, Annika se paró delante de él:

–Dejen a Bolt en paz. Nos acaba de salvar a todos.

–Es un monstruo –insistió Günter–. Sal de mi camino.

–¡Atrápenlo! ¡Es un monstruo! –gritaron los otros pueblerinos.

Vigi Lambda corrió y se ubicó al lado de su hija:

–También tendrán que pasar sobre mí –dijo, frotando su dedo sobre una manzana roja y fresca.

–Y sobre mí –agregó la voz de una anciana, quien luego rio a carcajadas entre todos los sonidos, al son de lo que parecía ser la Canción del Alfabeto. Era Blazenda, quien juntó sus brazos con Vigi y Annika–. Este niño es el elegido –volteó hacia Bolt–. Pero debo admitirlo: creí que eras el elegido para ser asesinado por el Barón.

–Es un héroe –exclamó Annika–. Gracias a Bolt, el Barón Chordata ya no existe –si bien pronunció su nombre, nadie gritó ni se desmayó.

La tensión se alivianó. Los pueblerinos asintieron, bajaron las horquetas y arrojaron las armas al suelo.

–Bueno, quizás no odia tanto a las ballenas –dijo el anciano, y bajó su pan francés.

–Ven a vivir con nosotros. Podemos ser hermano y hermana –le propuso Annika, tomando a Bolt por su mano de humano.

–Ignoraremos tus aletas –agregó Vigi–. Ya acepté a una hija verdosa y llena de verrugas hoy. ¿Por qué no aceptar también a un hijo que parece un pingüino?

Bolt miró a Annika a los ojos. Era tentador. Una hermana. Una familia. Quizás, una verdadera familia.

–Sé que somos bandidos y que vivimos en el bosque, lo cual no es muy cómodo –dijo ella–. Pero nada es más importante que la familia.

–Incluso secuestrar y robar carruajes es menos importante, aunque solo un poco menos –agregó Vigi Lambda.

–Tienen razón –dijo Günter–. La familia lo es todo. Una vez, tuve una hija. Desapareció una noche. Siempre asumí que la secuestraron, pero nunca recibí una nota de rescate.

–Espere. ¿Su dirección es 919? –preguntó Vigi.

–No, es 616. ¿Por qué?

–Por nada –respondió Vigi, tosiendo y apartando la vista del anciano.

–¿Lo ves, Bolt? –Annika colocó su brazo alrededor del chico–. Una vez me dijiste que nunca nadie te querría. Pero ahora yo te quiero. Mi padre te quiere. Todo Volgelplatz te quiere. Me enseñaste que no hay nada más importante que la familia. Una familia puede ser una mamá o un papá, o un abuelo. Pero también puede ser un grupo de bandidos o todo un pueblo.

Bolt sintió un hormigueo en la piel cuando la luna finalmente se asomó por detrás de una nube. Su pequeño amigo pingüino se paró a su lado, aleta con aleta con las demás aves. Graznó.

¿Hermano?

Arriba, las nubes lentamente se alejaron de la luna.

–Gracias, Annika, pero ya tengo una familia –dijo Bolt–. Y están esperando que alguien los ayude a encontrar su camino. Mis hermanos me necesitan. Somos familia.

Las nubes de tormenta desaparecieron. La luz pura y sin filtro de la luna llena de Brugaria bañó el mar y a Bolt, que corrió hacia el agua. Los pingüinos, cientos de ellos, fueron tras él para reencontrarse en el Mar más Negro.

EPÍLOGO

Medianoche en el Zoo de San Aves

El hombre dejó de hablar. Me tomó un momento recordar en dónde estaba. Aquí en el Zoo de San Aves. Mi reloj indicaba que faltaba un minuto para la medianoche.

El tiempo había pasado rápido.

Estornudé nuevamente y tomé un pañuelo. Solo me quedaba uno. Me limpié la nariz.

–¿Qué ocurrió luego? –pregunté.

–Ese es el final de la historia.

–¿El final? –chillé–. ¿Cómo puede ser el final? ¿Qué hay del *"Y vivieron felices por siempre"* o *"Y Bolt volvió a ser un humano"*? Existen millones de formas de terminar una historia, pero la suya no es una de ellas.

–Las historias de fantasía pueden terminar, pero las reales no. Simplemente continúan.

–¿Qué ocurrió con Bolt?

–Encontró la familia que siempre quiso. Fue amado y amó, y eso es lo más importante de todo. Años más tarde, regresó al país donde había nacido. Se enteró de que todos los niños abandonados que había conocido en el Roble Marchito, al final, hallaron nuevos hogares. Cada uno tuvo una vida plena.

–¿Alguna vez fue adoptado?

El sujeto encogió sus hombros.

–¿Su maldición terminó? –insistí.

El sujeto se encogió de hombros nuevamente.

–Se está encogiendo mucho de hombros –le indiqué.

El sujeto se encogió de hombros una vez más.

–¿Qué hay de la niña? ¿Annika?

–Nadie sabe con certeza qué ocurrió con ella. Pero oí la historia de una bandida de Brugaria, que se hace llamar Vigi Lambda. Muchos dicen que es la mejor bandida de todos los tiempos –el hombre esbozó una sonrisa, una de nostalgia, no de arrepentimiento. Fueran cual fueran las elecciones que haya tomado en su vida, estaba contento con ellas–. ¿Quiere que prepare a los pingüinos para cuando zarpe mañana por la mañana?

Fruncí el ceño. Entrecerré los ojos. Dejé caer mis hombros.

–No. No puedo llevarme a sus pingüinos. Seguro mis empleadores se decepcionarán mucho, pero ¿cómo puedo separar a una familia o quitarlos de un lugar tan cómodo? Al parecer, su historia logró su objetivo, amigo mío, incluso si eso significa que ya no puedo lograr el mío. De todas maneras, gracias.

–¿Por qué?

–Por abrirme los ojos. Siempre creí que un zoológico era simplemente una jaula para animales, para que estuvieran encerrados y entretuvieran al público. Pero quizás los animales también merecen un dulce hogar y una familia. Tengo mucho en lo que pensar.

–Estoy encantado de que mi historia lo haya iluminado –dijo con una reverencia–. Ahora, solo quedan unos pocos segundos para que sea medianoche y debo marcharme. Cuando cae la medianoche, mi trabajo aquí recién comienza.

Estornudé no una, sino dos veces. Usé el último pañuelo. Para cuando levanté la vista, el sujeto se encontraba cerca del estanque de los pingüinos. Caminó meciéndose de lado a lado hacia allí.

–Al final, Bolt era querido –dijo, mirándome mientras abría la puerta del estanque–. Amó su hogar. Encontró una familia. No podía haber pedido una mejor vida... –atravesó la puerta y, al hacerlo, su abrigo cayó a sus espaldas. Podía jurar haber visto una cola de pingüino que comenzaba a crecerle.

–¿Qué está haciendo aquí? –un guardia, corpulento y fuerte, me sujetó por el brazo–. Es medianoche. El zoo cerró hace varias horas. Tiene que marcharse, señor.

–El hombre con quien estaba hablando… –le dije, a medida que el guardia me guiaba hacia la salida–. ¿Cuál era su nombre? El encargado de los pingüinos.

–Aquí no hay ningún encargado de los pingüinos –me respondió molesto–. Está imaginando cosas.

Volteé una vez más hacia el estanque. Quince pingüinos graznaron hacia mí. Aunque hubiera jurado haber contado catorce hacía tan solo un momento.

CONTINUARÁ…

AGRADECIMIENTOS

Este libro ha atravesado un largo, sinuoso y muy curioso camino. Como resultado, el número de personas a las que les debería agradecer es enorme, y de algunas de ellas seguramente me olvidaré. Entonces, si me olvidé de mencionarte, por favor no lo tomes como algo personal. Mi memoria no es lo que solía ser cuando comía dulces de regaliz. Espera, ¿estaba escribiendo sobre dulces de regaliz? Parece que me olvidé... Ah, claro. *Agradecimientos.* Debería haber leído el título de esta página. Primero, quiero agradecerle a Kendra Levin, quien le dio vida a este libro con una pasión y un entusiasmo que rivalizaban con los míos. Su visión ayudó a darle la forma actual –mucho mejor que la que podría haberle dado yo–; estaré agradecido por eso por siempre.

Hannah Mann y Joanna Volpe han desempeñado roles importantes pero separados, para que este libro sea tal como es. Gracias por sus incansables esfuerzo y asistencia, apoyo y orientación.

Este trabajo de amor necesitó del esfuerzo de muchas personas talentosas. Gracias al ilustrador Scott Brown, cuyas geniales ilustraciones superaron con creces mis expectativas. Gracias a Laura Stiers y a Janet Pascal, cuya edición jugó un papel más importante de lo que jamás admitiré en público; y a la diseñadora Kate Renner, Maggie Rosenthal y todo el equipo de Viking.

Muchas personas han comentado, leído y ayudado durante las numerosas encarnaciones de este libro, y de muchas maneras diferentes. Algunos de ellas han dedicado su tiempo y energía a múltiples revisiones, otros solo han hecho una revisión, y no he tomado nota sobre quién dio qué consejos y cuándo, pero cada una de estas personas ha jugado un rol valioso durante la redacción de este libro: Kym Brunner, Katie Sparks, Veronica Rundell, Cherie Colyer y Suzanne Slade. No están en ningún orden en particular, solo en el orden en que los escribí.

Cuando un libro tarda mucho tiempo en terminarse, y sé que sueno como un disco rayado insistiendo en el largo tiempo que tomó terminar esto, terminar esto, terminar esto (es una broma de disco rayado, y sé que suena muy anticuada), se necesita mucha paciencia y comprensión de los seres queridos. Así que gracias a Lauren, a Madelyn y a Emmy. Como siempre, cada una tiene mi amor y gratitud, que no expreso con demasiada frecuencia.

Todos los escritores toman prestado o roban de muchas fuentes. Espero que ocultemos bien esos préstamos. Pero aun así, me gustaría agradecer a algunos artistas a los que nunca he conocido, y probablemente nunca conoceré (algunos han fallecido y otros están fuera de mi alcance), pero cuyas obras me inspiraron al escribir este libro. Usaré las iniciales para crear un aire de misterio sobre estas personas, porque siempre es divertido agregar misterio cuando se puede, por eso, también a veces salgo a la calle disfrazado: a B.S., A.D., R.D., W.G., R.R., C.D. y M.B. También a F.D. y W.S.

SOBRE EL AUTOR

Allan Woodrow es autor de más de treinta libros infantiles. También escribe con el seudónimo Fowler DeWitt y otros nombres demasiado secretos para revelarlos aquí. Cuando Allan no está escribiendo u olfateando bastoncitos de pescado, visita escuelas, bibliotecas y da conferencias. Allan vive con su familia en las afueras de Chicago.

La maldición del hombre pingüino es el primer título de esta divertida serie.

Puedes encontrar más información sobre Allan en: allanwoodrow.com.

SOBRE EL ILUSTRADOR

Scott Brown ha realizado trabajos para cómics, libros, juguetes y televisión. Últimamente se ha obsesionado por ilustrar pingüinos monstruosos y despiadados, con abundantes cejas.

Aunque es originario de Massachusetts, Scott vive en la costa oeste de la Florida, con su mujer, sus dos hijas y un alocado cachorro de pug.

Puedes ver sus ilustraciones en Twitter y en Instagram @Essbee71

¡Tu opinión es importante!

Escríbenos un e-mail a:

miopinion@vreditoras.com

con el título de este libro en el "Asunto".

Conócenos mejor en:

www.vreditoras.com

VREditorasMexico

VREditoras